AF286319

CLAIRE STERN war Reisejournalistin, bevor sie sich dem Schreiben widmete. Sie hat lange in den USA gelebt, bevor sie die Ehe mit ihrem Mann nach Europa brachte. Heute lebt sie mit ihm, den zwei Söhnen und einem Hund in einem idyllischen Dorf am Gardasee und pendelt zwischen Italien und Deutschland hin und her. Auch mit dem dritten Band ihrer Romantische-Reise-Reihe »Liebe am Lago di Garda« entführt uns Claire Stern in die malerische Landschaft Oberitaliens.

Website & Social Media:
https://www.clairestern.de
https://www.instagram.com/_claire_stern/

Für meine Liebsten,
ohne die es dieses Buch nicht gäbe

CLAIRE  STERN

Begierde in Bardolino

ROMAN

Liebe am Lago di Garda
Dritter Band

CLAIRE ❊ STERN

© 2025 Claire Stern

Coverdesign: Miglena Balkandzhieva

Lektorat: Nadine Zikofsky

Satz: Teda Kutup | www.dasdesignquartier.de

ISBN: 978-3-7693-5199-6

Verlag: BoD · Books on Demand GmbH, In de Tarpen 42,
22848 Norderstedt, bod@bod.de
Druck: Libri Plureos GmbH, Friedensallee 273, 22763 Hamburg

Kapitel

1 Ein unwiderstehliches Angebot

Lustlos saß Ella an ihrem Schreibtisch in der Public-Relations-Agentur in München. Aus müden Augen starrte sie auf den Bildschirm. Seit acht Uhr morgens war sie hier, hatte unzählige E-Mails beantwortet, zwei Meetings hinter sich gebracht und eine Präsentation für einen Kunden vorbereitet. Obwohl es gerade erst dreizehn Uhr war, fühlte sie sich bereits ausgelaugt.

Früher hatte sie ihre Arbeit als Reise-PR-Managerin geliebt. Damals stapelten sich bei ihr noch die Einladungen zu luxuriösen Hotels, traumhaften Destinationen und exklusiven Events. Als Location-Scout war sie dorthin gereist, wo schöne Menschen an idyllischen Pools exotische Drinks schlürften, und sehnsuchtsvoll in den Sonnenuntergang schauten. Die Möglichkeit zu reisen und neue Orte zu entdecken, hatte sie an ihrem Job immer begeistert. Ihr Leben hatte einer rosaroten Szene aus einer Rosamunde-Pilcher-Verfilmung geglichen: Sie hatte keine Reisen verkauft, sondern Träume.

Doch in den letzten Jahren war der Reiseanteil auf ein Minimum geschrumpft. Die Konkurrenz der Reise-Blogger und Instagrammer, die wild fotografierend ihre Abenteuer auf Social-Media-Kanälen teilten, nahm ständig zu. Inzwischen verbrachte Ella die meiste Zeit vor dem Computer oder telefonierte mit Kunden. Die Routine hatte sie fest im Griff. Tag für Tag führte sie dieselben Aufgaben aus: Kundenakquise, Entwicklung von PR-Strategien und Meetings. Die glanzvollen Reisen wurden zur Ausnahme und das einstige Gefühl der Erfüllung wich zunehmend der Frustration.

Sie sehnte sich nach Veränderung, nach einem Ausbruch aus ihrem eintönigen Alltag. Immer öfter stellte sich Ella die Frage, ob das alles war, was das Leben ihr zu bieten hatte. Ihre Gedanken wanderten zurück zu ihrer letzten Reise. Ende Juli war sie als Trauzeugin auf der Katastrophenhochzeit ihrer besten Freundin Antonia in der Toskana gewesen. Erst gestern hatte sie mit ihr telefoniert und sie hatten sich an diese aufregenden Ereignisse zurückerinnert. Wie sie nach der geplatzten Trauung nach Lazise gefahren waren, wo Antonia ihren Hochzeitsfotografen Noah wiedergetroffen und sich Hals über Kopf in ihn verliebt hatte. Das Paar hatte alles richtig gemacht: Die beiden hatten sich inzwischen am malerischen Gardasee niedergelassen, mit Blick auf die Alpen und einer eigenen Zeitung. Ella dagegen saß im sechsten Stock eines Stahl-und-Glas-Hochhauses mit der schönen Aussicht auf gar nichts.

In diesem Moment klingelte ihr Handy und sie sah, dass Matteo, ihr Freund aus Lazise, anrief. Sie hatten sich schon eine Weile nicht mehr gesprochen. Was für ein Zufall, dass er sich gerade jetzt meldete! Die Freundinnen hatten den sympathischen Journalisten auf jener Reise im letzten Jahr kennengelernt und ihm spontan geholfen, für den italienischen Tourismusverband eine Broschüre für den Gardasee zu erstellen. Es war ein voller Erfolg gewesen und das letzte Mal, dass der Job ihr Spaß gemacht hatte.

Mit einem Lächeln nahm sie den Anruf entgegen, während sie gleichzeitig auf »Senden« drückte, um schnell noch eine E-Mail rauszuschicken.

»Hallo Ella, wie geht es dir?«, fragte Matteo gut gelaunt.

»Hey, kannst du Gedanken lesen? Ich habe eben an dich gedacht«, begrüßte Ella ihn. »Was gibt es Neues?«

»Ich wollte dich fragen, ob du nicht Lust hast, an einem Projekt mit mir zu arbeiten«, schlug Matteo am anderen Ende der Leitung vor.

»Ein neues Projekt? Ich höre!«, antwortete Ella, gespannt wie ein Flitzbogen.

»Du weißt vielleicht, dass in Bardolino im Mai das Rosé-Weinfest ansteht«, erklärte Matteo. »Wir haben die Möglichkeit, eine Broschüre über die Kellereien in der Region zu erstellen. Wir suchen noch jemanden, der die Weingüter besucht und darüber schreibt. Ich habe sofort an dich gedacht, weil du uns letztes Jahr so fantastisch unterstützt hast.«

»Wo ist der Haken?«, fragte Ella zugleich überrascht und angetan von diesem Angebot. Sie brauchte dringend neue Impulse und eine Weinreise nach Bardolino klang verlockend.

»Da gibt es keinen Haken. Eigentlich war ich für den Job vorgesehen, aber ich habe einfach nicht die Zeit, weil Antonia und Noah mich komplett mit ihrer Zeitung eingespannt haben. Zusätzlich arbeite ich ja auch immer noch regelmäßig für die Veroneser Zeitung – ›Il Giorno Verona‹, du erinnerst dich? Du müsstest die Weinbroschüre also größtenteils eigenständig entwerfen. Aber von Lazise nach Bardolino ist es ja nur ein Katzensprung – da kann ich dir jederzeit helfen. Außerdem wäre es doch toll, wenn unser

Kleeblatt wieder vereint wäre. Du fehlst mir – uns allen hier – sehr!«

Ellas Herz machte einen Hüpfer. Sie würde endlich Antonia wiedersehen und auch Matteo und Noah. »Ich vermisse euch genauso!«, rief sie, während eine warme Welle des Glücks sie durchflutete. »Italien und Wein – das klingt nach der perfekten Kombination. Aber bin ich wirklich dafür geeignet? Die Tatsache, dass ich gerne mal zu tief ins Glas schaue, macht mich noch lange nicht zur Sommelière.«

»Natürlich kannst du das!«, antwortete Matteo bestimmt. »Du hast in Lazise mehr als bewiesen, dass du ein PR-Profi bist. Ich habe keinen Zweifel, dass du auch in Bardolino großartige Arbeit leisten wirst.«

Ella schloss die Augen und ließ sich einen Moment lang von Erinnerungen forttragen. Der Duft der Toskana schien noch immer in der Luft zu liegen und das sanfte Rauschen des Gardasees erklang wie eine vertraute Melodie in ihren Ohren. Das Fernweh durchflutete sie, diese Sehnsucht, die schon zu lange in ihr schlummerte. Es war an der Zeit, aus ihrer Komfortzone auszubrechen und das Leben in vollen Zügen zu genießen!

Matteo war mittlerweile zu einem engen Vertrauten geworden. Damals, als er ihr bei der Gestaltung der Broschüre für das Festival »Garda in Love« freie Hand gelassen hatte, obwohl sie sich kaum kannten, war der Grundstein für ihre Freundschaft gelegt worden. Die Zeit in Lazise war für Ella eine wahrhaft besondere Erfahrung gewesen: voller Inspiration und kreativer Energie. Sie erinnerte sich an die tiefgründigen Gespräche mit Matteo, an die gemeinsamen

Abenteuer mit Antonia und Noah, all die lustigen Momente… Wenn Matteo ihr nun einen neuen Auftrag anbot, dann war das sicherlich kein leeres Versprechen. Und wenn Antonia es geschafft hatte, sich ein neues Leben am Gardasee aufzubauen, warum sollte nicht auch sie diesen Schritt wagen?

»Wann würde ich denn anfangen?«, erkundigte sich Ella aufgeregt.

»Du müsstest in zwei Monaten hier antreten und etwa drei Monate für die Umsetzung einplanen, damit wir nicht unter Zeitdruck geraten. Das Projekt wird erneut vom Tourismusverband initiiert. Der ›Palio di Chiaretto‹, so heißt das berühmte Weinfest, findet am letzten Maiwochenende statt und dauert drei Tage. Die Hauptattraktion dort sind die rosafarben geschmückten Degustationsstände. Inzwischen zählt das Fest zu den bedeutendsten Veranstaltungen für Roséwein in Italien. Die lange Verkostungsroute erstreckt sich von Cisano bis nach Punta Cornicello, nördlich von Bardolino«, erklärte Matteo grob den Ablauf. »Die Unterkunft übernimmt der Verband, die Spesen allerdings nicht – das heißt, für deine Verpflegung musst du selbst sorgen. Aber keine Angst, ich koche hin und wieder für dich!«

Die Idee klang äußerst reizvoll, doch Ella war sich unsicher, wie sie es anstellen sollte. Ihren ungeliebten Job gleich an den Nagel zu hängen, wäre überstürzt. Sie könnte versuchen, sich von ihrem Chef für drei Monate freistellen zu lassen und im Anschluss ihren Resturlaub am Gardasee verbringen. Dann könnte sie entscheiden, wie es weitergehen sollte. Ob ihr Chef sie jedoch für so lange Zeit nach Italien reisen ließe?

»Ich werde versuchen, alles zu organisieren, um nach Bardolino zu kommen«, versprach Ella in entschlossenem Ton.

»Dann lass uns nochmal telefonieren, wenn du mit deinem Boss gesprochen hast und hoffentlich alles so eingefädelt ist, wie wir uns das vorstellen!«, beendete Matteo das Gespräch.

»Danke für dein unwiderstehliches Angebot, Matteo. Ich werde mein Bestes geben«, antwortete Ella zuversichtlich.

»Ich weiß, dass ich unwiderstehlich bin«, scherzte Matteo mit seinem charmanten italienischen Akzent.

Ella erhob sich aus ihrem Bürostuhl, legte ihr Handy auf den Tisch und trat zum Fenster. Ihr Gesicht, mit vielen vorwitzigen Sommersprossen und umrahmt von kurzen, rotblonden Locken, spiegelte sich in der Scheibe wider. Vor drei Wochen hatte sie ihren dreißigsten Geburtstag gefeiert und nun stand sie an einem Wendepunkt, an dem sie die richtigen Weichen für ihr Leben stellen musste. Sie seufzte leise und ließ ihren Blick aus dem Fenster schweifen. Der Gedanke an die bevorstehenden, unbeschwerten Tage in Italien brachte Ella zum Strahlen und sie lebte innerlich auf. Sie erinnerte sich an das Gefühl von Freiheit, das sie dort empfunden hatte, und an das *dolce vita*, die sprichwörtliche italienische Leichtigkeit des Seins. Es war, als ob sie dort eine andere Ella wäre, fernab von den Zwängen und der Routine ihrer jetzigen Existenz. Der Kontrast zu ihrem aktuellen Alltag war so stark, dass sie sich plötzlich wie in einem Gefängnis fühlte, eingesperrt in die Monotonie ihrer Büroarbeit und den Blick auf Beton und Stahl.

Während sie das Angebot vor ihrem geistigen Auge noch einmal durchging, versetzte sie die Vorstellung, in der malerischen Landschaft der Olivenriviera Weine zu verkosten, neue Menschen kennenzulernen und bei ihren Freunden zu sein, regelrecht in Aufruhr. Ja, sie brauchte eine Luftveränderung! Ella beschloss, diese einmalige Chance nicht vorbeiziehen zu lassen, und sich auf das Abenteuer Bardolino einzulassen. Doch bevor sie diesen Schritt wagen konnte, musste sie eine wichtige Hürde nehmen: Sie musste ihren Chef um eine Freistellung bitten. Mit einem Schlachtplan im Kopf klopfte sie beherzt an die Tür von Stefan Berger und bat um ein Gespräch.

»Herein«, rief dieser, als Ella sein Büro betrat. »Was kann ich für dich tun?«, fragte er, während er sich in seinem Stuhl zurücklehnte.

»Ich würde gerne drei Monate freigestellt werden, von Mitte Mai bis Mitte August«, antwortete Ella bestimmt.

»Was hast du denn vor?«, hakte ihr Chef neugierig nach.

»In Bardolino findet jedes Jahr im Mai das Chiaretto-Weinfest statt. Ich habe ein Angebot bekommen, für den Tourismusverband eine Broschüre über die Weingüter am Veroneser Gardasee zu erstellen«, erklärte Ella passioniert. Doch als sie ihm das Projekt genauer darlegte, erkannte sie in seinem Gesicht einen Anflug von Skepsis.

»Drei Monate sind eine lange Zeit, Ella. Du warst doch im letzten Jahr schon wegen dieser Hochzeit freigestellt. Warst du da nicht auch am Gardasee?« Er überlegte einen Moment. »Warte mal… Lazise, oder?«

»Ja, das stimmt. Und der Auftrag kommt auch von den gleichen Leuten«, musste Ella einräumen.

»Ich werde darüber nachdenken, Ella. Aber ich möchte, dass du verstehst, dass ich dich nicht jedes Jahr so einfach freistellen kann. Wir haben hier viel zu tun und ich weiß nicht, wie wir das alles schaffen sollen, wenn du dauernd weg bist«, äußerte Stefan seine Bedenken deutlich. »Ich brauche Leute, auf die ich mich verlassen kann.«

Ella nickte verständnisvoll. »Ich kann absolut nachvollziehen und ich weiß, dass es eine lange Zeit ist. Ich bin jedoch sicher, dass diese Reise nicht nur für mich eine große Chance ist«, setzte sie ihre Überzeugungsarbeit fort. »Ich habe mir Folgendes überlegt: Ich könnte dort für uns PR-Arbeit leisten…«, begann sie ihren Plan darzulegen. Sie versprach ihrem Chef, beim Weinfest und bei Besuchen der Weingüter ein berufliches Netzwerk aufzubauen, das auch für seine Agentur von großem Nutzen sein könnte.

Stefan überlegte einen Moment und seufzte dann. »Also, gut, Ella. Aber ich muss erst mit den anderen Kollegen sprechen und schauen, wie wir das alles regeln können. Schließlich müssen die dann deine Projekte mitstemmen. Ich werde mich die nächsten Tage dazu melden«, und damit beendete er das Gespräch.

Als ihr Chef sie in der darauffolgenden Woche im Flur abpasste, hatte er gute Neuigkeiten. Gemeinsam mit den Kollegen hatte er eine Lösung gefunden: Eine Werkstudentin würde Ellas Job für die drei Monate so gut wie möglich übernehmen. Außerdem kehrte eine Mitarbeiterin aus dem Mutterschutz zurück. Unter der Bedingung, dass Ella die Reise nutze, Kontakte zu knüpfen, um möglicherweise neue Kunden für die Firma zu gewinnen, stimmte Stefan zu. Ella versprach ihrem Chef, in dieser Zeit mit vollem Einsatz zu arbeiten und ihm bei ihrer Rückkehr alle Fortschritte und Ergebnisse zu präsentieren. Er lächelte zufrieden und wünschte ihr eine erfolgreiche Reise und viel Vergnügen in Italien.

Ella griff sofort zum Telefon und rief Matteo zurück, um ihm zu berichten, dass sie das Angebot annehmen konnte. »Yippie! Stell dir vor, ich bin dabei!«, johlte sie in den Hörer und ihre Stimme überschlug sich vor lauter Wonne.

»Das ist fantastisch, Ella! Ich freue mich so, dich endlich wiederzusehen«, antwortete Matteo genauso überschwänglich.

Sie besprachen ausführlich weitere Details wie den Zeitplan und das Budget. Ella plante, erste Layouts für eine moderne Broschüre in der Agentur vorzubereiten – eine frische Alternative, die ihre kreative Handschrift trug und den Tourismusverband sicher beeindrucken würde.

Auf dem Heimweg weckte die frühe Märzsonne, die auf ihrer Haut prickelte, Vorfreude auf Italien. Ella konnte ihr Glück kaum fassen; ihr Herz klopfte vor Reiselust und Aufregung. Die Aussicht darauf, für das schöne Bardolino eine Broschüre zu entwerfen, fühlte sich an wie ein Traumjob. Doch es war keine Illusion, sondern Realität: Sie würde ihre gewohnte Routine in München für eine Weile hinter sich lassen und in die Weinwelt eintauchen.

Wenn es ihr wirklich gelänge, Neukunden für die Firma zu gewinnen, würde das nicht nur ihr Ansehen steigern, sondern auch ihrer Karriere enormen Schwung verleihen. Und wer weiß, vielleicht würden in Italien ganz neue Türen für sie aufgehen, dachte sie bei sich, und hatte keine Ahnung, wie einschneidend diese Reise ihr Leben tatsächlich verändern würde…

2 Gepackte Koffer

Ella stand vor ihrem offenen Koffer und betrachtete das wachsende Chaos aus Kleidern, Schuhen und allerlei Krimskrams, während sie darüber nachdachte, was sie für ihre bevorstehende Weinreise an den Gardasee unbedingt mitnehmen sollte. Sie hatte schon vor Wochen einen detaillierten Packzettel erstellt, doch jetzt, wo es ernst wurde, kroch die Nervosität in ihr hoch. Sie wollte schließlich für alles bereit sein und keine wichtigen Kleinigkeiten vergessen – weder die eleganten Outfits für die Weingüter noch die bequemen Schuhe für spontane Erkundungstouren. ›Bloß nichts dem Zufall überlassen‹, dachte sie und griff erneut zur Checkliste, nur um sicherzugehen, dass auch wirklich alles perfekt war.

In den letzten beiden Monaten hatte sie sich intensiv auf diese Reise vorbereitet. Sie hatte zahlreiche Bücher über italienischen Wein gelesen und sogar an einem Online-Seminar teilgenommen. Dazu hatte sie sich im Vorfeld ein Probenpaket bestellt, um die verschiedenen Weine zu verkosten und ihre sensorischen Fähigkeiten zu schulen. Ella hatte sich in der Kürze der Zeit so gut es ging Grundkenntnisse in Önologie angeeignet: Was sind die Merkmale eines guten Weins? Wie werden sie beschrieben und bewertet?

Natürlich war ihr bewusst, dass es nicht allein auf theoretisches Wissen ankam, sondern vor allem darauf, dieses in der Praxis anzuwenden. Immerhin würde sie die besten Weingüter besuchen und ihre Eindrücke sorgfältig und fundiert festhalten müssen. Zum Glück hatte sie schon als Schülerin in den Weinbergen ihres Onkels im Rheingau gejobbt, sodass ihr Anbau- und Herstellungsprozesse nicht völlig fremd waren.

Nachdem sie endlich fertig gepackt hatte, fiel ihr Blick auf ein Foto von Antonia und ihr, das auf ihrem Nachttisch stand. Es rief in Ella die Erinnerung an ihre tief verwurzelte Freundschaft wach, die schon seit ihrer Kindheit bestand. Die beiden hatten unzählige Stunden damit verbracht, auf dem Bett in Antonias Kinderzimmer zu liegen und sich ihre Zukunft auszumalen – Träume, die sich im Laufe der Jahre geändert hatten, aber ihre Freundschaft nie.

Sie sehnte sich danach, ihre beste Freundin und die anderen wiederzusehen. Seit dem vergangenen Jahr hatten sie sich nicht mehr getroffen und die langen Gespräche und gemeinsamen Abenteuer fehlten ihr. Sie freute sich darauf, den Sommer endlich wieder mit ihnen am Gardasee zu verbringen und ein Stück der alten Leichtigkeit zurückzuholen.

Am nächsten Tag brach Ella um acht Uhr abends mit dem Nachtzug vom Münchner Hauptbahnhof nach Peschiera del Garda auf. Von dort würde sie den Bus nach Bardolino nehmen. Zehn Stunden Fahrt waren wirklich lang, weswegen sie sich den Komfort eines Schlafwagens gegönnt hatte. Mit einem guten Buch und ein paar Snacks bewaffnet, machte sie es sich gemütlich. Trotz ihrer anfänglichen

Aufregung war sie schon um zehn Uhr hundemüde und kuschelte sich in die frischen Laken. Während der Zug gleichmäßig ratternd durch die nächtliche Landschaft glitt, fühlte sie, wie die Last der vergangenen Wochen langsam von ihr abfiel. Ihr letzter Gedanke, bevor sie einschlief, war, wie glücklich sie über ihre Entscheidung für dieses Abenteuer war – es fühlte sich einfach richtig an.

In Peschiera fand Ella die Busstation nur mit Mühe und Not und hätte um ein Haar ihren Anschluss verpasst. Aber als sie nach einer halbstündigen Busfahrt schließlich die Piazzale Aldo Moro in Bardolino erreichte, war sie völlig aus dem Häuschen. Der weite Platz lag ruhig vor ihr – nur ein paar Möwen zogen gemächlich ihre Runde hoch über den Dächern. Die mediterrane Frische der Morgenluft mischte sich mit dem Duft von frisch gebackenem Brot, der aus einer nahegelegenen Bäckerei herüberwehte. Sie sog voll Inbrunst die ersten Sonnenstrahlen in sich ein und schloss einen Moment die Augen, um die Stille zu genießen. Es war erst sieben Uhr morgens und obwohl die Straßen noch verwaist waren, hatte sie die aufkommende Lebendigkeit des Ortes sie sofort erfasst. Das Sweatshirt, das sie auf der Reise getragen hatte, war ihr plötzlich viel zu warm.

Kurz überlegte sie, ein Taxi zu rufen, entschied sich jedoch dagegen, da die Innenstadt, in der ihr Hotel lag, ohnehin Fußgängerzone und laut Google Maps nur etwa zehn Minuten entfernt war. Ihr Koffer rumpelte über das Kopfsteinpflaster, während sie die noch verschlafene Uferpromenade am schmalen Hafenbecken entlanglief. Als sie dort eine gemütliche *caffetteria* entdeckte, entschied sie sich spontan, eine Pause einzulegen und sich ein Frühstück zu gönnen. Sie bestellte an der Bar einen Cappuccino und ein *cornetto*. Sie ließ sich draußen an einem der Bistrotische nieder und beobachtete, wie die Stadt langsam zum Leben erwachte: Die Geschäftsleute sperrten ihre Läden auf und machten dabei *quattro chiacchiere* mit den wenigen, frühen Spaziergängern – die üblichen Plaudereien unter Einheimischen. Junge Familien schoben geduldig Kinderwagen auf und ab, während ihre Kleinen schlaflos die Welt anplärrten. Ein älterer Herr studierte konzentriert die Todesanzeigen an einem Aushang und ein Hund schmatzte vor einem verschlossenen Ristorante zufrieden an Pizzaresten. Ella lehnte sich zurück, nahm einen Schluck von ihrem Cappuccino und spürte, wie sich eine unbändige, freudige Erwartung in ihr breit machte. Das war das *dolce vita*, für das sie hergekommen war – müßige Stunden, den Augenblick auskosten. Es war das leise Versprechen von Abenteuern, die noch auf sie warteten.

Nach einer kurzen Pause machte sie sich auf den Weg zu ihrem Hotel. Das »Palladio Palace« lag eigentlich weit über dem Budget des Tourismusverbandes, doch da man sich zu spät um eine Buchung gekümmert hatte und aufgrund des Weinfestes alle anderen Unterkünfte bereits ausgebucht waren, blieb nur diese luxuriöse Alternative. Das Hotel, ein Prachtbau im Stil des frühen zwanzigsten Jahrhunderts, beeindruckte mit einer imposanten Fassade aus hellem Marmor und geschwungenen Balkonen. In der Lobby verstärkten antike Möbel und Gemälde die elegante, klassische Atmosphäre. Zum Glück konnte sie an der Rezeption schon einchecken, brachte ihr Gepäck aufs Zimmer und rief danach sofort Antonia an, um ihr von ihrer Ankunft zu berichten. Mit einem breiten Lächeln wählte sie die Nummer und wartete gespannt darauf, die Stimme ihrer Freundin am anderen Ende der Leitung zu hören.

»*Arrivata*! Ich bin da!«, rief Ella aufgeregt ins Telefon. »Oh, Antonia! Es ist unglaublich in Bardolino! Ich habe seit dem letzten Jahr davon geträumt, einmal hierher zu kommen, und es ist so viel schöner als ich es mir vorgestellt habe. Ich bin einfach überwältigt!«

»Wie wunderbar, ich freue mich so sehr, dass es dir gefällt und noch mehr darüber, dass du endlich eingetroffen bist!« erwiderte Antonia. »Und, wie ist das Hotel?«

»Eine echte Luxusherberge! Die Lage ist unschlagbar – es ist ein prächtiges, historisches Gebäude mitten im Zentrum. Und ich habe einen Balkon, von dem aus sich ein herrlicher Panoramablick auf den See bietet«, schwärmte Ella.

»Wann sehen wir uns denn?«, erkundigte sich Antonia.

»Übermorgen beginnt das Weinfest. Es wäre toll, wenn du mich begleitest. Für die darauffolgenden Tage hat Matteo bereits einige Termine mit den Top-Weingütern organisiert – es sieht so aus, als bliebe mir nicht viel Zeit zum Eingewöhnen«, erklärte Ella bedauernd.

»Einverstanden! Ich bin sicher, du wirst die Weinreise genießen. Anfangs war ich zwar etwas beleidigt, dass du nicht bei uns in Lazise wohnen wolltest. Aber bei deinem Programm verstehe ich das natürlich«, meinte Antonia lachend.

»Ja, es wäre wirklich schwierig geworden«, bestätigte Ella. »Ich kann überhaupt nicht einschätzen, wann ich komme und gehe. Mit dem ganzen Alkoholkonsum, der mir bevorsteht, bin ich dankbar, wenn ich nicht weit vom

Bett entfernt bin. Und wie du weißt, schnarche ich schon nach einem Glas Prosecco«, fügte sie scherzhaft hinzu.

»Das ist noch untertrieben: Du sägst wie eine Fräsmaschine! Trotzdem: Ich wünschte, du könntest die ganze Zeit mit uns verbringen«, sagte Antonia. »Und – was hast du heute noch vor?«, fragte sie neugierig weiter.

»Ich kann es kaum erwarten, die Stadt zu erkunden«, antwortete Ella in ungeduldiger Unternehmungslust. »Es gibt so viel zu sehen, mit den im venezianischen Stil erbauten Häusern und hübschen Gassen voller kleiner Geschäfte. Überall blühen Bougainvillea und Oleander. Vorhin habe ich mir schon ein Frühstück mit Seeblick gegönnt!«

»Ich hätte dich ja gern abgeholt, aber wir haben morgen Andruck unserer neuen Ausgabe und ich muss noch in die Druckerei. Doch wir werden genug Zeit füreinander finden! Ich habe schon ein paar Aktivitäten geplant, wie zum Beispiel einen Besuch in der »Grana Padano«-Käserei für unsere Zeitung. Oder wir setzten uns einfach in eine Bar und quatschen endlos! Dann genieße jetzt mal deine Erkundungstour und vergiss nicht, mir alles haarklein zu erzählen, wenn wir uns treffen!«

»Natürlich, ich halte dich auf dem Laufenden«, versprach Ella. »Bis übermorgen!«

Nachdem sie das Telefonat beendet hatte, packte Ella ihre Sachen aus, nahm eine heiße Dusche und machte sich anschließend auf zu einem ausgedehnten Stadtbummel. Das ehemalige Fischerdorf Bardolino bestach durch seine weitläufige Altstadt mit breiten Gassen, die es von den engen, verwinkelten Straßen der anderen Städtchen am Gardasee abhob. Ella schlenderte den Corso Umberto I entlang, eine der belebtesten Einkaufsstraßen, wo mittlerweile reger

Betrieb herrschte. Anders als in den meisten italienischen Städten fiel hier die sonst obligatorische Siesta aus. Die Läden, die Souvenirs, Schmuck und handgefertigte Waren anboten, drängten sich dicht aneinander und blieben während der Hochsaison sogar bis Mitternacht geöffnet. Ella betrat einen der hübschen Souvenirläden mit Wohnaccessoires aus Olivenholz, fest entschlossen, nur ein paar kleine Geschenke für ihre Freunde zu Hause zu kaufen. Doch kaum war sie durch die Tür, umhüllte sie der Duft von Kräuterseifen und mediterranen Gewürzen, und sie fühlte sich wie im Schlaraffenland.

»Okay, Ella, nur das Nötigste«, murmelte sie leise vor sich hin, während sich ihr Blick bereits auf eine Schale mit winzigen, handgeschnitzten Olivenholzlöffeln heftete. »Perfekt für Marmelade!«, befand sie, obwohl sie selbst nicht einmal Marmelade aß. Zwei landeten im Korb. »Bleib stark«, ermahnte sie sich, doch da war es bereits zu spät. Eine handbemalte Olivenölflasche schien ihr verführerisch zuzuzwinkern, gefolgt von rustikalen Zahnstocherhaltern in Form von Fischerbooten, die aussahen, als könnten sie von stürmischen Seeabenteuern erzählen. ›Niedlich, aber absolut überflüssig‹, überlegte sie noch und packte das Set trotzdem ein. Ein Miniatur-Besen aus getrocknetem Lavendel für »positive Energie im Haus«, eine Flasche selbstgemachter Limoncello mit einem Etikett wie von Erstklässlern bemalt, und schließlich eine Glücksente mit Strohhut – alles wanderte in ihren schon randvollen Korb. ›Ich bin kaufkrank‹, dachte sie leicht beschämt. ›Aber hey, wenigstens bin ich gut vorbereitet, falls jemand spontan Zahnstocher oder einen Mini-Besen braucht!‹ Sie grinste über sich selbst und stellte sich vor, wie ihre Freunde zu Hause über die schrägen Mitbringsel lachen würden.

Endlich stand sie an der Kasse. ›Das wird eine schwere Heimreise‹, stellte sie beim Anblick ihrer Ausbeute fest. ›Wenn ich so weitermache, brauche ich bald einen zweiten Koffer nur für meinen Ramsch.‹ Als sie den Laden verließ, schwor sie sich, dass dieser erste Kaufrausch auch der letzte gewesen sein sollte…

Inzwischen zog sich durch die *area pedonale* ein nicht abreißender Menschenstrom. Die Ruhe des Morgens war längst verschwunden. Durch das Gewimmel erreichte Ella schließlich das östliche Ende der Piazza Matteotti, des zentralen Platzes von Bardolino, der eher wie eine breite Straße wirkte. Zahlreiche Restaurants, Cafés und Eisdielen reihten sich hier aneinander wie Perlen an einer Schnur. Im Vorbeigehen entschied sie sich spontan für drei Kugeln *gelato* aus einer Vitrine, in der sich das gespachtelte Eis verlockend türmte: *nocciola, pistacchio* und *amarena*. Links von ihr erhob sich die Pfarrkirche San Nicolò e Severo, schlicht und bescheiden, abgesehen von den farbenfrohen Glasfenstern, die in der Sonne strahlten. Ella stieg die Stufen empor, lehnte sich gegen eine der massiven Marmorsäulen des Portals und genoss den weiten Blick von der Kirchentreppe hinunter zum See: Im Hafen wehte die italienische Fahne im Wind und in der Ferne zeichnete sich das tiefblaue Bergpanorama der Alpen ab. Staunend stand sie da, den Mund leicht geöffnet und bemerkte vor lauter Faszination nicht, wie ihr das Kirscheis rote Flecken auf die weißen Schuhe tropfte. Nachdem sie aufgegessen hatte, trat sie ins Innere der Kirche, wo beeindruckende Fresken die Wände zierten, die von Touristengruppen unter Führung ihrer Guides in Scharen besichtigt wurden.

Nach einem kurzen Blick in die Krypta zog es Ella jedoch wieder ins Freie, hinaus in das warme Sonnenlicht.

Sie spazierte weiter bis zum Hafen, wo ihr ein Kriegsdenkmal ins Auge fiel, das sie sich näher ansehen wollte. Hier, im gemächlich pulsierenden Herzen des Städtchens schaukelten Fischerboote gemütlich in den Wellen und teure Yachten lagen ruhig an der Kaimauer vertäut. Über ihnen flatterte eine Fahnenparade aus dreizehn Nationen in der leichten Brise.

Vor einer eleganten »Riva Aquarama« blieb sie einen Moment stehen und betrachtete andächtig die geschwungene Form des legendären Motorbootes. Sie erinnerte sich an ein Poster, das sie als Kind gesehen hatte: Brigitte Bardot, die in einer Riva über den See dahinglitt, über ihr die italienische Sonne und auf ihren Lippen das siegessichere Lächeln einer wahren Diva. Dieses Bild einer glamourösen Zeit weckte in Ella eine surreale Sehnsucht: Sie stellte sich vor, wie sie selbst an Bord saß und ein warmer Wind mit ihrem Kleid spielte. Sie schickte Antonia ein Selfie – Boot und schneebedecktes Alpenpanorama im Hintergrund: »Kann es kaum erwarten, dich zu sehen und mehr von Bardolino zu entdecken!«, lautete die Unterschrift.

Auf ihrem weiteren Spaziergang entdeckte Ella eine versteckte Seitenstraße, die zu einem Innenhof führte, umgeben von Weinreben. In der Mitte des Hofes stand ein antiker Steinbrunnen und an einer Seite befand sich eine kleine Bar, die von einer netten, älteren Dame betrieben wurde. Das war die Rettung, denn Ella hingen die Arme mit ihren Einkaufstüten schon bis zu den Kniekehlen. Sie verfluchte sich, dass sie so viel Zeug im Souvenirshop zusammengekauft hatte. Erschöpft ließ sie sich in einen Stuhl an einem der kleinen Tische im Schatten der Pergola sinken. Zeit für einen *aperitivo* – eine typische *italianità*, ein geselliges Ritual, das den Feierabend vom Berufsleben trennte und gemächlich zum Abendessen überleitete. Es war inzwischen sieben Uhr und das Lokal begann sich mit Menschen jeden Alters zu füllen, die nach einem langen Arbeitstag mit Freunden auf einen Drink zusammenkamen. *Dolce far niente* – das süße Nichtstun – schien die unausgesprochene Devise der Stunde zu sein, stellte Ella zufrieden fest, als sie sich einen Prosecco bestellte. Dieser wurde von einer freundlichen Bedienung mit einem kleinen Snack-Arrangement serviert: Focaccia, Chips, Oliven und Salami – ein *saluto dalla cucina*, ein herzlicher Gruß aus der Küche, wie die Dame lächelnd erklärte, während sie das Tablett abstellte. Erst jetzt bemerkte Ella, wie hungrig sie war – vor lauter Entdeckerfreude hatte sie das Mittagessen völlig vergessen.

Gestärkt setzte sie nach einer Stunde ihren Spaziergang entlang des Sees fort – auf Italienisch *lungolago* – und steuerte auf das leuchtend weiße Riesenrad zu, das sich im Park zwischen hochaufgeschossenen Zypressen langsam drehte. Dahinter ragte der markante Felsen von Affi in den Himmel. Die Promenade war von knorrigen Pinien gesäumt und auf den großen Gesteinsbrocken am Ufer saßen einige Pärchen, eng aneinandergeschmiegt, im dramatisch purpur gefärbten Sonnenuntergang. Blassviolettes Dämmerlicht legte sich über den See, begleitet vom Konzert der schnatternden Enten. Ellas Blick fiel auf einen alten, schiefen Steinturm, der eingeklemmt zwischen zwei Hotels stand – die Überreste einer Burg aus dem neunten Jahrhundert, wie sie sich aus ihrem Reiseführer erinnerte. Außer diesem Wachturm war davon allerdings nichts mehr übrig. Die alten Mauern hatten Jahrhunderte überdauert, doch die meisten Steine waren im Laufe der Zeit abgetragen worden und hatten neuen Bauten Platz gemacht. Während sie den verwitterten Turm betrachtete, fragte sich Ella, wie viele Generationen diesen gleichen Ausblick wohl schon erlebt hatten – und wie die Burg damals wohl ausgesehen haben mochte, als sie noch über das Ufer wachte.

Sie erreichte den Platz, wo das Weinfest stattfinden sollte. Festzelt und Bühne standen bereits, die rosa Teppiche waren ausgerollt und auch ein Großteil der Stände waren aufgebaut, üppig mit Blumen dekoriert. Ella war voller Verve: Morgen würde sie sich mit dem *consorzio turistico* zum Abendessen treffen, um die Details bezüglich der Broschüre zu besprechen und gemeinsam mit Matteo einen klaren Fahrplan für deren Umsetzung vorzustellen. Sie war gespannt auf die genauen Anforderungen und die nächsten strategischen Schritte. Sie wollte so unbedingt, dass das Projekt erfolgreich würde. Daher sah sie dem Treffen mit großer Nervosität entgegen, auch, weil sie ihr Italienisch unter Beweis stellen müsste, an dem sie seit dem letzten Jahr fleißig gearbeitet hatte. Glücklicherweise würden sie das Meeting überwiegend auf Englisch abhalten, da Ella sicherstellen musste, dass sie die Vision des Tourismusverbandes von Bardolino vollständig verstand und ihre Arbeit entsprechend ausrichten konnte. Sie war voller Elan, ihre Vorschläge zu präsentieren und freute sich auf köstlichen Wein, leckeres Essen und angeregte Gespräche in guter Gesellschaft.

Bardolino hatte sie bereits in den Bann gezogen und sie konnte es kaum erwarten, mehr von dieser bezaubernden Stadt zu entdecken. Für heute hatte sie jedoch genug gesehen. Die anstrengende Reise steckte ihr in den Knochen, und die schweren Tüten zogen an ihren Armen. Plötzlich war sie sehr müde geworden. Es war Zeit, die Eindrücke und sich selbst ins weiche Hotelbett sacken zu lassen.

3 Alles dreht sich

Pünktlich um halb acht wartete Matteo vor Ellas Hotel, bereit, um sie zum Abendessen mit dem Consorzio abzuholen. Er war ein gutaussehender Mann in den Dreißigern, kräftig gebaut, mit kurzen, dunklen Haaren und einem freundlichen Gesicht, das sofort Vertrauen erweckte. Seine Eltern betrieben eine kleine Pension in Lazise, wo sie letztes Jahr mit Antonia gewohnt hatte. Diesmal hatte Ella darauf bestanden, direkt vor Ort in Bardolino zu wohnen, um das Flair des Weinfestes vollständig in sich aufzunehmen. Sie hatte sich für den Abend herausgeputzt und trug passenderweise ein weinrotes Kleid, das professionell wirkte, dabei aber eine gewisse Leichtigkeit ausstrahlte – ideal, um nicht zu ehrgeizig zu wirken.

Matteo sah sie bewundernd an. »Ich hatte ganz vergessen, wie fantastisch du aussiehst!«

»Danke für das Kompliment«, erwiderte Ella geschmeichelt. »Aber sag mir lieber, was ich für heute Abend wissen muss!«

»Wo fange ich am besten an?«, überlegte Matteo und kratzte sich nachdenklich am Kopf. »Also, direkt hinter der Stadt erstrecken sich die sanften Hänge der Moränenhügel, das Herzstück des Bardolino-Weinbaugebiets. Hier bieten zahlreiche Weingüter ihre Weine nicht nur zum Verkauf an, sondern veranstalten auch Weinproben und haben teilweise kleine Museen eingerichtet«, begann Matteo weitschweifig und führte dann umständlich aus: »Das Kernanbaugebiet befindet sich zwischen Bardolino, Lazise und Affi – nur Weine, die hier erzeugt werden, dürfen den Namen ›Bardolino Classico‹ tragen. Für den Bardolino werden verschiedene Rebsorten verwendet, vor allem aber ›Corvina Veronese‹, oft auch in Kombination mit einem größeren Anteil ›Rondinella‹. Er wird in den Qualitätsstufen DOC – *Denominazione di Origine Controllata* – angeboten und ist auch in der höherwertigen Variante »Superiore DOCG« erhältlich. Bekannte Weingüter sind ›Zenato‹ oder die ›Cantine Colli Morenici‹.«

»Entschuldige, wenn ich dich unterbreche – das weiß ich schon alles aus meinem Seminar. Ich muss vielmehr von dir hören, was genau der Tourismusverband sich vorstellt«, bremste Ella Matteos Redefluss ungeduldig.

Matteo seufzte, offensichtlich enttäuscht darüber, dass er nicht mit seinem Wissen glänzen durfte. Aber er nahm es sportlich und verschaffte Ella während ihres zehnminütigen Spaziergangs einen groben Überblick darüber, was das Consorzio von ihnen erwartete.

Das Meeting lief reibungslos ab, mit nur wenigen Rückfragen, was Ella die Gelegenheit gab, ihre eigenen Ideen vorzustellen. In der Agentur hatte sie – wie besprochen – moderne Entwürfe für eine neue Broschüre vorbereitet, die das etwas angestaubte Werbematerial ersetzen sollten. Auf ihrem Laptop präsentierte sie die verschiedenen Designs und die Italiener waren von Ellas zeitgemäßer Gestaltung und ihrer frischen Herangehensweise begeistert. Sie baten sie jedoch, sich nach dem Weinfest ein Apartment zu suchen, da ihr Budget einen längeren Hotelaufenthalt nicht abdeckte.

»Ein gelungener Start«, lobte Matteo, als sie nach dem Essen zum See spazierten. Die Lampen entlang der Promenade warfen ihr schummriges Licht auf die Wege, während die Nacht langsam über den Gardasee zog und in den Bäumen blätterte. »Die hattest du ja sofort um den Finger gewickelt! Und du hattest noch Sorge, ob du das schaffst! Ich habe gleich gewusst, dass du für diesen Job die Traumbesetzung bist.«

Mitten in seinen Statz dröhnte aus den Lautsprechern einer herannahenden Bimmelbahn »Benvenuti!« und »Buon viaggio!« – unterbrochen von brockenweise Stadtgeschichte in mehreren Sprachen und fröhlichem Papierfahnen-Geschwenke.

»Was hast du gesagt?«, fragte Ella nach, die ihn wegen der johlenden Insassen nicht verstanden hatte.
»Dass du eine echte Traumfrau bist!«, brüllte Matteo, der sich das Lachen über den knallbunten Touristenzug nicht verkneifen konnte.
Ella verdrehte die Augen. »Du bist unverbesserlich!«, beschwerte sie sich im Spaß.
»Unwiderstehlich, wolltest du wohl sagen, so wie meine Angebote!«, scherzte Matteo zurück, hakte sie unter und

gemeinsam schlenderten sie voller Arbeitsfreude über ihr Projekt schnatternd durch den Parco Carrara Bottagisio, bis sie vor dem illuminierten, dreißig Meter hohen Riesenrad zum Stehen kamen.

»Hier war ich gestern am frühen Abend schon, aber im Dunkeln mit Beleuchtung sieht es natürlich noch viel schöner aus!«, bemerkte Ella. Die Lichter des Fahrgestells tanzten wie kleine Funken auf ihrer Iris, während sie sprach.

»*Che ne dite di un giro sulla ruota panoramica?*«, fragte der Schausteller geschäftstüchtig, als er Kundschaft witterte. »*Sette euro per persona!*«

»Hast du Lust? Die Runde geht auf mich!«, schlug Matteo vor, der Ellas weit aufgerissene Augen irrtümlich als Begeisterung deutete.

»Ich weiß nicht so recht, ich habe eine Akrophobie«, gab Ella verhalten zurück.

»Aggro- was?«, fragte Matteo verwirrt und blickte sie reichlich ratlos an.

Ella musste lachen. »Höhenangst! Baugerüste, Leitern, Hochhäuser – nichts für mich. Verstehst du?«

»Dann mach die Augen zu und ich halte deine Hand«, schlug Matteo mit einem einladenden Lächeln vor.

»So einfach ist das leider nicht«, antwortete Ella, während ihre Stimme einen ernsten Ton annahm. »Allein die Vorstellung davon kann schon eine Panikattacke auslösen. Ich bekomme Schweißausbrüche, wenn ich es mir bloß ausmale.«

Matteo nickte verständnisvoll. »Okay, kein Druck. Aber vielleicht schaffen wir es ja, deine Angst ein kleines bisschen herauszufordern. Nur so weit, wie du dich herantraust.

Wenn du dich nicht überwinden kannst, steigen wir eben nicht ein und schauen einfach gemeinsam von hier unten zu. Kein Drama.«

Ella spürte, wie ihre Anspannung nachließ. Matteo hatte etwas Beruhigendes an sich, eine Art, das Ganze leichter erscheinen zu lassen. »Na gut«, sagte sie schließlich zögernd und ein wenig überrascht von sich selbst. »Wagen wir es… Aber nur, wenn du mir versprichst, mich wirklich nicht loszulassen.«

Matteo hob feierlich die Hand. »Versprochen. Kein Loslassen, egal was passiert.«

Mit einem leichten Lächeln, das sich auf Ellas Gesicht stahl, begaben sie sich zum Eingang des Riesenrads. Sie war sich nicht sicher, ob es der Nervenkitzel oder die aufkeimende Angst war, die ihr Herz schneller schlagen ließ.

Nachdem Matteo die vierzehn Euro bezahlt hatte, bestiegen sie Leine der Gondeln und das Rad setzte sich gemächlich in Bewegung. Je höher sie schwebten, desto stärker spürte Ella ein Kribbeln im Nacken, eine Mischung aus Erregung und Nervosität. Doch mit jeder weiteren Runde wich ihre Anspannung. Ob es an Matteos ruhiger Art lag, an seiner Hand, die ihre sicher umschloss, oder an der warmen Brise, die durch ihr Haar wehte – es fühlte sich einfach herrlich an. Ella hätte nie gedacht, dass sie je den Ausblick über die Dächer einer Stadt so sehr genießen könnte. Es war etwas völlig anderes als der Blick vom Balkon. Unter ihnen glitzerte der See geheimnisvoll – ein tiefblauer Teppich, der sich bis zum Horizont erstreckte.

Plötzlich ruckte das Riesenrad, ein spürbares Zittern ging durch die Gondel, und das ganze Konstrukt kam mit einem Quietschen zum Stillstand. Ella hielt die Luft an, ihr Herzschlag beschleunigte sich sofort. »Was ist los? Was ist das?«

Matteo schenkte ihr ein ermutigendes Lächeln. »Nur ein kurzer Halt, damit wir die Aussicht genießen können. Und danach fahren wir auch runter, versprochen.« Er hielt sie fest im Blick, ihre Hand noch immer in seiner.

Ein paar Minuten vergingen und die Gondel schwankte leicht, als ob das Riesenrad bald wieder in Bewegung käme. Aber es tat sich nichts. Stattdessen lebte der Wind auf. Ella spürte Gänsehaut auf ihren Armen und eine Schweißperle rann von ihrer Schläfe.

Da passierte das Unerwartete: Ein weiterer, heftiger Ruck ging durch die Gondel. Der Strom fiel aus, die Lichter erloschen. Die Kabine begann, stärker im Wind zu schaukeln. Ella erfasste eine Welle der Panik. Instinktiv klammerte sie sich an Matteo. Ihre Gedanken jagten wie ein Sturm durch ihren Kopf. Kalter Schweiß brach auf ihrer Stirn aus und ihre Atmung raste. Sie fühlte sich, als hätte sie jegliche Kontrolle verloren. Ihr Herz hämmerte in ihrer Brust, ihr Körper bebte. Der weite Blick auf die Stadt, der sie noch eben fasziniert hatte, war nur noch eine undurchdringliche Finsternis, die ihre Angst verstärkte.

Inmitten des Chaos und der Dunkelheit zog Matteo sie in seine Arme und flüsterte besänftigend: »Beruhige dich, Ella. Es wird uns nichts passieren. In Italien fällt der Strom schon mal aus. In wenigen Sekunden wird es ohne Probleme weitergehen.«

Seine Nähe und seine zuversichtlichen Worte halfen Ella, ihre Panik in Schach zu halten. Sie konnte seinen Herzschlag spüren, gleichmäßig und gelassen, und konzentrierte sich darauf, um selbst ruhiger zu werden.

»Es tut mir leid, dass ich dich zu dieser Fahrt überredet habe«, sagte Matteo leise, seine Stimme klang aufrichtig bedrückt. »Ich dachte nur, es wäre eine schöne Idee, Zeit miteinander zu verbringen und die Aussicht zu genießen.«
In der Dunkelheit konnte Ella sein Gesicht nur erahnen, doch sie erkannte seine Reue und griff fester nach seiner Hand. »Schon gut«, antwortete sie schließlich zitternd. »Es war ja auch meine Entscheidung. Solange du bei mir bist, ist alles in Ordnung.«

Erneut ging ein leichter Ruck durch die Kabine, diesmal sanfter, und die Lichter flammten auf. Dann setzte sich das Rad endlich in Bewegung. Als die Gondel langsam abwärts glitt, entspannten sich Ellas Muskeln allmählich. Sie atmete dreimal tief durch, spürte die kühle Nachtluft ihre Lunge füllen und sah, wie die funkelnden Lichter von Bardolino näherkamen.

»Gleich sind wir unten!«, rief Matteo aufmunternd und drückte ihre Hand. »Und schau mal – du hast es geschafft. Höhenangst hin oder her.« Dann räusperte er sich, rutschte unruhig auf der Bank hin und her und versuchte, seine Nervosität zu verbergen. »Du bist mutiger, als du denkst.« Und dann, aus einem Impuls heraus, fügte er hinzu: »Weißt du, eigentlich habe ich schon lange auf einen solchen romantischen Moment mit dir gewartet.«

Ellas Reaktion fiel jedoch anders aus, als der vernarrte Matteo es sich erhofft hatte. Noch immer zitternd und darauf wartend, dass das Riesenrad sie wieder sicher auf den Boden brachte, überschlugen sich ihre Gedanken fieberhaft. Ein erneuter Anflug von Panik erfasste sie. Verzweifelt versuchte sie, ihre Atmung zu kontrollieren, indem sie im Kopf rückwärts zählte – zehn, neun, acht...

»Bist du verrückt? Das ist absolut kein romantischer Moment für mich, Matteo«, stieß sie mit bebender Stimme hervor, nachdem sie sich halbwegs im Griff hatte. »Das war die nackte Angst. Ich bin einfach nur froh, wenn wir hier heil herauskommen. Das alles ist mir gerade zu viel und zu schnell.« Der liebestolle Matteo schien völlig die Realität aus den Augen verloren zu haben – wie konnte er in einer solchen Situation von Romantik sprechen? Ella fühlte sich überfordert und wusste nicht, wie sie mit dieser unerwarteten Wendung umgehen sollte.

Es trat eine unangenehme Stille ein. Matteo senkte beschämt den Blick. Er hatte ihren Satz »Solange du bei mir bist, ist alles in Ordnung« völlig missverstanden. Für einen Augenblick hatte er gedacht, sie würde ihm ihre Zuneigung gestehen, doch stattdessen wies sie ihn ab. Die Verwirrung in seinem Blick war nicht zu übersehen, als er nach den richtigen Worten suchte, um die Situation zu klären.

»Ich... ich hab's geahnt«, murmelte er reumütig. »Es tut mir leid. Ich hätte warten sollen. Ich wollte dich nicht überrumpeln. Es ist nur so, dass du mir seit letztem Sommer nicht aus dem Kopf gehst…« Er hatte einen Fehler gemacht, indem er in einer solch stressigen Situation seine Empfindungen über ihre gestellt hatte. Hätte er doch nur auf einen passenden Moment gewartet!

Ella nickte verzeihend, doch ihre Antwort fiel schmallippig aus. Sie war hin- und hergerissen, wie sie auf seine Entschuldigung reagieren sollte. Einerseits konnte sie sehen, wie sehr er mit sich kämpfte, andererseits merkte sie, dass ihre eigenen Gefühle in diesem Moment viel komplizierter waren. Sie musste sich erst selbst darüber klarwerden. »Ich weiß, du hast es nur gut gemeint«, sagte sie, als sich ihre Anspannung legte. Doch in ihrer Stimme schwang immer noch ein Hauch von Unentschlossenheit mit.

Nachdem das Riesenrad sie endlich am Boden abgesetzt hatte, half Matteo Ella beim Aussteigen. Verlegen standen sie nun voreinander, unsicher, was sie sagen sollten. Der Wind brachte den Seegeruch mit sich und die Nachtluft war erfrischend klar.

Matteo trat von einem Fuß auf den anderen. »Vielleicht kann ich es wieder gutmachen«, schlug er vorsichtig vor. »Vielleicht einfach mit einem Spaziergang am See, ohne Drama?«

Sie überlegte kurz. Sie hatte sich mittlerweile gefasst und nickte kurz. »Ein Spaziergang klingt gut«, stimmte sie zu. »Aber wir lassen die Dramen wirklich hinter uns…«

Matteo lächelte erleichtert. »Deal.«

Sie ließen den Abend gemächlich ausklingen und schlenderten noch eine Weile an der Uferpromenade entlang. Gemeinsam beschlossen sie, sich auf ihre Arbeit zu konzentrieren und die Fahrt im Riesenrad als lehrreiche Erfahrung abzuhaken. In aller Sachlichkeit besprachen sie ihre Pläne für die nächsten Tage. Matteo sicherte Ella zu, sie bei ihren Recherchen für die Broschüre zu unterstützen und sich in Zukunft nicht mehr zu solchen Gefühlsausbrüchen hinreißen zu lassen.

Ella verspürte Erleichterung, dass trotz des Vorfalls die Stimmung zwischen ihnen entspannt blieb und war dankbar für die angebotene Hilfe. Sie ließ sich auf einer niedrigen Mauer am Seeufer nieder und schaute in die mystische Dunkelheit, die über dem Wasser lag. Die matte Parkbeleuchtung spiegelte sich in den Wellen. Mit einem Mal schien alles so friedlich, als hätte die Nacht ihren verzeihenden Mantel über sie ausgebreitet: das Lachen und die Gespräche der Menschen in den Bars, die sanften Klänge einer entfernten Melodie und das Gefühl, eine innere Hürde überwunden zu haben.

»Weißt du«, begann sie nachdenklich und lächelte leicht, »manchmal braucht man jemanden, der einem zeigt, dass man mehr kann, als man denkt.«

Matteo setzte sich neben sie, den Blick in die Ferne gerichtet. »Und manchmal braucht es viel Mut, den nächsten Schritt zu wagen«, meinte er tiefsinnig.

»Naja, einen Versuch war es wohl wert«, sagte Ella versöhnlich mit Blick auf das Riesenrad, das sich munter drehte, als wäre nichts geschehen.

»Die Tour oder mein Vorstoß?«, erkundigte sich Matteo vorsichtig.

»Eventuell beides…«, scherzte Ella mit einem undurchsichtigen Lächeln.

Sie sahen einander in stillem Einverständnis an – es war alles gesagt. Nur ein einfacher Moment des Vertrauens, der vielleicht der Anfang von etwas Neuem sein könnte. Sie begaben sich auf den Heimweg und Matteo setzte Ella vor dem Hotel ab.

»Das Apartment organisiere ich für dich – ich kenne ein paar Leute mit Airbnbs in Bardolino«, versprach er noch, bevor er sich zurück nach Lazise aufmachte.

4

Sternenklar und vernebelt

Am nächsten Nachmittag betrat Ella das Café »Fantasia« zwanzig Minuten vor der verabredeten Zeit. Sie konnte es kaum erwarten, ihre beste Freundin wiederzusehen und war daher zu früh dran. Das charakteristische Rattern und Klackern der Siebträgermaschine erfüllte den Raum und eine lange Theke präsentierte eine Auswahl an köstlichem, italienischem Gebäck: mit Ricotta gefüllte *cannoli*, *torta di nonna* mit Mandelcreme und verschiedene *crostate* mit Kirschen, Äpfeln und Feigen.

Ella nutzte die Zeit bis zum Eintreffen ihrer Freundin für einen ersten *caffè* an der Bar. Einen Espresso im Stehen zu trinken, war in Italien Tradition – eine kurze Pause vom hektischen Alltag, ein Moment des Genusses, den man mit anderen Kaffeeliebhabern teilte, bevor das Leben weiterging. Sie beobachtete gebannt, mit welcher Präzision und Geschwindigkeit der Barista an seiner »La Cimbali«-Espressomaschine arbeitete. Der hübsche junge Mann füllte den Siebträger mit Kaffee und verteilte diesen darin. Dann drückte er ihn mit einem Tamper fest und setzte den Träger in die Maschine ein. Ein lautes Geräusch ertönte, als er den Hebel betätigte, um das Wasser durch den Kaffee zu pressen. Der dunkle Espresso floss in Ellas Tasse und auf seiner Oberfläche bildete sich eine dicke Crema.

»*Prego, Signorina*«, sagte der Braungelockte, als er ihr die Tasse über den Tresen schob. Sein strahlendes Lächeln brachte Ella dazu, unwillkürlich zurückzulächeln. Als sie einen flüchtigen Blick auf seine eleganten Hände warf, fragte sie sich, ob er wohl in allem so geschickt war – der Gedanke ließ sie leicht erröten.

Sie sah sich nach einem Tisch mit Blick auf den See um und hatte sich gerade am Fenster niedergelassen, als Antonia schon auf sie zustürmte. Sie trug ein himmelblaues Kleid, das ihre Augenfarbe unterstrich, und ihr braungewelltes Haar wippte bei jedem Schritt. Die Wiedersehensfreude war riesig und sie umarmten einander herzlich.

»Wie schön, dich zu sehen!«, rief Ella aus. »Gut schaust du aus! Italien steht dir! Oder liegt es an Noah?«

»Beides!« Antonia strahlte von einem Ohr zum anderen, als sie sich gegenüber von Ella setzte. »Endlich bist du da! Ich habe mich so auf dein Kommen gefreut! Wie ist es dir bisher ergangen?«

»Da fragst du was…«, gab Ella nachdenklich zurück. »Wie du weißt, habe ich gestern mit Matteo den Tourismusverband getroffen. Es ist auch alles gut gelaufen und ich kann es kaum erwarten, die verschiedenen Weingüter zu besuchen, über die ich schreiben werde…«

»Das klingt nach einem klassischen Aber-Satz…«, stellte Antonia fest, als ihr der sorgenvolle Ausdruck auf Ellas Gesicht auffiel.

Der Kellner kam an ihren Tisch und die beiden Frauen bestellten sich Cappuccinos und eine Flasche »San Pellegrino«.

»Es ist wegen Matteo…«, begann Ella bedrückt und erzählte ihrer Freundin dann die ganze dramatische Geschichte – bis hin zu dem stillen Einverständnis, das sie zuletzt mit Matteo gefunden hatte.

»Ach du Schande!« Antonia war sprachlos. »Damit habe ich überhaupt nicht gerechnet. Vergangenen Sommer ist mir nicht aufgefallen, dass er sich zu dir hingezogen gefühlt hätte…« Sie schenkte ihrer Freundin Wasser ein.

»Du sagst es. Er hat sich nie etwas anmerken lassen. Ich bin auch aus allen Wolken gefallen.« Ella griff nach ihrem Glas und nahm einen großen Schluck, als könnte der sprudelnde Inhalt ihre Gedanken ein wenig klarer machen.

»Na, aus der Gondel wärst du nun ja tatsächlich fast gefallen. Wieso um alles in der Welt hast du dich bei deiner Höhenangst darauf eingelassen?«, wollte Antonia kopfschüttelnd wissen und rührte in ihrem Cappuccino.

»Keine Ahnung. Ich schätze, ich wollte cool wirken. Wie verhalte ich mich jetzt bloß?«, fragte Ella besorgt.

»Das hängt davon ab, was du für ihn empfindest. Wieso wolltest du ihn denn überhaupt beeindrucken?«, hakte Antonia neugierig nach.

»Wenn ich das mal wüsste. Ich habe so einfach noch nie über ihn nachgedacht…«, gestand Ella und lächelte unsicher. »Bislang waren wir nur gute Freunde…«

Die zwei ließen das Thema fallen, denn es gab noch so viel zu besprechen – sie hatten einiges nachzuholen. Sie lachten über alte Anekdoten und tauschten Neuigkeiten aus; Antonia erzählte, wie gut es mit Noah und der Zeitung lief, Ella hingegen machte ihrem Frust über die Agentur in München Luft. Schließlich wechselte das Gespräch zu ihren gemeinsamen Reisen und für einen Moment vergaßen sie alles andere, vertieft in die schönen Erinnerungen ihres letzten Sommerabenteuers.

»Oh, wir müssen los! Um ein Haar hätten wir uns verquatscht!«, stellte Ella erschrocken fest, als sie bemerkte, dass die Sonne schon tiefer stand und dass die Eröffnungsfeier des Weinfestes bereits in vollem Gange sein musste.

Eilig bezahlten sie die Rechnung und hasteten durch die überfüllte Altstadt zu den Weinständen im Carrara Park. Der verlockende Duft von Wein und köstlichem Essen lag weithin in der Luft. Gerade noch rechtzeitig schafften die Freundinnen es zur »Inaugurazione del Palio del Chiaretto« und Ella machte sich während der Rede des Bürgermeisters eifrig Notizen. Dabei knurrte ihr Magen unüberhörbar, denn über das Geplauder hatten sie tatsächlich vergessen, den Kuchen zu bestellen.

»Gut gebrüllt, Löwe! Zum Glück brauchst du ja keine Ton-Aufnahme!«, witzelte Antonia.

Nach den Festreden zog es die beiden, ausgehungert wie sie waren, sofort zur Piazza del Porto, wo das Öl- und Weinmuseum eine Degustation lokaler Spezialitäten anbot. Gegen den ersten Hunger griffen sie sich hier ein paar Häppchen: würzigen »Tremosine«- und »Tombea«-Käse und Kapern in Olivenöl. Im Hintergrund erklang Live-Musik, während die Kräuselwellen im Sonnenuntergang das Licht golden reflektierten. Die Freundinnen lächelten einander zufrieden an – das versprach ein wundervoller Abend zu werden.

Als Ella ihren Blick über die rosafarben geschmückten Degustationsstände entlang der Uferpromenade schweifen ließ, überlegte sie, mit welchem sie am besten beginnen sollte, um Material für ihre Broschüre zu sammeln. Plötzlich bemerkte sie eine lebhafte Gruppe von Menschen, die an einem Fass vor einer besonders einladenden Bude zusammenstand, herzlich lachte und Rosé trank. Sie nahm Antonia bei der Hand und steuerte zielstrebig auf einen gutaussehenden Mann mit dunklen Haaren und einem lässigen Leinensakko zu, dem der Stand zu gehören schien.

»*Scusi! Parlate tedesco*? Ich hätte da ein paar Fragen zum Weinfest«, begann Ella die Konversation direkt und zückte Ihren Notizblock. »*Ha un attimo*? Hätten Sie einen Moment Zeit oder halte ich Sie von etwas ab?«

»*Beh, è una notte meravigliosa per un uomo, con le stelle sopra i suoi occhi e sotto il caldo cielo di maggio. Una notte fantastica per il romanticismo*«, entgegnete der Mann und seine dunklen Augen funkelten Ella interessiert an.

»Wie bitte? Was haben Sie gesagt?«, fragte Ella verwirrt, da ihr Italienisch nicht ganz ausreichte und die Lautsprecher der Live-Band ohrenbetäubend aufheulten.

»Ich sagte, dass wir einen wundervollen, sternenklaren Maiabend haben«, rief er mit einem offenen Lächeln durch den Lärm zurück, »ideal für eine Verkostung unserer Weine – selbstverständlich in meiner Gesellschaft und begleitet von unseren hausgemachten Spezialitäten.« Endlich bekam die Band ihre Akustikprobleme in den Griff und er konnte in normaler Lautstärke fortfahren: »Mein Name ist Flavio Banfi und ich würde mich freuen, all Ihre Fragen zu beantworten.« Mit einem Zwinkern wandte er sich an die Freundinnen: »Darf ich den reizenden *Signorine* den Abend versüßen?« Er stellte ein Brettchen »Grana-Padano«-Käse mit Honig auf seinen Tresen.

Ellas Magen knurrte erneut, diesmal so laut, dass Flavio unweigerlich grinsen musste.

»Bitte, greifen Sie zu! Ich werde Ihre hilflose Lage schamlos ausnutzen!«, sagte er verschmitzt und offerierte ihnen zusätzlich knusprige *bruschette* mit Trüffelpilzen und Tomaten sowie eine *torta all'erba*, einen herzhaften Gemüsekuchen.

Die sonst so schlagfertige Ella war für einen Moment verlegen und sprachlos – ein leichtes Rot stieg ihr ins Gesicht.

»*Piacere!* Wir sind Ella Peters und Antonia Weber. Wir probieren Ihre Weine sehr gerne«, ergriff die neugierig gewordene Antonia das Wort. »Aber sagen Sie, wie kommt es, dass Sie so gut Deutsch sprechen?«

»Ich habe ein paar Semester Weinbau in Bingen studiert«, erklärte Flavio auskunftsfreudig.

»Tatsächlich? Wann denn?«, fragte Ella, die endlich ihre Sprache wiedergefunden hatte, überrascht. »Ich habe während der Sommerferien im Rheingau in den Weinbergen meines Onkels gejobbt – schon als Schülerin!«

Sie plauderten über den Rheingau und Flavios Zeit in Deutschland, während die Freundinnen sich reichlich an den köstlichen Häppchen bedienten, denen sie einfach nicht widerstehen konnten.

»Diese kleinen Leckerbissen stammen aus der Küche meiner Großmutter«, erwähnte Flavio, hocherfreut darüber, dass es den beiden sichtlich schmeckte. »Was mögt ihr gerne trinken? Probiert doch unseren neuesten Jahrgang

Spumante DOC! Darf ich euch duzen, wenn wir schon gemeinsam anstoßen?« Die beiden nickten und im Nu waren sie beim »Du«.

Flavio schenkte den rosafarbenen Sekt in zwei Gläser ein und reichte sie den Freundinnen. Ella nahm einen Schluck und schloss die Augen, während sie den Geschmack von frischen Erdbeeren und einer leichten Säure genoss.

Flavio schaute sie lächelnd an. »Und – wie schmeckt er euch?«

»Fantastisch. Das ist unglaublich lecker«, antwortete Ella und nahm einen weiteren Schluck. »Ich habe noch nie so einen guten Rosésekt getrunken. Wie wird der hergestellt?«

»Das ist unser Chiaretto«, sagte Flavio und blickte Ella dabei mit unverhohlener Begeisterung an, »ein blumiger, sommerlicher Roséwein, der auch zu Sekt verarbeitet wird. Seine Herstellung beginnt mit der Auswahl von Trauben, die speziell für diesen Wein angebaut wurden. Sie werden von Hand geerntet und dann sanft gepresst. Anschließend wird der Most gekühlt und fermentiert.«

»Das klingt kompliziert«, entgegnete Ella wissbegierig und setzte eine neugierige Miene auf.

»Nicht wirklich«, versetzte Flavio mit einem charmanten Lächeln. »Aber ich kann dir gern ein paar Details über den Chiaretto erzählen, wenn du magst. Ich bin im Weinbau groß geworden und habe schon als Kind bei der Lese geholfen.« Er betrachtete sein Glas und schwenkte den Inhalt mit geübter Hand.

»Echt? Wie spannend! Erzähl mir mehr!« Ella lehnte sich auf den Tresen, stützte ihr Kinn in die Hand und blinkerte Flavio erwartungsvoll an.

»Dann starten wir doch gleich mit einer kleinen Verkostung – ich zeige euch mal, was wir Banfis so alles im Keller haben! Bin sofort zurück.« Mit diesen Worten verschwand Flavio hinter der Theke, um weitere Getränke zu holen. Kaum war er außer Sicht, stieß Antonia ihre Freundin grinsend an und hob die Augenbrauen. »Sag mal, was redest du da? Du hast doch extra das Weinseminar gebucht! Das weißt du längst alles!«, flüsterte sie kichernd.

»Klar, aber aus seinem Mund klingt das so schön!«, raunte Ella zurück und kicherte verstohlen.

Ella probierte sich munter durch die verschiedenen Weine des Standes, während Antonia, die noch fahren musste, sich zurückhielt.

In der Zwischenzeit erklärte Flavio die Herstellung des Chiaretto: »Er wird aus den gleichen Trauben hergestellt wie der – sicher etwas bekanntere – rubinrote Bardolino Classico. Der Rosé wird allerdings ohne Schalen gekeltert, damit er seine rosa Tönung und die für ihn typische Fruchtigkeit erhält. Aufgrund seiner Frische eignet er sich hervorragend als Aperitif.«

Flavio erläuterte ihnen die verschiedenen Aromen und Geschmacksrichtungen, die in den Weinen zu finden waren. Ella hing an seinen Lippen und konnte nicht genug bekommen. Dann plauderte er von seinen Weinbergen und von seiner Kindheit in Bardolino. Ella war mitgerissen von Flavios weitgefächerten Wissen über die Erzeugnisse der

Region. Ein schwärmerischer Ausdruck huschte über ihr Gesicht.

»Deine Fachkenntnis ist beeindruckend«, bemerkte Ella und hielt die wichtigsten Stichpunkte in ihrem Büchlein fest. »Ich glaube, ich könnte eine Menge von dir lernen. Wäre es möglich, dich für einen Beitrag in unserer Broschüre zu gewinnen?«, fragte sie mit Nachdruck.

»Schreibst du etwa dafür alles mit?« Flavio sah Ella aus seinen braunen Augen fragend an.

Daraufhin erzählte sie ihm ausführlich von ihrer Arbeit als PR-Beraterin und Grafikdesignerin und von ihrem aktuellen Auftrag für das Consorzio. »Ich stecke zwar noch in der Anfangsphase, aber das Projekt wird ziemlich umfangreich. Ziel ist es, die Weingüter der Region vorzustellen und den Prozess der Weinherstellung verständlich zu machen«, erklärte Ella und nahm dabei einen weiteren Schluck.

Flavio schien beeindruckt. »Das klingt nach einer interessanten Aufgabe. Ich wusste gar nicht, dass es eine Broschüre über unsere Region gibt.«

»Nun, die bisherige war – sagen wir mal – sehr minimalistisch. Deshalb möchte der Tourismusverband die Kampagne nun ausbauen. Mein Freund Matteo aus Lazise hat mich um Unterstützung gebeten, weil er weiß, dass ich mich für Wein und Reisen interessiere.« Sie blickte auf ihre Notizen und fuhr fort: »Der Ausgangspunkt ist euer dreitägiges Weinfest. Der Chiaretto aus Bardolino ist wirklich etwas Besonderes, und genau damit möchte ich meine Recherchen beginnen. Seid ihr bis einschließlich Sonntag hier mit eurem Stand?«

Flavio lächelte und nickte bestätigend. »Ich stehe dir gerne zur Verfügung. Aber wie wäre es, wenn du morgen unser Gut besuchst? So kannst du direkt vor Ort tiefer in die Welt unserer Weine eintauchen und sie in aller Ruhe verkosten.«

Ella strahlte vor Begeisterung. »Das klingt fabelhaft! Ich war schon letztes Jahr am Gardasee und muss sagen, die Erzeugnisse hier haben mich wirklich überzeugt. Ich freue mich darauf, noch mehr darüber zu lernen.«

»Bevor wir mit der Degustation fortfahren, möchte ich euch erstmal zeigen, wer hinter ihrer Produktion steckt!« Flavio deutete zu dem Fass, an dem die lebhafte Gruppe noch immer beisammenstand, und führte die Freundinnen hinüber. »Darf ich vorstellen: Das ist meine Familie«, sagte er mit einer einladenden Geste und präsentierte seine Eltern, Schwestern und einige Freunde.

Nun musste Ella der interessierten Runde erneut von ihrer Arbeit für das Consorzio berichten. Der konsumierte Alkohol hatte ihre Zunge gelockert und das Italienische floss ihr mühelos über die Lippen.

Flavio beobachtete sie hingerissen. Er nahm Antonia beiseite. »Mein Gott, was für eine unglaubliche Frau!«, flüsterte er ihr zu. »Ist sie etwa vergeben?«

Antonia grinste und erwiderte schlagfertig: »Ja, mit ihrem Job verheiratet!«

»Also ist sie allein?«, fragte Flavio und seine Augen begannen zu leuchten. Er zog eine Visitenkarte aus seiner Tasche und reichte sie Ella.

»Oh, vielen Dank! Aber wir müssen uns jetzt leider verabschieden – es ist spät geworden!«, antwortete Ella mit einem bedauernden Lächeln.

»Wie schön, dass wir uns in ein paar Stunden schon wiedersehen! Dann sollte ich mich besser auch auf den Weg ins

Bett machen, damit ich morgen frisch und auskunftsfreudig bin. Es wird ein aufregender Tag für mich!«, sagte Flavio, als die Freundinnen sich aufmachten, das Festgelände in Richtung des alten Hafens zu verlassen.

»So, so… Morgen ist also ein aufregender Tag… Wehe, wenn du mich nicht sofort danach anrufst!«, bemerkte Antonia grinsend, während sie gemeinsam zu ihrem Auto liefen.

Doch Ella war in Gedanken versunken und hörte sie kaum. Mit entrücktem Blick starrte sie in die Landschaft. Der Himmel war von Sternen übersät, die sich zusammen mit dem Schein der Straßenlaternen auf der dunklen Wasseroberfläche spiegelten. »*Che notte fantastica*! Was für eine Schönheit der Gardasee bei Nacht ist!«, rief sie, überwältigt von dessen gravitätischer Anmut, die in ihr eine soghafte Anziehung auslöste. Ein vorwitziger Gedanke regte sich in ihr: Wie herrlich musste es sein, hier zu leben, statt nur auf der Durchreise zu sein!

An der Weggabelung zum Parkplatz blieben die beiden stehen. »Na gut, ich überlasse dich deiner neuen Liebe zur Nacht. Schlaf gut, Süße, und träum schön!«, schmunzelte Antonia. »Ich dachte, du wolltest das ganze Fest erkunden, aber irgendwie sind wir nur an einem Stand hängen geblieben. Tja, der Gardasee kann einem schon die Sinne vernebeln!«, lachte Antonia. »Wir telefonieren, sobald du wieder klar denken kannst. Viel Erfolg morgen!« Sie umarmte ihre Freundin, zwinkerte ihr zu und machte sich dann auf den Weg nach Hause.

Als Ella nach einigen Minuten bei ihrem Hotel ankam, war sie geschafft, aber glücklich. Obwohl sie erst vorgestern

in Bardolino eingetroffen war, konnte sie bereits einen ersten Erfolg verbuchen. Sie hatte das wunderbare Gefühl,
dass eine neue Zeit voller Möglichkeiten und Veränderungen für sie anbräche…

5
In vino veritas

Am nächsten Morgen machte sich Ella mit einem Leihwagen, den das Consorzio ihr zur Verfügung gestellt hatte, auf den Weg zum Weingut von Flavios Familie. Es war ein sonniger Tag und sie steuerte den Fiat Cinquecento auf schmalen Straßen durch die malerische Landschaft Venetiens, vorbei an weitläufigen Olivenhainen und Weinbergen. Die heruntergelassenen Fenster des Wagens ließen den Duft von frischen Kräutern und Blumen herein und Ella genoss die herrliche Luft. Als sie das Familiengut schließlich erreichte, war sie von der Schönheit des Ortes überwältigt. Das Haupthaus präsentierte sich als ein traditionelles Gebäude aus roten Ziegeln, dessen grüne Fensterläden dazu einen lebhaften Kontrast bildeten und dem Anwesen einen einladenden Charakter verliehen. Flavio kam ihr schon auf der Kiesauffahrt entgegen und winkte ihr, wo sie parken konnte.

»Wow, Flavio«, staunte Ella, als sie aus dem Auto stieg und sich umblickte. »Wie wunderschön es hier ist!«

Flavio lächelte geschmeichelt. »Ja, dieser Ort bedeutet mir viel…« Beschwingt ergriff er ihre Hand, um ihr beim Aussteigen zu helfen. »Willkommen in unserem Haus.

Meine Familie lebt hier schon seit Generationen«, erklärte er, während er die Tür öffnete.

Ella trat ein und wurde von einem angenehmen Geruch aus frischem Holz und Wein empfangen. Im Wohnzimmer prangte ein ausladender Kamin an der Stirnwand, die mit historischen Fotografien von der Weinlese und Familienporträts geschmückt war. Flavio führte sie durchs Haus und zeigte ihr die Plätze, an denen er als Kind gespielt hatte und wo seine Eltern gearbeitet hatten.

Anschließend geleitete Flavio Ella hinaus in den Weinberg. Während sie durch die Spaliere spazierten, erklärte er ihr die Bedeutung jedes einzelnen Schrittes im Weinanbau – von der Auswahl der Rebsorte bis hin zur sorgfältigen Ernte der Trauben.

»Ein ganz schön harter Job«, bemerkte Ella, während sie die Arbeiter beobachtete, die mit geübten Handgriffen überschüssige Triebe am Stock entfernten.

»Das stimmt, aber es lohnt sich«, erwiderte Flavio mit überzeugtem Lächeln. »Die Pflege der Weinstöcke ist ein komplexes Zusammenspiel vieler Faktoren. Die Rebsorte, der Standort, das Alter der Pflanzen – all das hat Einfluss. Aber auch das Klima, die Witterung und die Beschaffenheit des Bodens spielen eine entscheidende Rolle. In den Frühlings- und Sommermonaten schneiden wir regelmäßig die Blätter und Triebe zurück, damit die Reben ihre Energie voll in die Reifung der Trauben stecken können. Für uns ist es mehr als nur Arbeit – es ist unsere Lebensgeschichte, die wir in jeder Flasche weitergeben.«

Ella bewunderte, wieviel Leidenschaft und Herzblut Flavio und seine Familie in ihr Handwerk einbrachten. Ihr Blick wanderte über die sanft geschwungenen Hügel, hinunter zum spiegelglatten See in der Ferne. Die Reben wogten leicht im Wind, als würden sie Flavios Worte bestätigen. In diesem Moment verstand sie genau, was er meinte: Hier ging es nicht nur um Wein, sondern um Tradition und Hingabe zur Natur.

»Mein Vater sagt immer, dass unser Wein das Erbe unserer Familie ist«, fuhr Flavio fort und in seinen Augen schien ein Hauch von Nachdenklichkeit aufzublitzen, während er mit ausgebreitetem Arm auf die weitläufigen Ländereien vor ihm deutete. »Wir sind seit Generationen Winzer und streben stets danach, die höchste Qualität zu erreichen.«

Dann führte er Ella den Hügel hinab in einen schattigen Teil des Anwesens, wo eine kühle Brise durch die Reben strich. Sie ließen sich auf einer kleinen, mit Efeu umrankten Steinbank nieder, die fast versteckt zwischen den Weinstöcken lag.

»Weißt du«, begann Flavio, während er eine Blüte abbrach und sie Ella reichte, »jeder Chiaretto beginnt hier, in den Händen der Menschen, die sich um den Anbau kümmern.« Ein leichtes Zögern schlich sich in seine Worte, bevor er hinzufügte: »Mein Vater setzt dabei voll auf Tradition. Er hat die Leitung des Weinguts und... er kennt sich schließlich am besten aus.«

Während Ella die Blüte ergriff, berührten sich ihre Finger leicht, und ein kleiner elektrischer Schlag traf sie, was sie unwillkürlich zusammenzucken ließ. Sie zog die Hand zurück, überrascht von der unerwarteten Reaktion, und sah Flavio an. Für einen Moment schien er ebenfalls innezuhalten, als hätte er die Spannung gespürt, doch er sagte nichts. Stattdessen zeigte er ruhig auf die verschiedenen Rebsorten und fuhr fort, mit leiser, eindringlicher Stimme über die Besonderheiten der Trauben zu sprechen, wie sie wuchsen und reiften.

Ella hing gebannt an seinen Lippen, stellte Fragen. Der Schlag, so flüchtig er auch gewesen war, hatte ihre Wahrnehmung geschärft. Alles um sie herum schien intensiver, lebendiger. Als Flavio von den Reben sprach, wirkte es, als hätten seine Worte eine tiefere Bedeutung, die über die bloße Beschreibung hinausging. Alles, was sie wollte, war, jedes Wort von ihm zu hören und diese unerklärliche Verbindung zu ihm zu spüren. Es war mehr als nur ein Interview für eine Werbebroschüre – es fühlte sich an, als ob Flavio ihr ein Stück seiner Welt und seines Herzens offenbarte.

»Nach der Lese«, sagte er und sah ihr tief in die Augen, »werden die Trauben vorsichtig gepresst. Es ist, als würde man nur das Beste aus ihnen herausholen, ohne ihre Seele zu zerstören. Wir trennen den Saft von der Haut, um die zarte Farbe zu bewahren – das ist das Geheimnis des Chiaretto.« Seine Worte waren beinahe poetisch. »Während der Gärung entwickeln sich die Aromen langsam, fast wie eine sich entfaltende Liebe. Man muss Geduld haben, die richtige Balance finden.«

Ellas Herz klopfte schneller. Die Art, wie Flavio über den Wein sprach, war voller Leidenschaft, die Funken sprühten förmlich zwischen ihnen. Als er ihr den charakteristischen Geschmack des Chiaretto beschrieb – die Aromen von roten Beeren, Kirschen und der Frische von Grapefruit – schloss Ella für einen Moment die Augen und konnte die benannte Leichtigkeit und Frische fast auf ihrer Zunge spüren.

»Lass uns zurück zum Haus gehen«, riss Flavio sie mit sanfter Stimme aus ihren Träumereien. »Ich möchte dir unsere verschiedenen Weine vorstellen.«

6 Geduld und Leidenschaft

Freudig erregt folgte Ella Flavio hinab in den Weinkeller, wo ihr der Geruch von Eichenholz und gereiften Trauben entgegenschlug.

»Komm, ich zeige dir einen besonderen Ort«, eröffnete Flavio Ella, während er ihre Hand nahm und sie durch die *cantina* führte.

Sie gingen an großen Edelstahltanks vorbei, in denen der Wein leise vor sich hin fermentierte, und ihre Schritte erzeugten ein kleines Echo, das von den alten Steinmauern widerhallte.

Schließlich erreichten sie einen kleinen Verkostungsraum, der sich als intimes Kabinett inmitten der Fässer verbarg. Die Wände waren mit dunklem Holz getäfelt und überall flackerten Kerzen, die den Raum in ein warmes Licht tauchten. Ihr Schein tanzte auf den Flaschen und Gläsern, mit denen der kleine Tisch in der Mitte des Raumes eingedeckt war.

»Willkommen in unserer Geheimkammer«, begrüßte Flavio Ella nun zum zweiten Mal an diesem Tag und reichte ihr ein Glas. »Hier, wo unsere Weine in aller Ruhe reifen, bereiten wir auch ihren großen Auftritt vor – ihre Degustation. Hier finden sie ihr Publikum und zeigen, was in ihnen steckt.«

Seine Stimme klang fast wie ein Flüstern in dieser magischen Atmosphäre, in der die Zeit stillzustehen schien und nur der Wein und seine Geschichte zählten. Ella nahm das Glas entgegen und als sich ihre Finger berührten, durchzuckte sie erneut diese elektrisierende Spannung, als läge etwas Unausgesprochenes in der Luft.

»Unsere *cantina* ist das Herzstück«, fuhr Flavio pathetisch fort, »hier vereinen sich Geduld und Leidenschaft – wie in jedem Tropfen Wein, wie das Blut, das in unseren Adern fließt.«

Lächelnd goss er ihnen den rosafarbenen Wein ein, den Ella bereits am Vortag als Sekt kennengelernt hatte. Sie prosteten einander zu und als Ella am Chiaretto nippte, erkannte sie seinen beerigen Geschmack wieder. Dieser erste Schluck war wie ein Versprechen – leicht, spritzig und voller Möglichkeiten, die noch vor ihnen lagen.

»Der ist köstlich«, befand sie und setzte sich auf den Stuhl neben Flavio. Sie kramte ihr kleines Notizbüchlein hervor und zückte ihren Stift. Ein prickelndes Gefühl von Erwartung erfüllte sie.

»Ja, das hier ist unser bester Chiaretto, auf den mein Vater Camillo sehr stolz ist«, erklärte Flavio und lehnte sich entspannt zurück, während er Ella interessiert musterte.

»Wir verwenden eine sorgfältige Mischung aus Corvina-, Rondinella- und Molinara-Trauben. Doch die eigentliche Kunst liegt darin, aus diesen Trauben den perfekten Wein zu erschaffen – es braucht Fingerspitzengefühl und eben vor allem Geduld und Leidenschaft.«

Als Ella seinen anzüglichen Blick bemerkte, durchzog sie ein nervöses Kribbeln, das sich in ihrem Magen festsetzte. Hastig trank sie einen weiteren Schluck, in der Hoffnung, sich zu sammeln, doch der Wein entfaltete sofort seine fruchtige Frische auf ihrer Zunge und stieg ihr ebenso schnell zu Kopf wie Flavio. Sie konnte sich nicht satthören an seinen Erklärungen und versuchte eifrig, jedes Wort mitzuschreiben. Seine Liebe für den Weinbau schwang in jedem seiner Sätze mit und Ella ahnte, dass da noch eine andere Leidenschaft in ihm schlummerte – eine, die sie noch nicht kannte… Diese Vorstellung ließ sie nervös auf ihrem Stuhl hin- und herrutschen, und während sie sich weiter durch die verschiedenen Rot- und Weißweinsorten probierte, fühlte sie, dass sie Tropfen um Tropfen tiefer in Flavios Welt eintauchte wie eine hilflos Ertrinkende.

»Kannst du mir noch mehr über die unterschiedlichen Geschmacksnuancen erzählen?«, hauchte sie schwach und sah ihn erwartungsvoll an.

Flavio lächelte und rückte ein Stück näher. »Weißt du, jeder Wein erzählt seine eigene Geschichte. Ein guter Chiaretto ist wie der Sommer am Gardasee – leicht, frisch und mit einer Note von roten Beeren und Zitrusfrüchten. Unsere Rotweine sind kräftig und haben Aromen von Kirschen und Gewürzen, während die Banfi-Weißweine –

überwiegend Custoza – blumige Nuancen und eine angenehme Säure mitbringen. Es ist ein bisschen so, als würde man in jeder Flasche die Landschaft, das Klima und die Seele des Winzers schmecken.«

»Und wie schmeckt der Winzer?«, entfuhr es Ella und im nächsten Moment hätte sie sich am liebsten für diese unbedachte Bemerkung geohrfeigt. Die Röte stieg ihr ins Gesicht, doch Flavio reagierte nur mit einem amüsierten Lächeln.

»Der Winzer ist Camillo, mein Vater. Wenn du mehr über ihn erfahren willst, musst du ihn schon selbst fragen!« Er griff nach einer weiteren Flasche und hielt sie ihr entgegen. »Genug der leichten Weine! Lass uns mal lieber diesen Amarone trinken«, sagte er mit einem Augenzwinkern. »Dieser Wein ist wie ich: Zu seinem trockenen Unterton besitzt er einen sehr exquisiten und komplexen Geschmack. Dabei hält er die Balance zwischen Frucht und Würze, Süße und Säure sowie Energie und Charme. Der Amarone gehört zu unseren teuersten Weinen, und im Gegensatz zu unserem übrigen Sortiment ist er wirklich außergewöhnlich.«

»Bescheidenheit ist eine Zier…«, spöttelte Ella und ergriff das angebotene Glas, ließ den tiefroten Wein darin kreisen und inhalierte das Bouquet. Der Duft von dunklen Früchten, Gewürzen, feiner Eiche und einem Hauch von Karamell und Honig stieg ihr in die Nase.

Behutsam ließ sie den Wein über ihre Zunge gleiten und seine Komplexität und seine Tiefe erregten ihre Papillen. »Wow, das ist unglaublich intensiv. Ganz anders als der Chiaretto«, sagte sie, während ihre Augen Flavios begegneten. Die Zeit schien stillzustehen – das herbe Aroma des

Amarone, die geheimnisvolle Aura des Kabinetts und Flavios intime Nähe verschmolzen zu einer sinnlichen Erfahrung, die mehr war als nur der Moment. Es war, als würde sie nicht nur den Wein kosten, sondern auch die Geschichten dahinter und die Leidenschaft, die Flavio so lebendig werden ließ – beinahe greifbar… »Ich verstehe jetzt, warum er so wertvoll ist. So etwas habe ich noch nie erlebt«, säuselte Ella.

Flavio lächelte und nickte zufrieden. »Ja, der Amarone ist einzigartig. Wir machen ihn mit getrockneten Trauben, die die Aromen und den Zucker konzentrieren. Es ist ein langwieriger Prozess, aber das Ergebnis ist es wert.«

Er sah Ella in die Augen, als wolle er sicherstellen, dass sie nicht nur die Herstellungsmethode, sondern auch seine Begeisterung dafür verstand. In diesem Blick lag etwas Eindringliches, fast Zerbrechliches. Wie Dorothy im *Zauberer von Oz* fühlte Ella sich in die Magie des Augenblicks hineingezogen – entrückt, als hätte sie einen Schritt aus ihrer gewohnten Welt gemacht und wäre in ein fantastisches, schwebendes Irgendwo versetzt, wo der Raum um sie herum nicht mehr existierte. Flavio legte behutsam eine Hand auf ihre Schulter und rückte noch näher an sie heran.

Ella schwirrte der Kopf. War es nun Flavio oder der Alkohol, der langsam seine Wirkung entfaltete? Sie hätte jetzt dringend einen klaren Verstand gebraucht. »Es braucht Geduld und Leidenschaft… vor allem Geduld«, wiederholte Ella beschwipst Flavios Worte. Dann stand sie unvermittelt auf und ihre unsicheren Schritte verrieten, dass sie etwas zu viel intus hatte. Verflixt! Von wankenden Untergründen und unerwarteten Annäherungen hatte sie eindeutig genug! Beim nächsten Mal würde sie es bei der Verkostung langsamer angehen lassen – der Großteil ihrer Arbeit lag schließlich noch vor ihr, und sie wollte sich nicht blamieren. Besser, sie verließe schnellstens die Gefahrenzone! »Danke, dass du mich in deine Welt eingeführt hast. Es war wirklich ein unvergleichliches Erlebnis!«

Flavio drückte Ella sanft an sich. »Ich bin so froh, dass ich dich getroffen habe«, hauchte er ihr ins Ohr und sein Atem kitzelte ihr Nackenhaar.

Ella wurde ganz heiß. Hochverlegen wand sie sich aus der romantischen Verabschiedung und lächelte unsicher. »Und ich bin froh, dass du mir diesen Ort gezeigt hast«, murmelte sie, während sie kopflos in ihrer Handtasche nach den Autoschlüsseln kramte. »Ich bin noch fahrtüchtig, keine Sorge«, setzte sie hinzu, als sie seinen skeptischen Blick auffing.

Flavio legte eine Hand auf ihren Arm und nahm ihr mit einem entschlossenen Griff die Schlüssel ab. »Das übernehme ich. Ich werde unserem Angestellten Mario Bescheid sagen, dass er dein Auto fährt. Er wohnt sowieso in der Altstadt und muss dann nicht den Bus nach Hause nehmen.«

Ella wollte protestieren, doch Flavio ließ keinen Widerspruch zu.

»Lass es lieber«, sagte er mit einem Unterton, der wie ein Befehl klang.

In diesem Moment hatten seine sonst so warmen Augen einen ernsten Ausdruck, den Ella nicht ganz einordnen konnte – war es nur ihre Einbildung oder lag darin eine unausgesprochene Warnung?

Flavio begleitete Ella zum Wagen, um sich zu verabschieden und sicherzustellen, dass Mario tatsächlich das Steuer übernahm. Ella war ihm für sein Eingreifen insgeheim dankbar – angetrunken Auto zu fahren, war keine gute Idee. Manchmal konnte sie schrecklich stur sein… Mit einem resignierten Seufzer setzte sie sich auf den Beifahrersitz und warf Flavio, der ihr hinterherwinkte, einen sehnsüchtigen Blick zu.

Während der Angestellte sie sicher nach Hause chauffierte, schloss sie die Augen und genoss den kühlen Fahrtwind, der durch das geöffnete Fenster strömte.

Der Tag war unvergesslich gewesen und sie spürte, wie sie sich zunehmend in die italienische Lebensart verliebte – und vielleicht nicht nur in diese.

7
BFF

Antonia versuchte schon seit Stunden, Ella zu erreichen. Keine Reaktion, weder auf Anrufe noch auf ihre WhatsApp-Nachrichten. Mit jeder verstrichenen Minute wuchs ihre Besorgnis. Seit dem Weinfest hatte sie nichts mehr von ihrer Freundin gehört. Die Ungewissheit nagte an ihr: Hatte Ella das Hotel überhaupt erreicht? War ihr vielleicht etwas zugestoßen? Auch Matteo hatte sie vergeblich kontaktiert – keine Antwort. Inzwischen war es Sonntagabend, und Antonias Unruhe verwandelte sich langsam in Panik. Endlich vibrierte ihr Handy: Ellas Nummer leuchtete auf dem Display!

Als sie den Anruf entgegennahm, mischte sich in Antonias Erleichterung jedoch Enttäuschung. »Wo warst du denn die ganze Zeit? Ich hatte schreckliche Angst um dich…«, brach es mit deutlichem Vorwurf in der Stimme aus ihr heraus. »Du hättest dich doch wenigstens mal melden können! So kenne ich dich überhaupt nicht!«

Ella antwortete ausweichend: »Keine Ahnung. Vielleicht liegt es einfach an der Umstellung oder dem ganzen beruflichen Stress… Heute war die Abschlussfeier des Weinfests: ein Konzert im Hafen, die Parade der Weinbruderschaften und dann die Preisverleihung mit der

Ernennung der neuen Weinbotschafter. Wir zwei hatten es ja gerade mal an einen Degustationsstand geschafft – und heute war der letzte Tag! Da musste ich unbedingt noch bei den anderen Winzern vorbeischauen und Kontakte für das Consorzio und die Agentur in München aufbauen.« Sie seufzte und fuhr fort: »Danach bin ich direkt ins Hotel und habe das ganze Material für die Broschüre gesichtet – ich will ja den Überblick nicht verlieren. Stundenlang habe ich versucht, alles ins Layout einzubauen, und ständig hatte ich Matteo an der Strippe, weil wir das Konzept komplett umgestalten müssen. Und morgen steht das Weinmuseum auf dem Plan… Es ist einfach ein bisschen viel gerade.«

»Bind mir doch keinen Bären auf«, unterbrach Antonia sie ungehalten. »Für einen kurzen Anruf bleibt immer Zeit. Den Job machst du mit links und gestresst vom schönen Italien kannst du unmöglich sein.«

»Ich … weiß auch nicht so genau«, stammelte Ella verlegen und versuchte, sich eine passende Antwort zurechtzulegen.

Eine unangenehme Stille entstand, bis Antonia plötzlich auflachte: »Ach, jetzt ist alles klar! Ich Depp! Natürlich, es geht um einen Mann! Na, wer ist es? Matteo – oder etwa dieser Winzer vom Weinfest? Warte … Flavio war sein Name, richtig? Gestern warst du doch auf seinem Gut!«

»Ja«, gab Ella schließlich zu, »das wusstest du doch aber…« Ihre Worte verhallten in der Stille. Antonia würde nicht lockerlassen – das war klar. Also begann Ella zögerlich, die Details ihrer Begegnung zu enthüllen – von den intensiven Gesprächen über Wein bis hin zu dem kleinen Stromschlag, der noch immer in ihr nachwirkte.

»Und warum machst du so ein Geheimnis daraus?« Antonia konnte das ganze Drama einfach nicht nachvollziehen.

»Weil aus uns sowieso nichts wird«, murmelte Ella mit gedämpfter Stimme.

Am anderen Ende der Leitung verzog ihre Freundin das Gesicht. »Warum nicht? Ist er verheiratet?«

»Nein, das nicht.«

»Schwul?«, bohrte Antonia beharrlich weiter.

»Auch nicht.«

»Also, worin besteht dann das Problem?« Antonia wollte nun genau wissen, was hinter Ellas Zögern steckte.

Ella seufzte tief und sagte mit einer Mischung aus Melancholie und Resignation: »Immer, wenn ich mich verliebt habe, ging es schief. Immer gibt es irgendwelche Hindernisse oder es entwickelt sich einfach nicht so, wie ich es mir erhofft habe.«

»Hast du ihn heute auf dem ›Palio‹ wiedergetroffen?«, hakte Antonia unbeirrt von Ellas vager Antwort nach.

»Nein«, erwiderte Ella knapp und verschwieg, dass sie Flavio bewusst gemieden hatte.

»Aber du bist verknallt, oder?« Antonia ließ sich nicht so leicht abwimmeln. »Du klingst, als wärst du in einer Art ekstatischem Zustand.«

»Bin ich nicht. Ekstase ist ein Zustand religiöser Verzückung, nicht etwas, das man mit einer komplizierten Beziehung vergleichen kann«, gab Ella leicht verärgert zurück. Dabei ärgerte sie sich vor allem über sich selbst. Bei den Verkostungen hatte sie jedes Mal zu tief ins Glas geschaut und jetzt schämte sie sich. Ihr Verhalten war einfach unprofessionell!

»Also bist du schon in einer Beziehung! Das ging ja fix«, rief Antonia halb belustigt, halb mitfühlend ins Telefon. »Erinnerst du dich noch letztes Jahr beim ›Garda in Love‹-Festival in Lazise? Die Pinnwand im Park, wo wir unsere Herzensbotschaften hinterlassen haben?«, versuchte sie, Ella aus der Reserve zu locken. Sie lachte leise und zitierte in theatralischem Ton: »›*Il Signore vede tutto*! Der liebe Gott sieht alles!‹, hatte die Dame am Stand uns damals versichert.« Antonia spürte Ellas Skepsis durch den Hörer und wollte sie aufheitern. »Mein Wunsch hat sich erfüllt – ich bin endlich Journalistin geworden! Und du«, sie grinste verschmitzt vor sich hin, »du wolltest die große Liebe finden. Und jetzt kneifst du schon nach den ersten romantischen Stunden? Wo ist deine Entschlossenheit geblieben?«

Ella seufzte schwer ins Telefon. Sie hatte sich so auf ihre Arbeit konzentrieren wollen, aber immer wieder war sie von der weinseligen Stimmung und ihren eigenen Gefühlen abgelenkt worden. Sie fragte sich, ob Flavio bemerkt hatte, wie sie mit schwankenden Schritten versucht hatte, die Kontrolle zu bewahren.

»Flavio ist intelligent und gebildet, spricht fließend Englisch und Deutsch. Außerdem hat er kaufmännischen Verstand, was ihm bei der Arbeit auf dem Weingut hilft. Er hat Charme, sieht gut aus und stammt aus einer angesehenen Familie. Warum sollte er sich ausgerechnet für mich interessieren?«

Antonia schüttelte fassungslos den Kopf, als würde sie Ella durch den Hörer hinweg ansehen können. »Natürlich interessiert er sich für dich, du Dummerchen. Du bist einfach ein unglaublich attraktives, wunderschönes Wesen!« Sie machte eine kurze Pause, um ihren Worten Gewicht zu verleihen, bevor sie neugierig nachhakte. »Wie ist er denn sonst so, dein Flavio?«

»Er ist nicht mein Flavio«, protestierte Ella schwach, doch ihre Stimme verriet, dass sie längst mehr für ihn empfand.

Dann begann sie, Antonia von Flavio vorzuschwärmen – von seinem warmen Lächeln, seiner tiefen Liebe zum Wein und der starken Bindung zu seiner Familie. Antonia lauschte aufmerksam und ließ ihre Freundin reden.

»Flavio ist stolz auf seine italienischen Wurzeln und seine Familie, aber er ist auch ein Freigeist. Er sehnt sich nach Abenteuern und neuen Erfahrungen«, fuhr Ella enthusiastisch fort. »Er ist leidenschaftlich, setzt all seine Energie in seine Arbeit und seine Ziele. Aber wie es nun weitergehen soll, keine Ahnung…« Ella seufzte und klang dabei unsicher.

Antonia konnte sich ein Schmunzeln nicht verkneifen. »Und das alles hast du gestern herausgefunden? Nicht schlecht, das nenne ich mal eine Blitzanalyse!« Sie hielt kurz inne und fügte dann hinzu: »Ich bin zwar keine Expertin in Sachen Liebe, aber ich kenne dich. Für mich klingt das, als würdet ihr euch gerade Hals über Kopf ineinander verlieben. Ich höre es an deiner Stimme. Gib dem Jungen doch eine Chance! Liebe muss man auch zulassen!«

Ella spürte, wie ihre Wangen heiß wurden und sie errötete. »Danke, Toni«, murmelte sie fast schüchtern.

»Wofür denn?«, fragte Antonia überrascht. Sie hatte Ella noch nie so unsicher oder verlegen erlebt. »Dank dir selbst für dieses Wunder! Du bist doch sonst so... prosaisch. Was ist denn mit dir los? Normalerweise stehst du doch immer mit beiden Füßen fest auf dem Boden!«

»Zu viele wankende Untergründe, nehme ich an… Jedenfalls, danke dafür, dass du mir zuhörst. Dass du an mich glaubst und immer für mich da bist, egal was ist. Du hältst mir den Rücken frei und bist die beste Freundin, die man sich wünschen kann«, gab Ella treuherzig zurück.

Antonia lächelte selig. »Gleichfalls. BFF – Best Friends Forever!«

Für einen Moment hielten sie die Verbindung, beide still, aber mit einem Gefühl tiefer Verbundenheit. Dann legten sie auf, jede mit einer Wärme im Herzen, die nur echte Freundschaft kennt.

8 Reise der Sinne

Am nächsten Tag holte Flavio Ella um zehn Uhr vom Hotel ab. Er trug ein dunkelblaues Leinenhemd, passende Chinos und elegante Wildlederslipper in einem tiefen Blau. Wie gut er aussah! Ella hatte sich nach einigem Hin und Her für ein geblümtes Sommerkleid entschieden, dessen verspielte Volants ihrer sportlichen Figur weibliche Formen verliehen. Flavio hatte gestern angerufen, um sich zu vergewissern, dass sie gut nach Hause gekommen sei, und spontan angeboten, seinen freien Tag zu nutzen, um ihr bei ihren Recherchen im Weinmuseum zu helfen und ihr die schönsten Ecken der Stadt zu zeigen.

Die Sonne strahlte zitronengelb vom wolkenlosen Himmel, und eine frühsommerliche Brise wehte ihnen ins Gesicht, als sie *lungolago* – entlang der Uferpromenade – in Richtung Altstadt spazierten. Sie schlenderten durch die verwinkelten, kopfsteingepflasterten Gassen, in denen es von Scharen von Touristen wimmelte, die mehrere Reisebusse an der Stazione Chiesa ausgespuckt hatten und die nun die kleinen Boutiquen und Cafés des Städtchens bevölkerten. Nach einem halbstündigen Fußmarsch erreichten sie die Via Costabella, wo das Weinmuseum in den Hügeln oberhalb von Bardolino gelegen war – eine Gründung der Winzerfamilie Zeni, untergebracht in den Mauern ihres

Gutes. Hier sollte Ella alles über die Geschichte der Weinherstellung lernen, denn das Consorzio legte großen Wert
darauf, dem Museum einen prominenten Platz in der Broschüre einzuräumen. Sie traten durch eine moderne Glastür
ins Innere, das eine faszinierende Mischung aus Vergangenheit und Gegenwart bot: Antike Pflüge, Karren und Werkzeuge, Weinpressen und andere Geräte zur Weinproduktion standen im Kontrast zu modernen Maschinen und
Technologien, die die Entwicklung des Weinanbaus eindrucksvoll veranschaulichten. Zur Illustration gab es auch
mehrere interaktive Displays und multimediale Präsentati-
onen. Ella betrachtete alles mit großer Neugierde und
machte sich Notizen. Flavio erklärte ihr geduldig jedes einzelne Stück und erzählte ihr Geschichten über die verschiedenen Familien, die Region und ihre unterschiedlichen Böden.

Das besondere Highlight des Museums war zweifellos der
beeindruckende Weinkeller im unteren Teil des Seitenge-
bäudes. Als Ella und Flavio die steilen Stufen hinabstiegen,
griff er suchend nach ihrer Hand. Sie öffneten eine massive
Holztür und traten in eine andere Welt: Das Gewölbe war
von einer angenehmen Kühle erfüllt und überall um sie
herum lagerten Fässer – die Barriques ruhten majestätisch
an den Seitenwänden, während die kleineren, die *carati*, in
Reih und Glied in schmalen Gängen aufgebockt waren.
Dazwischen standen Regale voller Flaschen mit den besten
Tropfen der Cantina. Ein prächtiger Kronleuchter hing
von der hohen Decke, tauchte den Keller in warmes Licht,
während kunstvolle Fresken die Wände zierten und zur
Verkostung eingedeckte Bankettische auf ihre Gäste warteten.

»Ich habe eine Überraschung für dich«, verkündete Flavio mit einem geheimnisvollen Lächeln. »Ich habe für uns eine Reise der Sinne organisiert!«

Ella riss die Augen erstaunt auf. »Eine Reise? Was für eine Reise? Ich bin doch gerade erst angekommen... und eigentlich kenne ich dich gar nicht. Also, ich will schon. Ich meine, dich kennenlernen, aber...«, stammelte sie verlegen, während ihre Wangen heiß wurden. Was war nur mit ihr los? Sie war sonst so schlagfertig und selbstbewusst. Aber in seiner Gegenwart fühlte sie sich plötzlich seltsam unsicher und aus dem Gleichgewicht gebracht...

Flavio lachte leise. »*Calmati*, beruhige dich! Es ist keine Reise im klassischen Sinne, eher eine kleine Erkundungstour. Es gibt hier im Museum einen sogenannten Pfad der Gerüche – der erste seiner Art in ganz Italien. Die Familie ist überzeugt von seinem Erfolg. Gestern habe ich mit den Zenis gesprochen. Der Sohn – ein alter Freund von mir – schilderte mir lebhaft sein neues Konzept für Paare. Er schwärmte von einem ganzheitlichen, sinnlichen Erlebnis: angefangen beim Duftpfad in der Geruchsgalerie bis hin zur Weinverkostung in privater Atmosphäre. Zeni versicherte mir, dass es eine unvergessliche Erfahrung wird. Und falls es uns olfaktorisch doch nicht umhauen sollte, wartet am Ende immerhin ein köstliches Käsebrett auf uns. Ich hatte den Eindruck, das isst du besonders gern«, spöttelte er, »es kann also nichts schiefgehen!«

Ella lief erneut rot an, als ihr einfiel, wie ihr Magen Flavio bei ihrer ersten Begegnung lautstark angeknurrt hatte. ›Genug der Blamage‹, dachte sie und schwor sich, ihren Alkoholkonsum heute auf ein Minimum zu beschränken.

Fest entschlossen, diesmal die Kontrolle zu bewahren, folgte Ella Flavio auf dem Duftpfad, der sie durch einen dezent abgedunkelten Raum führte, in dem rot leuchtende Duftstationen kunstvoll in Szene gesetzt waren. Die sakral anmutende Atmosphäre bot den idealen Rahmen, um die Vielfalt der Aromen auf sich wirken zu lassen. Ella tauchte mit all ihren Sinnen in dieses schwelgerische Erlebnis ein und war ganz in den Moment versunken. Sie betätigte die Zerstäuber und schnupperte an den verschiedenen Flakons: Hier stieg ihr ein Hauch von Kirsche in die Nase, dort roch es verschwenderisch nach Anis und Nelke. An einer anderen Station umwehte sie eine zarte Note von Holz, an einer weiteren berauschte sie das üppige Bouquet von Rosen, dann wieder raubte der kräftige Geruch von Tabak ihr den Atem. Manchmal war sie auch ratlos, wenn ihr längst vergessene Düfte entgegenströmten, die unbestimmte Erinnerungen an Kindertage in ihr wachriefen. Ella war erstaunt, wie in der Stille und Abgeschlossenheit dieser Galerie ihre Sinne zum Schwingen kamen und auf eine Reise gingen, die sie völlig in den Bann zog. Sie ließ sich von der subtilen Verführungskunst der Aromen mitreißen und genoss jede Sekunde dieses sensorischen Abenteuers.

Als sie das Ende des Pfades erreichten, konnte Flavio sich ein Grinsen nicht verkneifen, als er Ellas verträumten Gesichtsausdruck sah.

»Hallo, Dornröschen, bist du bereit, aus deinem Blütenschlaf zu erwachen?« Er beugte sich spielerisch vor und hauchte ihr einen Luftkuss entgegen. »Komm zurück zu uns – jetzt brauchen wir nicht nur deinen Geruchssinn, sondern auch deinen Geschmackssinn. Aber Geschmack hast du ja schon bewiesen, wenn ich sehe, mit wem du deine Zeit verbringst!«

Ella wurde schon wieder rot, aber sie lächelte darüber hinweg. »Eitel bist du ja zum Glück gar nicht!«

Er lachte nur und prostete ihr von ihrem privaten Verkostungstisch mit einem fröhlichen »Salute!« zu. Es war zwar noch früh am Tag, aber sie ließen sich die Gelegenheit für diese kleine Weinprobe nicht nehmen. Ella beschränkte sich diesmal darauf, an den Getränken nur vorsichtig zu nippen, und sich stattdessen an die Käseauswahl zu halten.

Gemeinsam versuchten sie, sich die Aromen und Geschmäcker der verschiedenen Sorten ins Gedächtnis zu rufen, rekapitulierten die Degustation von vorgestern und verglichen ihre Eindrücke. Flavio konnte die meisten Tropfen blind identifizieren und nannte spielerisch ihre Herkunftsorte. Ella war fasziniert von seinem Know-how: Gebannt verfolgte sie, wie er in einen regelrechten Rederausch über die Vielfalt und die Geschichten hinter jedem Glas verfiel. Seine Begeisterung war so ansteckend, dass Ella kaum den Blick von ihm abwenden konnte und Mühe hatte, sich auf ihre Notizen zu konzentrieren. Sie diskutierten angeregt darüber, welcher Wein am besten zu ihren individuellen Vorlieben passte und welche Gerichte sie dazu kombinieren könnten. Flavios Augen leuchteten vor Begeisterung und seine Gesten wurden lebhafter, während er über die verschiedenen Facetten der einzelnen Jahrgänge sprach. Die Zeit verging wie im Flug und Ella konnte sich keine bessere Gesellschaft für ihre Wein-Tour wünschen.

Nachdem sie das Museum verlassen hatten, zeigte Flavio auf die angrenzende Verkaufsstelle der Familie Zeni.

»Schon genug Alkohol für heute?«, scherzte er. »Falls nicht, gibt es an der innovativen Maschine der Familie noch leichtere Weine – und das sogar kostenlos!«

Ella schüttelte lächelnd den Kopf. »Wein aus der Maschine? Nein, danke! Und außerdem habe ich sowieso schon leicht einen sitzen!« Obwohl sie nur kleine Probiermengen gekostet hatte, machten sich nach acht Sorten selbst diese bemerkbar. Sie war verblüfft, wie rasch der Wein ihre Sinne umnebelte, obwohl sie sich so zurückgehalten hatte. Sie musste unbedingt etwas unternehmen, um wieder einen klaren Kopf zu bekommen!

Sie wanderten zurück in Richtung Innenstadt und machten nahe der Kirche San Zeno Halt, um zur Ernüchterung einen Espresso und Wasser zu trinken. Die Sonne brannte überraschend aufdringlich für Mai und nach dem langen Marsch tat die Pause gut. Während sie unter den vergilbten Marktschirmen auf der Terrasse ihren starken *caffè* genossen, erzählte Ella Flavio von ihrer Arbeit, ihren Plänen für die kommenden Tage und den Herausforderungen, die sie beim Feinschliff des Layouts am Vortag gemeistert hatte. Flavio war voller Anteilnahme und bat sie, ihm die Broschüre vor der Veröffentlichung zu zeigen.

»Ich würde sie wirklich gerne sehen«, sagte Flavio interessiert. »Vielleicht habe ich auch einige Insider-Tipps, um sie noch weiter zu verbessern. Hunger?«

»Wie ein Wolf!«, lachte Ella, die nach dem Käse schon wieder Appetit hatte. Kurzerhand bestellten sie eine Pizza, deren Großteil Ella mit erstaunlicher Geschwindigkeit verschlang. Flavio sah belustigt auf das verbliebene Viertel und bemerkte ironisch: »Es gibt nichts Besseres als eine Pizza in Bardolino.«

Während sie aßen, beobachteten sie das lebhafte Treiben um sich herum. Die kraftvolle Maisonne schien alles und alle zum Strahlen bringen zu wollen. Flavio fiel auf, wie bezaubernd Ella mit ihren kurzen, roten Locken im Gegenlicht aussah, und er konnte seinen Blick kaum von ihr abwenden. Er ertappte sich dabei, wie er ihre Sommersprossen durchzählen wollte.

»Ich genieße es wirklich, Zeit mit dir zu verbringen«, sagte Flavio und sah Ella direkt in ihre stahlblauen Augen. »Wenn du noch Lust hast, könnte ich dir Bardolinos Sehenswürdigkeiten zeigen.«

Ella lächelte leicht verlegen, während ihr Herz einen kleinen Sprung machte. »Du bist… also, das… das wäre wunderbar! Danke, dass du dir die Zeit nimmst. Aber du hast das alles bestimmt schon hundertmal gesehen… Ich muss dir doch… das muss dir doch längst zum Halse raushängen…« Nervös rieb sie ihre schwitzigen Hände an ihrem Kleid und verfluchte sich innerlich für ihre ungeschickten Worte. Was hatte er bloß an sich, dass sie ständig so außer Fassung geriet?

Flavio warf ihr einen amüsierten Blick zu und antwortete mit einem gewinnenden Lächeln: »Erstens hatte ich es versprochen und zweitens kann es in deiner Gesellschaft gar nicht langweilig werden. Mit dir entdecke ich alles wieder neu.«

Also setzten sie nach ihrer Mittagspause die Besichtigungstour fort und begannen gleich mit San Zeno, der kleinen

Kirche, die nur wenige Meter entfernt zwischen alten Wirtschaftsgebäuden lag, aber so versteckt, dass Ella sie beinahe übersehen hätte. Durch ein Tor und einen kleinen Hof gelangten sie zu dem von außen unscheinbaren Gebäude, in dessen Inneren sich ein Tonnengewölbe erstaunlichen Ausmaßes öffnete.

»San Zeno stammt aus dem achten Jahrhundert und zählt zu den ältesten Bauten Bardolinos«, überschlug sich Flavio in Superlativen. »Es ist eines der bedeutendsten Denkmäler karolingischen Ursprungs in ganz Italien.« Er zeigte auf die massiven Säulen, die das Gewölbe stützten, und wandte sich, von der ehrfurchtgebietenden Historie durchdrungen, an Ella. »Und als Nächstes sehen wir uns San Severo an – meine absolute Lieblingskirche. Sie ist eines der am besten erhaltenen Bauwerke im Veroneser Raum. Im Sommer gibt es dort sogar deutschsprachige, evangelische Gottesdienste. Und die Krypta aus dem achten Jahrhundert musst du unbedingt sehen!«

Ella schwirrte der Kopf von so viel Geschichte und auch noch ein wenig vom Wein, doch sie ließ sich nichts anmerken. Krypta und Kirche hatte sie zwar bereits bei ihrer Ankunft besichtigt, aber sie wollte Flavios Enthusiasmus nicht dämpfen und folgte ihm geduldig durch die übervollen Gassen von Bardolino.

Nach einem zehnminütigen Fußmarsch erreichten sie das Gotteshaus, dass sie nun ein zweites Mal mit lautem »Oh!« und »Ah!« bewunderte. ›Mit dir entdecke ich alles wieder neu‹, hatte Flavio gesagt und sie tat es ihm gleich – schließlich wollte ihm den Spaß nicht verderben.

Weiter ging es durch die Altstadt, wobei Flavio lehrerhaft auf jedes einzelne historische Gebäude und Denkmal der Stadt hinwies. Ella, mittlerweile außer Atem, versuchte, mit seinem Tempo Schritt zu halten. Sie erreichten die Piazza Matteotti, die Ella bereits von ihren ersten Erkundungen kannte, aber auch das verriet sie Flavio nicht. Sie genoss seine Gesellschaft viel zu sehr, um ihn zu bremsen…

»Das hier ist das Herz unserer Stadt«, erklärte Flavio nun voller Lokalstolz und zählte die zahlreichen Veranstaltungen auf, die hier stattfanden, wie das Weinfestival im Herbst und den Weihnachtsmarkt im Winter.

Während sie den schiefen Wehrturm »Torre Catullo« an der Promenade passierten, referierte Flavio über Bardolinos glorreiche Vergangenheit als bedeutende Handelsstadt und dessen Wurzeln, die bis in die Römerzeit zurückreichten. Mit geradezu beängstigendem Durchhaltevermögen wies er auf architektonische Details hin und Ella trabte mit hängender Zunge hinter ihm her.

Sie hatte sonst eine lebhafte Fantasie und hätte sich auch gerne vorgestellt, wie das Leben hier vor Jahrhunderten ausgesehen haben musste. Doch allmählich ging ihr die Puste aus. Ihre Füße waren dick und heiß und der Schweiß perlte ihr von der Stirn, was ausnahmsweise nicht an Flavios Gegenwart lag.

»Halt, Flavio, genug!«, rief Ella schließlich ermattet und unterbrach mit wedelnden Armen den energiegeladenen Rundgang. »Ehrlich gesagt, ich kann einfach nicht mehr.« Flavio stoppte und blickte sie entschuldigend an. Da auch er müde war vom vielen Laufen beschlossen sie, den

Besichtigungstag zu beenden – nicht zuletzt, weil Ella sich noch an ihre Broschüre setzen musste.

Sie nahmen den direkten Weg zurück zum »Palace«-Hotel entlang der Uferpromenade. Plötzlich blieb Flavio erneut stehen. »Eine letzte Sache muss ich dir noch zeigen«, sagte er und deutete auf eine überdimensionale Bank aus rötlichem Marmor. »Das ist die ›Preonda‹. Eigentlich ist das gar kein Sitzplatz, sondern ein alter Verkaufstisch, an dem die Fischer aus Bardolino früher ihren fangfrischen Fisch anboten.«

Ella wollte schon genervt die Augen verdrehen, doch seine Begeisterung hielt sie davon ab. Sein Gesicht leuchtete förmlich beim Anblick dieses massiven Monumentes und es wurde ihr klar, wie stark seine Verbindung zu dieser Region war. Also gab sie sich einen Ruck und fragte interessiert nach: »Wie würdest du eigentlich deine Beziehung zu Bardolino beschreiben?«

Flavio wandte sich um, ließ seinen Blick über den Hafen und die Berge schweifen. Er lächelte versonnen. »Es ist mehr als eine Beziehung. Bardolino, der See und der Wein sind ein Teil von mir«, sagte er traumversunken. »Es ist schwer, das in Worte zu fassen, aber ich fühle mich einfach vollkommen, wenn ich hier bin. Allein der Anblick der bunten Boote, die auf den Wellen schwappen, macht mich zufrieden.«

»Oh, eine Bootsfahrt würde ich auch gerne mal machen«, überlegte Ella laut.

Flavio grinste. »Das lässt sich einrichten. Vom Wasser aus hat Bardolino einen ganz eigenen Charme, den viele gar nicht kennen. Was hast du denn morgen vor?«

»Bis zwei bin ich in einer kleinen Cantina in der Stadt – Matteo hat den Termin für mich organisiert. Aber danach habe ich frei«, antwortete Ella und zwinkerte. »Solange du mich nicht wieder dreitausend Meilen herumschleppst, stehe ich zu deiner Verfügung.«

Flavio lachte leise und zu Ellas Erleichterung erreichten sie endlich das Hotel. Bevor Flavio sich verabschiedete, gab er ihr einen sanften Kuss auf die Wange, der Ella kurz den Atem raubte. Sie sah ihm nach, wie er in der einsetzenden Abenddämmerung verschwand, und betrat dann das »Palace« mit einem Lächeln auf den Lippen.

In ihrem Zimmer angekommen, warf sie sich aufs Bett und rieb sich die schmerzenden Füße. Erschöpft ließ sie das Erlebte Revue passieren. Dann raffte sie sich noch einmal hoch, um an ihrem Laptop die Eindrücke des Tages in die Broschüre einzubauen. Aber die Vorstellung von der bevorstehenden Bootstour ließ ihr Herz höherschlagen und sie konnte sich kaum konzentrieren. Sie spürte eine wohltuende Wärme, wenn sie an Flavio dachte. Mit ihm hatte alles Schwung und Leichtigkeit – vorausgesetzt natürlich, man war gut zu Fuß!

9

Rivamore

»Da wären wir«, sagte Flavio und deutete auf das Motorboot, das friedlich auf den Wellen des Sees schaukelte. Dessen Mahagonideck glänzte in der wonnigen Maisonne und auf dem Heck prangte in blauer Schrift der schlichte Name »Anna«.

Rundherum lagen zahlreiche Boote vor Anker – von kleinen Seglern bis hin zu luxuriösen Yachten –, doch Ellas Aufmerksamkeit galt sofort diesem eleganten Schmuckstück. Mit seiner klassischen Linienführung und der edlen Verarbeitung stach es sofort ins Auge.

»Wow, was für eine Schönheit!«, staunte Ella und betrachtete das Boot bewundernd. »Ist das eine Riva Junior?«

»Ganz genau!«, bestätigte Flavio mit Besitzerstolz. »Die Riva Junior ist bekannt für ihre zeitlose Linienführung und Geschwindigkeit. Gleichzeitig ist sie unglaublich robust – ein echtes Meisterwerk der Bootsbaukunst.« Die Riva Junior stammte von 1966 und hatte ein Armaturenbrett, das aussah wie das eines Cadillacs.

»Und du hast es geschafft, dass wir mit ihr rausfahren können?«, fragte Ella verblüfft und schenkte ihm ein dankbares Lächeln.

Flavio grinste und zuckte mit den Schultern. »Um ehrlich zu sein: Die Anna gehört mir. Und sie ist die einzige Frau, von der ich das je behauptet habe!«

Ella warf Flavio einen erheiterten Blick zu und erkundigte sich neugierig: »Sag mal, warum haben Boote eigentlich immer weibliche Namen?«

Flavio lächelte verschmitzt. »Da gibt's verschiedene Erklärungen. Eine Theorie ist, dass Boote traditionell als weiblich gelten, weil sie ihre Besatzungen wie eine Mutter beschützen und sicher durch alle Stürme und Widrigkeiten bringen. Eine andere besagt, dass alte Seefahrer ihre Schiffe nach Göttinnen benannten, um deren Schutz auf See zu erbitten. Heute bist du meine Göttin!«

Mit einem geschmeidigen Satz sprang Flavio ins Boot und streckte ihr die Hand entgegen. Ella hob kokett den Saum ihres bunten Sommerrockes ein Stück an und schwang sich geschickt ganz ohne seine helfende Hand an Bord.

»Sehr poetisch, mein Lieber«, erwiderte sie schmunzelnd, während sie auf der Passagierseite Platz nahm. »Aber ich würde es vorziehen, wenn unsere Seefahrt nicht allein von meiner Göttlichkeit abhinge!«

Flavio strahlte sie hingebungsvoll an und startete dann den V8-Motor, der ein sattes Blubbern hören ließ. »Keine Sorge: Die Riva ist nicht nur schnell und wendig, sondern auch extrem zuverlässig und stabil. Ein echtes Kraftpaket«, schwärmte er, während er das Boot sanft in Bewegung setzte. »Ich finde, die Liebe sollte genauso sein – kraftvoll, flexibel und beständig.«

Ella kletterte nach vorne Richtung Bug, stützte sich kurz auf Flavios sonnenwarmen Arm und ließ sich dann genüsslich in die türkisfarbenen Polster des Beifahrersitzes sinken. Mit einem leicht provokanten Lächeln blickte sie zu ihm hinüber.

»Na, dich hat heute anscheinend die Muse geküsst«, neckte sie ihn. »Aber du hast recht – das ist wirklich ein schöner Gedanke.«

Flavio beschleunigte und das Boot pflügte sich geschmeidig durch das Wasser, das in weißen Spritzern um sie herum aufschäumte. Das gleichmäßige Brummen des Motors mischte sich mit dem Rauschen der Wellen, während die Landschaft in der gleißenden Sonne an ihnen vorbeizog. Alles war lichtdurchflutet. Ella fühlte sich pudelwohl: Die Mittagshitze wärmte ihre Haut, die sanfte Brise des Fahrtwindes strich ihr durch die Haare, während sie neugierig die großen Yachten betrachtete, die im Hafen von Bardolino ankerten. Dazwischen stachen die Maste der abgetakelten Segelboote wie Mikadostäbchen in den pastellblauen Himmel. Sie sog den Geruch des Seewassers ein, das unter ihnen durchzog, und sich mit dem Duft der Kiefern mischte. Ruhig glitt das Boot die Uferpromenade entlang, vorbei an historischen Gebäuden aus dem sechzehnten Jahrhundert.

Flavio wollte gerade zu einem weiteren Exkurs über den romanischen Kirchturm und das alte Rathaus ansetzen, als Ella sich lachend die Ohren zuhielt. »Bitte, hab Erbarmen! Wenn du nicht möchtest, dass ich über Bord springe, dann verschone mich heute mit deinem umfangreichen Stadtwissen!«

Flavio hob entschuldigend die Hände und zuckte mit den Achseln. In einem Punkt hatte er jedenfalls recht: Die Stadt wirkte viel zauberhafter vom Wasser aus. Ella registrierte, wie die Leute auf der Promenade die Hälse nach ihnen reckten.

»Meine ›Anna‹ zieht einfach alle Blicke auf sich«, scherzte Flavio, dem das ebenfalls auffiel. »Anfangs dachte ich, es läge an mir. Mittlerweile hoffe ich nur noch, dass ich wenigstens ein bisschen von ihrem Glanz abbekomme.«

Flavio stoppte für einen Moment den Motor, damit Ella mit der Handkamera ein Panorama-Foto für ihre Eltern schießen konnte. Das Boot schwankte leicht in den wabernden Wogen und »Klick!« waren etwas verwackelt die blauen Bergkämme in der Ferne festgehalten. Der Monte Baldo zeigte kleine Reste von Schnee und über seiner Spitze lag ein dicker Wattewolkenbausch. Überall am Ufer säumten Pinien und Platanen das Bild, dazwischen lagen Häuser in Terracottatönen mit ihren typischen, roten Dachschindeln. Liebliche Hügel waren in die Szenerie gezeichnet und Schäfchenwolken waren in den Himmel getupft, als hätte der liebe Gott gerade einen Malkurs in Italien besucht. ›Bel paese – das Land trägt seinen Namen nicht umsonst‹, dachte Ella und schrieb ihrer Mutter Hanna eine schnelle Nachricht:

»Mama! Der Gardasee ist zauberhaft. Ich kann mir gut vorstellen, dass du hier auf deiner Hochzeitsreise glücklich warst. Es scheint sich kaum etwas verändert zu haben – alles wirkt, als wäre die Zeit hier stehen geblieben. Ich hoffe, dir geht's gut! Ich schicke bald mehr Fotos!«

Mit einem zufriedenen Lächeln drückte sie auf »Senden«.

Weiter ging es, vorbei an der Isola del Garda mit ihrem imposanten Palazzo, der majestätisch zwischen Zypressen und blühenden Gärten thronte. Die üppige Fassade mit ihren Türmen, Arkaden und verschnörkelten Balkonen erinnerte Ella an ein Märchenschloss.

Flavio deutete auf die Insel. »Früher war es ein Kloster, jetzt ist es Privatbesitz und manchmal für Besichtigungen geöffnet«, verfiel er in den weitschweifigen Ton, den Ella schon kannte.

Sie nickte nur, in den Anblick der Idylle versunken: eine Himmelslandschaft in Azur und Wolkenweiß, ein türkisblaues Seestück. Sie sog die Szenerie in sich auf, genoss mit jedem Atemzug das rasante Tempo des Bootes und den ungestümen Wind in ihrem Haar. Ihr war, als ritte sie auf einer Welle der Freiheit – eine Meereskönigin, von Delphinen umschwärmt, die das Wasser beherrschte. »Es fühlt sich an, als würden wir in eine andere Welt eintauchen«, sagte Ella leise, mehr zu sich selbst als zu Flavio.

Er warf ihr einen kurzen, erstaunten Blick zu. »Genau das liebe ich am See«, stimmte er zu, »hier kann man einfach mal alles hinter sich lassen.«

Flavio bewunderte, wie Ella strahlend auf dem Beifahrersitz saß, die rotblonden Locken wild vom Fahrtwind zerzaust. Sie wirkte lebendig und unbeschwert und dieser Anblick erfüllte ihn mit unbändiger Freude.

Als sie auf Gargnano zufuhren, passierten sie eine Boots-werft, wo luxuriöse Motorschiffe an ihren Liegeplätzen vor-nehm in den Wellen schaukelten. Plötzlich drosselte Flavio das Tempo und steuerte das Boot in eine kleine, versteckte Bucht.

»Wo geht's denn jetzt hin?«, fragte Ella überrascht und erhob sich neugierig, wobei sie ihre Finger auf dem glatten Mahagoniholz des Armaturenbrettes abstützte.

Flavio grinste schelmisch. »Das ist der Eingang zur Riva-Werft. Ich habe für uns eine private Führung organisiert.«

»Echt jetzt? Wie hast du das denn hinbekommen?« Ella war baff.

Flavio zwinkerte ihr zu. »Ich habe einfach meine Bezie-hungen spielen lassen. Vito, ein alter Freund von mir, leitet die Werft hier in Gargnano. Ich habe ihm erzählt, dass ich jemandem eine besondere Freude bereiten möchte. Er wird uns freundlicherweise seine Türen öffnen!«

Ella lächelte ungläubig. »Das ist wirklich eine Überra-schung! Ich hätte nie gedacht, dass ich mal hinter die Ku-lissen einer Riva-Werft blicken darf.«

Flavio grinste: »Die Rechnung kommt später!« Er ma-növrierte das Boot an den kleinen Holzsteg und legte ge-konnt an.

Ella war perplex, als sie durch die schwere Stahltür in die geschäftige Werkstatt trat. Obwohl ihr die Geräuschku-lisse und der Gestank von Öl und Benzin seit Kindertagen vertraut waren – ihr Vater war Automechaniker gewesen – , war die Atmosphäre hier eine völlig andere als in seiner Ga-rage. Der Geruch von frischem Holz und Lack hing in der Luft und das rhythmische Klopfen der Werkzeuge vermischte sich mit dem Summen der Maschinen. Im hinteren Teil der Halle arbeitete ein junger Mann konzentriert an einer Riva Aquarama und trug sorgfältig die letzte Schicht der Rumpflackierung auf.

Ella ging näher heran und ihre Augen leuchteten auf. »Wow, ist das ein Lamborghini-Zwölfzylinder?«

»Ja, sogar zwei – und jeder Motor hat 350 PS«, antwortete Flavio und sah sie erstaunt von der Seite an. »Woher kennst du dich so gut aus?«

»Mein Vater war Automechaniker und hatte jahrelang eine eigene Werkstatt«, erklärte Ella lächelnd. »Er hat eine echte Leidenschaft für italienische Autos, und das hat wohl auf mich abgefärbt. Die Liebe zu Motoren und Italien habe ich von ihm.«

Da kam auch schon Vito auf Flavio zu, begrüßte ihn herzlich und die Männer wechselten ein paar Worte, bevor Vito sich Ella vorstellte und mit der Führung begann. Er erklärte, dass es in der Werft nicht nur um handwerkliches Können und technisches Wissen gehe, sondern vor allem um eine tiefe Leidenschaft für Boote und den See.

»Hier arbeiten nicht einfach nur Fachleute. Jeder Einzelne ist mit Herzblut dabei, weil er weiß, dass er Teil von etwas Einzigartigem ist.«

Ella nickte interessiert und fragte: »Und was macht eine Riva so einzigartig?«

»Riva ist mehr als nur eine gewöhnliche Werft – es ist eine Legende«, erklärte Vito stolz. »Diese italienische Marke steht für Eleganz, Luxus und zeitlose Handwerkskunst. Jeder, der sich mit Booten auskennt, schätzt Riva.

Selbst Ikonen wie Brigitte Bardot und Sean Connery sind damit gefahren.«

Ella lächelte versonnen – das hatte sie schon gewusst. Ihre Gedanken wanderten zurück zu einem Ausflug mit ihrem Vater an den Chiemsee. Damals waren sie in einem kleinen Ruderboot über den See gepaddelt. Für mehr Luxus hatte es in ihrer Familie nie gereicht. »Aber was unterscheidet eine Riva wirklich von anderen Booten?«, fragte sie beflissen.

Vito grinste und ging ins Detail: »Jede Riva wird aus mindestens sieben verschiedenen Mahagonihölzern gefertigt, die ihr Stabilität und einen unverwechselbaren Glanz verleihen. Das Design ist schnittig und aerodynamisch, wodurch sie extrem wendig und schnell ist. Doch es sind die Kleinigkeiten, die den Unterschied ausmachen – die sorgfältig abgestimmten Polster, die verchromten Messingbeschläge und die präzise Verarbeitung jedes einzelnen Elements.«

Während er sprach, führte Vito sie durch die verschiedenen Bereiche der Werft und erklärte die Schritte der Restauration. Von der Auswahl des Holzes bis hin zur letzten Politur des Decks – jeder Handgriff wurde mit größter Sorgfalt ausgeführt, jede Planke und Spante wurde von Hand geschnitten, und geformt, bevor sie in das Boot integriert wurden.

Der Lärm von Hämmern und Sägen machten es Ella schwer, Vito zu verstehen. Flavio half ihr, die einzelnen Arbeitsgänge zu begreifen, und übersetzte geduldig, wenn sie über die italienischen Fachwörter stolperte. In seiner leicht lehrmeisternden Art wies Flavio Ella auf die besonderen Merkmale hin, die eine Riva auszeichneten, wie die ikonische Krone auf dem Kühlergrill. Seine umfassende Kenntnis rührte auch daher, dass er die Instandsetzung seiner eigenen Riva Junior größtenteils selbst übernommen hatte, und er war hochzufrieden, als er dafür von Vito während ihres Rundgangs gelobt wurde.

Ella war fasziniert von den handwerklichen Fähigkeiten, die für die Wiederherstellung eines solchen Meisterwerks erforderlich waren. »Wie lange dauert es, so ein Boot zu restaurieren?«, fragte sie wissbegierig.

»Für eine Riva Junior sind mindestens sechs Monate nötig«, antwortete Vito. »Aber wir haben es nicht eilig. Jedes Boot ist ein Kunstwerk, das dafür gemacht ist, Jahrzehnte zu überdauern.«

Ella nickte beeindruckt, während sie den makellos glänzenden Rumpf der frisch lackierten Riva Aquarama betrachtete. »Wenn ich irgendwann das Geld hätte, würde ich mir sofort eine Riva zulegen«, meinte sie ohne Hintergedanken zu Flavio.

Dieser antwortete spontan: »Du musst nicht so tief in die Tasche greifen. Du kannst immer mit meiner fahren. Und ehrlich gesagt, es spielt keine Rolle, wie teuer das Boot ist. Es könnte auch ein einfaches Tretboot sein. Hauptsache, man ist auf dem Wasser. Der Wind und die Wellen sagen allen das Gleiche!«

»Ein wahres Wort«, stimmte Vito zu und verabschiedete sich dann herzlich von ihnen.

Zurück am Boot stieg Flavio als Erster ein und streckte ihr einladend seine Hand entgegen. Diesmal ergriff Ella sie ohne Zögern. Mit der freien Hand stützte sie sich an der

Reling ab, da das Boot leicht schwankte. Leichtfüßig nahm sie ihren Platz an seiner Seite wieder ein und lächelte selig.

»Danke, dass du das alles für mich organisiert hast. Du scheinst eine echte Leidenschaft für Boote zu haben.«

Flavio lächelte zurück und erwiderte: »Es sieht so aus, als hätte ich auch eine echte Leidenschaft für dich.« Ein warmer Schauer durchzog ihn, als ihm der Wahrheitsgehalt seiner Worte bewusst wurde. Ja, er war bereit, sich auf etwas Neues einzulassen und er war überzeugt, dass er in Ella die Richtige gefunden hatte. Er beugte sich näher und flüsterte ihr zu: »Ich möchte mit dir für immer so über das Wasser gleiten.«

Flavio drückte den Gashebel am Lenkrad und das Boot schoss kraftvoll über das Wasser. Schäumende Bugwellen umrauschten sie und feine Gischt spritzte auf Ellas Haut, während die Landschaft wie ein Farbfilm an ihr vorbeizog – fast zu kitschig, um real zu sein. Überwältigt von seinem Geständnis und der Schönheit des Augenblicks, schmiegte sie sich an ihn und flüsterte leise: „Das will ich auch…" Ein prickelndes Gefühl von Abenteuer durchströmte sie, als ob sich ihr ein Tor in eine neue, unbekannte Welt geöffnet hätte.

Bald war die Werft nur noch ein winziger Punkt am Horizont. Als sie auf eine tropfsteingezierte Grotte zusteuerten, drosselte Flavio das Tempo. Über ihnen ragten wunderschön geschwungene Felsen empor, die sich geheimnisvoll über den Eingang wölbten. Weit und breit war kein weiteres Boot zu sehen; bloß das leise Plätschern der Kräuselwellen begleitete sie. Sie fuhren hinein und das Innere der Grotte öffnete sich zu einem mächtigen Bassin, dessen klares, blaues Licht die Decke über ihnen zauberhaft erhellte.

Ohne ein weiteres Wort stellte Flavio den Motor ab. In der andächtigen Stille, die um sie lag, umschmeichelte sie das weiche Wiegen des Wassers wie eine Decke. Langsam lehnte er sich zu ihr hinüber und ließ die poetische Natur ganz für sich sprechen. Ihre Lippen trafen sich in einem tastenden Kuss, bis ihre Zungen sich zärtlich fanden und sie komplett ineinander verschmolzen. Ella spürte die wallende Intensität seiner Nähe, als er seine kräftigen Arme um sie schlang. Kurz lösten sie sich voneinander und blickten sich tief in die Augen – verzaubert von der Purpurgrotte und dem romantischen Versprechen, das sie einander gegeben hatten.

Dann zog er sie wieder an sich heran und begann, ihren Nacken zärtlich zu küssen. Ella schloss die Augen und atmete seinen intensiven Duft ein – eine verführerische Mischung aus Karamell, Holz und einem Hauch von Honig. Sie ließ ihre Finger sanft durch sein Haar gleiten und entdeckte am Hinterkopf eine Narbe. Flavios Hände legten sich liebevoll um ihre Taille, während er sie sanft auf seinen Schoß hob und mit Küssen bedeckte. Verträumt ließen sie sich eng aneinander geschmiegt von der Riva und der Magie des Moments dahintreiben, während vor Bardolino die Abendsonne mit einem flammendroten Strahlen unterging...

Als sie schließlich das Palace erreichten, zog Flavio Ella vor der Tür in eine stürmische Umarmung. Sie spürte sein Herz gegen ihres schlagen und für einen Moment schien die Welt stillzustehen. Er sah ihr tief in die Augen – ein Blick voller Zuneigung und unbändiger Leidenschaft. Ella spürte die machtvolle Anziehung zwischen ihnen, doch gleichzeitig war ihr bewusst, dass sie Flavio nicht genug kannte, um ihm zu erlauben, noch näher zu kommen. Sie wollte sich selbst schützen, denn sie traute ihrem aufgewühlten Instinkt nicht. War sie womöglich nur von seinem aufregenden Lebensstil mitgerissen? Ihre Sinne waren nicht mehr synchron. Sie konnte nicht einordnen, ob sie ernsthaft verliebt war oder nur von seiner glanzvollen Erscheinung geblendet. So entschied sie schweren Herzens, ihm mitzuteilen, dass sie am nächsten Morgen früh aufstehen müsse. Sie wollte nichts überstürzen. »Es ist spät geworden. Ich werde dich nicht bitten, mit hochzukommen…«

Flavio nahm ihre Entscheidung verständnisvoll auf, auch wenn er etwas enttäuscht wirkte. Ella war erleichtert, dass er sie nicht unter Druck setzte. Der Abend war voller ungewisser Gefühle.

»Ich hoffe, du weißt, wie besonders dieser Tag war«, sagte er leise und ernst. »Für mich war es der Beginn von etwas Wundervollem.«

»Gute Nacht, Flavio!«, erwiderte Ella ausweichend mit einem geheimnisvollen Lächeln, während der staunende Mond aus seinen großen Augen auf sie herabblickte.

10 Ring My Bell

Verschlafen saß Ella auf dem »King-Size«-Bett ihres luxuriösen Hotelzimmers, umflutet von vorwitzigen, morgenfrischen Lichtstrahlen, die durch die Vorhänge fielen und auf ihrer Bettdecke tanzten, als wollten sie sich über ihr Gefühlschaos lustig machen. Die Nacht hatte sie damit verbracht, über Flavio nachzugrübeln. Sie war ein Durcheinander aus heller Aufregung und wirrer Unsicherheit. Wie sollte sie sich jetzt verhalten? Der Gedanke, ihn wiederzutreffen, machte sie nervös, und der Gedanke, ihn nicht mehr wiederzutreffen, machte sie fast wahnsinnig. Wenn es sich so anfühlte, bis über beide Ohren verliebt zu sein, konnte sie gut darauf verzichten!

Der schrille Ton des Weckers riss sie abrupt aus ihren Überlegungen. Es war Viertel vor neun und sie hatte gerade einmal vier Stunden Schlaf hinter sich. Sie war hundemüde, aber sie wusste, dass sie sich zusammenreißen und den Tag mit einem klaren Kopf beginnen musste. Die Arbeit drängte: Zahlreiche Telefonate mit verschiedenen Weingütern standen an, für Stefan in München musste sie die Kontakte herstellen, und das Consorzio hatte umfangreiche inhaltliche Änderungen gefordert. Laut gähnend schob sie die Decke beiseite, trat ans französische Fenster und zog die Vorhänge weit auf. Dann öffnete sie die

Flügeltüren und trat auf den Balkon. Unter ihr erwachte die Stadt langsam zum Leben und der Anblick der fröhlichen Sonne half ihr, ihren krausen Verstand zu sortieren. Ella musste sich jetzt auf sich selbst konzentrieren, um Klarheit über ihre Empfindungen zu gewinnen. Sie griff nach ihrem Handy. Es war mittlerweile zwei Tage her, seit sie von Antonia gehört hatte, und sie hatte das Bedürfnis, sich mit ihr auszutauschen. Sie war sich noch unsicher, ob sie bereit war, eine Beziehung mit Flavio einzugehen. Sie musste ihn besser kennenlernen, bevor sie eine Entscheidung treffen konnte. Vor allem aber musste sie Antonias Meinung über Flavio hören!

Sie rückte sich den schmiedeeisernen Balkonstuhl zurecht und wählte die Nummer ihrer Freundin. Das Telefon klingelte mehrfach, bis diese endlich abnahm.

»Na, wen haben wir denn da?«, meldete sich Antonia mit ihrer gewohnt fröhlichen Stimme. »Lebst du auch noch?«

Ella holte tief Luft, um ihre Gedanken zu sammeln. »Hey, Toni. Alles in Ordnung bei mir. Und bei dir? Wie geht's?«

»Ich kann mich nicht beschweren – außer vielleicht darüber, dass du mich offenbar von deiner Playlist gestrichen hast«, erwiderte Antonia mit einem scherzhaften Ton. »Aber sag mal, wie läuft's mit deinem italienischen Lover?«

Ella seufzte leise. »Tja, du hattest recht. Ich habe Flavio jetzt schon ein paar Mal getroffen und ich fürchte, ich habe mich in ihn verliebt.«

Antonia quietschte vor Vergnügen in den Hörer. »Das sind ja großartige Nachrichten! Herzlichen Glückwunsch, meine Liebe! Ich will alles wissen: jedes schmutzige Detail!«

Ella lächelte, während sie die Erinnerungen an die letzten Tage Revue passieren ließ. Sie begann, von der Bootsfahrt und dem Besuch in der Geruchsgalerie am Tag zuvor zu erzählen. »Sein Haar ist so weich und er hat diesen feinen Duft: nach Holz, Karamell und einem Hauch Honig. Er riecht… er riecht wie Amarone! Genau, wie Amarone: exquisit und komplex, einfach außergewöhnlich. Und wenn er mich berührt, ist es wie ein Feuerwerk…«

Antonia lachte laut. »Hör mal, du hast die letzten Tage wohl wirklich zu tief ins Glas geschaut! Ich verstehe ja, dass du dich in die Materie einarbeiten musst, aber gleich so intensiv?«

Ella schmunzelte und nahm das humorvolle Getöse ihrer Freundin gelassen.

»Jetzt mal im Ernst«, fuhr Antonia fort, »wie geht es dir damit?«

»Eigentlich bin ich glücklich«, gestand Ella, »aber gleichzeitig auch total verwirrt. Ich weiß noch nicht, was ich von meinen wachsenden Gefühlen für Flavio halten soll. Ich muss ihn erst besser kennenlernen. Und ehrlich gesagt, ich glaube, ich habe ihn gestern ziemlich vor den Kopf gestoßen.«

In diesem Moment unterbrach die Glocke der Chiesa di San Severo ihr Gespräch. Neun tiefe Schläge kündigten die volle Stunde an und der markante Klang hallte vom nördlichen Stadtkern weit durch die engen Gassen und über die Plätze der Altstadt. Ella zählte mechanisch mit und ließ ihren Blick selbstversunken über die terracottafarbenen Dächer wandern.

»Entschuldige – ich konnte dich nicht hören. Was hast du gesagt?«, fragte Ella.

»Dass Verwirrtheit oft Verwirrung nach sich zieht«, wiederholte Antonia lauter und setzte dann nachdenklich hinzu: »Vielleicht solltest du Flavio in deine Arbeit an der Broschüre über Weinbau einbeziehen. Schließlich ist er Winzer und kann dir sicher viele interessante Einblicke geben.«

»Interessante Einblicke? Die bekomme ich in der Tat, und nicht nur für die Broschüre!« Ella lachte kurz über die Doppeldeutigkeit auf. »Wir sind schon mittendrin. Er hat bereits angeboten, mir zu helfen.«

»Schlaues Mädchen«, meinte Antonia anerkennend. »So hast du einen guten Grund, ihn öfter zu treffen. Dann kannst du herausfinden, ob du wirklich bereit bist, dich auf ihn einzulassen.«

Am anderen Ende der Leitung nickte Ella einvernehmlich. »Ja, das klingt nach einem Plan. Und noch etwas: Kein Wort zu Matteo und Noah, bitte! Ich muss erst einmal selbst herausfinden, wo ich stehe.«

»Keine Sorge, ich schweige wie ein Grab!«, gelobte Antonia. »Viel Glück, Ella! Und denk daran: Manchmal ist der beste Weg, die Antwort zu finden, einfach den Moment zu genießen.« Dann fiel ihr ein: »Apropos Noah und Matteo: Du hast unseren Ausflug zur Käserei morgen noch auf dem Schirm, oder? Du müsstest uns allerdings mit dem Fiat abholen. Mein Alfa Spider muckt mal wieder. Ich liebe den kleinen gelben Flitzer ja – nicht nur, weil er ein Geschenk von meinem Vater war – aber ständig ist die Karre kaputt.«

»Kein Problem, meine Liebe, ich guck ihn mir bei Gelegenheit mal an«, sagte Ella. »Ich bin pünktlich zur Stelle.

Trotzdem schade – ich hätte mich zu gerne ans Steuer deines Autos gesetzt!« Wie ihr Vater liebte sie alles, was schnell war und nach Benzin roch.

Sie unterhielten sich noch eine Weile über dies und das, bevor sie schließlich auflegten. Ella war froh, in Antonia eine so gute Ratgeberin zu haben. Mit ihrer Hilfe würde sie sicher ihre Unsicherheit überwinden und herausfinden, was sie wirklich wollte. Die kommenden Tage würden ihr zeigen, wie es weiterging…

11 Alles Käse

Ella, Antonia, Noah und Matteo waren auf dem Weg zum Käsewerk von »Grana Padano« in Goito bei Mantova, das sie für eine Reportage des »Garda-Blick«, der deutschsprachigen Gardasee-Zeitung von Antonia und Noah, besichtigen wollten. Zusammengequetscht hockten die Freunde in dem kleinen Fiat, der gerade genug Platz für sie selbst und ihre Ausrüstung bot: Ella und Antonia auf den Vordersitzen, Matteo und Noah mit Kamera-Equipment auf der Rückbank.

»Der Cinquecento ist wirklich nicht für vier Personen gemacht«, bemerkte Noah, während er sich verdrehte, um es sich irgendwie bequem zu machen. »Wie ärgerlich, dass dein gelber Spider in der Werkstatt ist. Den nächsten Ausflug will ich unbedingt im Cabrio machen«, murrte er, als sein Fuß sich im Stativ verhakte.

»Ja, ich fühle mich wie eine Sardine«, stimmte Matteo zu und streckte seine Beine im schrägen Winkel aus. »So eine Fahrt kann sich endlos anfühlen.«

Ella, die am Steuer saß, lachte. »Ruhe auf den billigen Plätzen! Ihr überlebt das schon. Antonias Alfa wäre auch nicht komfortabler gewesen. Freut euch lieber, dass das

Kleeblatt wieder vereint ist, statt zu jammern, wie die Kinder. Außerdem sind wir gleich da!«

Nach einer Dreiviertelstunde hatten sie das Werk erreicht, das schon von weitem gut sichtbar war: Meterhohe Milchtanks erhoben sich inmitten einer grünen Landschaft aus Wiesen und Feldern. Sie parkten auf einem der Besucherparkplätze und gingen zum Eingang des käsegelben Gebäudekomplexes, wo eine Mitarbeiterin sie freundlich in Empfang nahm.

»Willkommen bei Grana Padano. Wir zeigen Ihnen, wie unser Käse hergestellt wird. Im Anschluss an die Führung laden wir Sie herzlich zu einer Verkostung ein!«

Beim Betreten der Halle stieg der Gruppe sofort der säuerliche Geruch von frischer Milch und reifendem Käse in die Nase. Große Produktionsanlagen dominierten den Raum und Mitarbeiter in weißer Arbeitskleidung eilten zwischen den Maschinen hin und her, um einen reibungslosen Ablauf zu gewährleisten.

Die Anlage war Teil eines Konsortiums zum Schutz des Grana Padano, das sämtliche Hersteller, Veredler und Händler dieser Käsesorte vereinte, wie ihnen der erfahrene Käsemeister, der sie durch die verschiedenen Produktionsschritte führte, erklärte. Diese Non-Profit-Organisation umfasste einhundertneunundzwanzig Käsereien und einhundertdreiundfünfzig Veredelungsbetriebe.

»Es heißt, der Grana-Padano-Käse sei im Jahr 1135 in der Abtei von Chiaravalle in der Po-Ebene entstanden, nur wenige Kilometer südlich von Mailand. In den Klöstern, die als erste Käsereien gelten, wurde er in speziellen Kesseln hergestellt. Die Mönche nannten ihn *Caseus vetus*, was ›alter Käse‹ bedeutet. Die lokale Bevölkerung, die das Lateinische nicht beherrschte, nannte ihn schließlich *Formaggio di Grana* – körniger Käse – oder einfach *Grana*.«

Der Käsemeister führte die vier an gewaltigen Milchbottichen und riesigen Tanks vorbei, in denen die Milch fermentiert wurde, und erläuterte dabei die einzelnen Arbeitsschritte. Antonia schrieb eifrig mit, während Noah die Kamera zückte und Fotos machte, als der Käsebruch in großen Kupferkesseln erhitzt und von Hand gerührt wurde, bis die perfekte Konsistenz erreicht war. Der Käsemeister prüfte den Zustand, indem er seine Finger vorsichtig in den Kessel tauchte.

»Wie kann er wissen, wann das fertig ist? Das ist ja Magie!«, staunte Ella.

Dichte Dampfschwaden erfüllten den Raum, während die Freunde zusahen, wie der nasse, sechzig Kilo schwere Käse in Formen gepresst wurde. Über zwei Tage hinweg musste er darin regelmäßig gewendet werden, bevor er anschließend für achtzehn Tage in ein Salzbad wanderte, um Geschmack und eine schützende Rinde zu entwickeln.

Im Anschluss betrat die Gruppe die »Heiligen Hallen« der Reifung: endlose Regale aus Holz, die bis zur Decke ragten und sich über Hunderte von Metern erstreckten. Sie beherbergten etwa fünfunddreißigtausend Käselaibe, die dort in schönster Symmetrie und ordentlich durchnummeriert zwischen neun und vierundzwanzig Monaten zur Perfektion reiften. Nur jene Laibe, die die strenge Klopf- und Stichprobe bestanden, erhielten am Ende den Echtheitsstempel für Grana Padano, erklärte der Käsemeister, während zwei Mitarbeiter mit einem großen Wagen voller Käselaiber durch den Gang ratterten.

»Das wird eine großartige Reportage«, sagte Ella überschwänglich. »Habt ihr gehört? Für ein Kilogramm Grana benötigt man über fünfzehn Liter Milch! Und jeder Laib wird alle zehn Tage im Lager gewendet und gereinigt – was für ein Aufwand!«

»Da spricht die Käse-Queen! Wenn wir jemals eine Käsekolumne im ›Garda-Blick haben‹, weiß ich schon, wer unsere Expertin wird«, spottete Antonia.

Noah musste ein letztes Foto schießen: von Ella, wie sie mit einem breiten Grinsen zwischen den riesigen Regalen stand, den Käsehammer in der Hand.

»*Say cheese*! Der Padano ist dein neuer Liebling – zeig uns, was in ihm steckt!«, witzelte Noah und drückte den Auslöser.

Jetzt hatten sie alles im Kasten: Noah waren fantastische Aufnahmen gelungen und Antonia hatte die relevanten Informationen beisammen.

Nach der Führung wurden sie in einen gemütlichen Verkostungsraum gebeten, wo sie verschiedene Reifegrade von Grana Padano probieren durften, von mild bis intensiv – zusammen mit Wein und Oliven eine perfekte Kombination.

»Das ist wirklich der beste Käse, den ich je gegessen habe«, sagte Matteo und nahm noch einen Bissen.

»Erstaunlich, wie sich der Geschmack des Käses mit dem Alter verändert«, bemerkte Noah, während er den edlen, fünfzig Monate gereiften »Selezione« probierte.

»So erstaunlich ist das gar nicht. Mein Geschmack hat sich mit dem Alter auch verfeinert – er wird einfach immer besser«, meinte Antonia lächelnd und drückte Noah einen dicken Kuss auf die Wange. »Ich könnte hier noch Stunden verbringen«, fügte sie energisch hinzu, »aber wir haben eine Reportage zu schreiben!«

»Damit die richtig gut wird, sollte uns die Redaktion mit einer gigantischen Käseplatte bestechen«, schlug Matteo vor und rieb sich mit übertriebener Geste den Bauch. »Wenn ich kreativ werden soll, muss man mich mit Grana Padano füttern.«

»Klingt, als würdest du am liebsten gleich einen 35-Kilo-Laib verdrücken. Du hast ja fast so eine Käse-Obsession wie Jerry, die Maus!«, scherzte Ella mit breitem Grinsen. »Aber die Idee ist trotzdem genial!«

Matteo erwiderte ihr Lächeln und sah sie mit einem schwärmerischen Blick an.

Die Gruppe kaufte die halbe Käsetheke leer und machte sich dann auf den Rückweg nach Lazise, in die Redaktionsräume des »Garda-Blick«. Kaum angekommen, setzten sie sich an den Schreibtisch und begannen, ihre Eindrücke niederzuschreiben. Jeder von ihnen hatte eigene Notizen und Erlebnisse gesammelt, die sie nun gemeinsam zu einem lebendigen Artikel zusammenfügten. Eifrig diskutierten sie darüber, welche Informationen besonders wichtig waren und welche Bilder die Leser am meisten fesseln würden.

»Das war ein unglaublich aufregender Tag«, sagte Antonia, als sie den letzten Satz getippt hatte und sich entspannt in ihrem Bürostuhl zurücklehnte. »Ich freue mich schon auf unsere nächste Reportage! Diese Zeitung war wirklich die beste Idee, die ich je hatte.«

»Oh, wie schmeichelhaft, meine Liebe! Und was ist mit mir? Bin ich etwa keine großartige Idee?«, deklamierte Noah in dramatischem Ton und legte eine Hand ans Herz, als wäre er zutiefst gekränkt.

Antonia schmunzelte und musterte ihn mit einem übertrieben kritischen Blick, als säße sie in der Jury einer bekannten Model-Show. Sie verschränkte die Arme, ließ sich Zeit und nickte schließlich bedeutungsvoll. »Warte mal… dreh dich einmal um… ja, doch, das lässt sich sehen. Du läufst natürlich außer Konkurrenz: Ich habe ein Foto für dich!« Sie zwinkerte, machte eine Kunstpause und fügte hinzu: »Denn du bist nämlich auch eine Spitzen-Idee! Und weißt du was? Ich bleibe mit dir zusammen!«

Ein schallendes Gelächter brach aus, während Noah weiterhin den Beleidigten spielte. »Ach, die Bewunderung in deinen Augen ist ja rührend. Aber wenn du mich wirklich liebst, dann gib mir etwas Handfestes! Wo bleibt der Käse?«

Matteo, der das Schauspiel offensichtlich genoss, grinste breit. »Keine Sorge, ich habe ihn nicht vergessen«, beruhigte er Noah und klopfte ihm auf die Schulter. »Ich hole ihn schnell aus dem Kühlschrank.« Mit diesen Worten verschwand er in Richtung Küche.

Antonia, noch immer belustigt, wandte sich nun Ella zu. »Und wie geht es mit eurer Broschüre?«

»Ach, wir hatten gestern einen längeren Call mit dem Consorzio. Dabei stellte sich heraus, dass wir das Konzept überarbeiten und uns stärker auf bestimmte Schwerpunkte konzentrieren müssen«, antwortete Ella. »Im Moment sind wir von der Materialflut etwas überwältigt.«

»Vielleicht sollten wir zuerst die Bilder durchsehen«, schlug Matteo vor, als er mit einer Käseplatte und frischem Brot zurückkehrte und beides auf den Tisch stellte. Die Freunde griffen begierig zu, während Noah sein Handy zückte und Ella einige seiner älteren Fotos von Bardolino und der umliegenden Weinregion zeigte.

»Ich habe noch jede Menge Aufnahmen von früher«, erklärte er hilfsbereit. »Hier, das ist der Hafen am frühen Morgen – die Lichtstimmung war einfach magisch. Und das hier? Ein Winzerhof, der ziemlich versteckt liegt. Könnte was für eure Broschüre sein, oder?«

»Unbedingt! Wir werden einen Blick auf alles werfen, bevor wir das Layout festlegen«, meinte Ella anerkennend und ging mit Matteo die weitere Planung durch, wobei sie geschickt ihre privaten Treffen mit Flavio unter den Tisch fallen ließ.

»Ich kenne auch noch ein paar ausgezeichnete Weingüter, die nicht jeder auf dem Schirm hat. Ich könnte die Kontakte herstellen und dich bei den Besuchen begleiten«, bot sich Matteo an.

Ella nahm seinen Vorschlag dankbar an und machte sich alsbald auf den Weg zurück nach Bardolino, denn es war schon spät geworden. Antonia entschied, ihre Freundin noch ein Stück bis zum Auto zu begleiten. In der Gasse drehte Ella sich ein letztes Mal um, winkte den Jungs, die am Fenster standen, und verschwand dann in der Dunkelheit.

Matteo blickte ihr sehnsüchtig hinterher und konnte den Blick kaum von ihr abwenden. In diesem geblümten Sommerkleid mit den verspielten Volants sah sie einfach umwerfend aus. Als sie außer Sicht war, bemerkte Matteo, wie sein Freund ihn mit einem vielsagenden Grinsen musterte.

»Was ist los, Matteo?«, fragte Noah mit einem Augenzwinkern. »Hast du etwa ein Auge auf Ella geworfen?«

Matteo errötete leicht und versuchte, sich nichts anmerken zu lassen. »Nein, nein, da täuschst du dich«, stammelte er verlegen.

Noah lachte schallend. »Ach komm schon, dein schmachtender Blick sagt alles. Du musst mir nichts vormachen – du bist in sie verliebt, oder?«

Matteo seufzte tief und gab zögernd zu: »Ja, ich glaube, ich habe Gefühle für sie… Aber ich bin mir nicht sicher, ob sie dasselbe für mich empfindet. Erst recht nicht, nach der Geschichte im Riesenrad…«

Noah, der von Antonia nur die halbe Wahrheit gehört hatte, legte eine Hand auf Matteos Schulter und lächelte aufmunternd. »Keine Sorge, ich glaube, da könnte mehr sein, als du denkst. Ella hat in letzter Zeit oft nach dir gefragt und ich habe den Eindruck, dass sie interessiert ist.«

Matteo sah ihn skeptisch an, doch ein Funken Hoffnung flammte in seinen Augen auf. »Meinst du wirklich? Wie kommst du darauf?«

»Vertrau mir«, antwortete Noah zuversichtlich. »Manchmal sieht man Dinge klarer, wenn man nicht direkt involviert ist. Ich bin mir ziemlich sicher, dass sie dich mag.«

Matteo konnte sein Glück kaum fassen. Vielleicht gab es tatsächlich eine Chance für ihn und Ella. Er nahm sich vor, ihr in Zukunft besonders aufmerksam zu begegnen und seine Zuneigung zu zeigen. Er konnte es kaum erwarten, sie das nächste Mal allein zu treffen, um herauszufinden, ob Noahs Vermutung wirklich stimmte.

12 Die Picknicker

Für den übernächsten Tag hatte sich Ella mit Matteo zu einer gemeinsamen Tour verabredet. Es war ein herrlich warmer Junitag und sie war voller Tatendrang, denn Matteo hatte ihr erzählt, dass ein flüchtiger Bekannter seines Vaters einen kleinen Weinberg besaß und stolz darauf war, exklusive Weine in geringer Auflage zu produzieren. Ella stieg in ihren Cinquecento, stellte die Playlist mit Italo-Pop an, und sammelte ihren Freund ein, der ohnehin in Bardolino zu tun hatte.

Als dieser an der Chiesa San Zeno in den Wagen kletterte, sprühte Ella vor Energie: »Ich freue mich total auf heute! Bis jetzt kenne ich ja nur die kleine Cantina in der Stadt, zu der du mich vor ein paar Tagen geschickt hast. Es war spannend zu erfahren, dass dort mehrere kleine Winzer ihre Trauben an eine Kooperative liefern und die Cantina sich um die Weinherstellung und Vermarktung kümmert. So etwas war mir ganz neu! Das war natürlich eine ganz andere Erfahrung als das riesige Weingut von Flavio.«

Matteo runzelte die Stirn. »Welcher Flavio?«, fragte er neugierig.

»Na, die Banfis! Deren Weingut ich nach dem ›Palio‹ besucht habe…«, antwortete Ella so beiläufig wie möglich. Mist! Der Name war ihr einfach rausgerutscht.

»Aha, und da nennst du den Alleinerben gleich beim Vornamen?«, hakte Matteo nach und in seiner Stimme lag ein leicht gekränkter Unterton.

Ella hatte Matteos Verdruss bemerkt und erzählte ihm nur zögerlich, wie sie Flavio auf dem Weinfest kennengelernt hatte. Seine reservierte Miene verriet eindeutig, dass er dieser Bekanntschaft nicht sonderlich positiv gegenüberstand.

»Kennst du ihn etwa?«, fragte Ella, als hätte sie es bereits geahnt.

Matteo zuckte nur mit den Schultern und meinte, dass in dieser Gegend eigentlich jeder jeden kannte. Ella blieb vage und betonte, dass zwischen ihr und Flavio nichts laufe, außer der Zusammenarbeit an der Broschüre.

»Flavio Banfi hilft dir bei unserer Broschüre?«, fragte Matteo ungläubig.

Ella biss sich auf die Zunge. Sie merkte, dass er mehr wissen wollte, doch sie hatte keine Lust, ihre komplizierte Gefühlslage ausgerechnet vor ihm auszubreiten. Also lenkte sie das Gespräch geschickt in eine andere Richtung. Dann schaltete sie einen Gang höher, trat aufs Gaspedal und der Cinquecento brummte so laut, dass jede weitere Unterhaltung im Motorenlärm unterging.

Nach einer halbstündigen Fahrt rollten sie durch das Tor auf den Hof, wo der Kies unter den Reifen knirschte und die warme Nachmittagsluft sie wie eine sanfte Umarmung empfing. Die Sonne strahlte aus allen Knopflöchern und das leise Summen der Bienen erfüllte die ländliche Einöde. Der Winzer namens Umberto begrüßte Ella und Matteo herzlich und lud sie ein, ihm in seine Kellerei zu folgen.

In der kühlen Cantina nahmen die beiden auf zwei Hockern Platz, die an einem antiken Fass standen, das als Tisch diente. Der ältere Herr, dessen gebeugte Haltung von vielen Jahren harter Arbeit im Weinberg zeugte, servierte ihnen einige seiner Weine. Als Erstes verkosteten sie seinen Chiaretto, der mit seiner hellrosa Farbe und dem erfrischenden, fruchtigen Aroma von Erdbeeren und Himbeeren sofort überzeugte.

Anschließend reichte Umberto ihnen seinen Bardolino Classico, dessen tiefrote Farbe und komplexes Bouquet mit Noten von Kirschen, Waldbeeren und Gewürzen beeindruckte. Der Wein entfaltete auf der Zunge einen vollmundig-fruchtigen Geschmack, der den Charakter der Region perfekt einfing.

»Erstaunlich«, sagte Ella und schnalzte mit der Zunge. »Der schmeckt ganz anders als der, den ich bei Flavio Banfi probiert habe. Viel komplexer…« Verflixt! Schon wieder hatte sie Flavios Namen erwähnt. Dieser Mann ging ihr einfach nicht aus dem Kopf.

Damit hatte sie das Gespräch wieder auf die Banfis gelenkt. Der Winzer hielt kurz inne, legte die Stirn in Falten und sagte nachdenklich: »Sì, sì… die Banfis… das ist eine interessante Familie, besonders der Sohn...« Dann verstummte er.

»Was heißt denn interessant?«, hakte Ella neugierig geworden nach und auch Matteo blickte gespannt auf.

Der Winzer zuckte mit den Schultern und lächelte betreten. »*Beh, si sa,* man hört so einiges. Aber ich halte mich aus dem Klatsch und Tratsch der Stadt lieber raus«, meinte er und ließ das Thema damit im Raum stehen.

Zum Abschluss ihrer Verkostung probierten sie noch einen Bardolino Superiore.

»Das ist ein Tropfen von besonderer Qualität, hergestellt aus den besten Trauben unseres Weinguts«, erklärte Umberto selbstzufrieden.

Der Wein leuchtete in intensivem Rubinrot und verströmte den Duft von Kirschen, Pflaumen und Gewürzen. Am Gaumen präsentierte er sich ausgewogen, mit seidigen Tanninen und einem langen, harmonischen Abgang.

»Es ist beeindruckend, wie viel Sorgfalt und Liebe zum Detail in jeder einzelnen Flasche steckt. Weinmachen ist wirklich eine Kunst!«, äußerte Ella mit feierlicher Bewunderung angesichts der außergewöhnlichen Qualität der Weine. Gerührt von ihrem Lob, bot Umberto an, ihnen noch seine Weinberge zu zeigen.

Ella war sofort Feuer und Flamme und so spazierten sie durch die Rebstöcke, während der alte Herr geduldig die verschiedenen Anbaumethoden und Rebsorten erklärte. Ella hörte aufmerksam zu, stellte neugierig Fragen und notierte alles Wissenswerte.

Als sie an einer sonnigen Wiese ankamen, überreichte der Winzer ihnen den Korb, den er die ganze Zeit bei sich getragen hatte. »Als Dankeschön für das Interesse an meinen Weinen!«

Darin befanden sich eine Picknickdecke, eine Flasche Chiaretto und zwei Gläser, dazu etwas Brot und Käse. Er verabschiedete sich freundlich, da er noch andere Aufgaben zu erledigen hatte.

Ella und Matteo nutzten die Gelegenheit, um die Details ihrer Broschüre zu besprechen und Matteo berichtete, dass er endlich ein Airbnb für Ella gefunden hatte. Das war schwieriger gewesen als gedacht, da in der Saison kurzfristig kaum etwas verfügbar war. Er entschuldigte sich, dass es sich nur um eine spartanische Unterkunft von elf Quadratmetern handelte, zudem in stark renovierungsbedürftigem Zustand. Immerhin lag diese in der Nähe der Uferpromenade, nur ein paar Schritte vom »Palace« entfernt. Matteo überreichte ihr die Schlüssel, gab ihr die Adresse und zeigte ihr die Bilder auf seinem Telefon.

Ella musste schlucken, als sie den Zustand des Apartments sah. Doch sie versuchte, sich die gute Laune nicht nehmen zu lassen: »Was soll's – ich bin in *bella Italia* und will ohnehin nicht die ganze Zeit in meinem Zimmer verbringen!«

Nachdem sie die Gespräche über das Projekt beendet hatten, lehnte sich Ella entspannt auf der Decke zurück. Nur das ferne Zirpen der Zikaden war zu hören. Sie schaute in den wolkenlosen Himmel und genoss die Stille und Schönheit der Landschaft – Matteo dagegen genoss vor allem

Ellas Gesellschaft. Immer wieder wanderte sein Blick verstohlen zu ihr hinüber. Ihr weitschwingendes, grünes Chiffonkleid flatterte sanft im Wind und ihr herzhaftes Lachen klang wie eine Melodie in seinen Ohren. Selbst der Anblick ihrer nackten Füße ließ sein Herz schneller schlagen. Hatte Noah wirklich recht? Fühlte sich Ella vielleicht doch zu ihm hingezogen?

»Versuchst du etwa, mir unter das Kleid zu gucken?«, fragte Ella mit einem herausfordernden Blick, während sie sich aufrichtete.

»Da kann nicht mal Superman durchgucken«, erwiderte Matteo grinsend, mit einem Hauch gespielten Bedauerns.

»Also hast du es versucht?« Ella lachte leise und ließ sich wieder ins Gras sinken.

Sie schloss die Augen und zupfte verträumt an den Grashalmen. In ihrem Kopf war sie schon längst bei Flavio, mit dem sie sich zum Abendessen verabredet hatte. Nach einer Weile blickte sie auf die Uhr. »Wir sollten langsam aufbrechen,« drängte sie Matteo schließlich unsanft.

13 Hitze der Nacht

An diesem warmen Frühsommerabend kam Ella leicht verspätet in der kleinen Osteria an, die sich verwunschen in einem verwitterten, historischen Gebäude direkt am See-ufer befand. Flavio wartete bereits auf der Terrasse, von der sich ein Blick über den verträumten Hafen eröffnete. Die Lichter der Boote tanzten auf der Wasseroberfläche und schufen eine flirrende Atmosphäre.

Aus der Musikanlage des stimmungsvoll abgedämpften Restaurants ertönte Barockmusik und aus der Küche drangen die Aromen gegrillten Rosmarins und knusprigen Brotes. Ein Kellner mit sorgfältig geknoteter Fliege nahm Ella in Empfang und führte sie zu ihrem Tisch. Flavio erhob sich gerade, um sie zur Begrüßung zu umarmen, als ein weiterer Ober mit einer Entschlossenheit, die fast amüsierte, die Speisekarte dazwischen hielt und mit leuchtenden Augen das Tagesgericht anpries: *Ossobuco alla Milanese*. Flavio und Ella ließen sich nicht zweimal bitten, lächelten über die unerwartete Störung hinweg, und bestellten nicht nur die geschmorte Kalbshaxe, sondern auch eine Vorspeise aus Parmaschinken und Melone.

»Romeo und Julia waren durch eine Mauer getrennt – bei uns reicht eine Speisekarte«, scherzte Flavio, als er Ella über den Tisch hinweg küsste. »Ich habe dich ganze zwei Tag nicht gesehen und ich habe dich vermisst.«

Eine leise Wärme breitete sich in Ella aus, als sie seine Lippen spürte, weich und vertraut. Sie lächelte scheu und zugleich beglückt über seine Zuneigung.

Flavio winkte den Ober herbei, der kurz darauf mit einer Flasche Amarone erschien, diese mit gekonntem Schwung direkt vor ihren Augen entkorkte, die tiefrote Flüssigkeit in ihre Gläser füllte, und sich dann zurückzog, wie ein Schauspieler, der seine Szene vollendet hatte.

Nach den *Antipasti* wurde das *Ossobuco* serviert und war so zart, dass es auf der Zunge zerfiel, während der Amarone mit seinen vollmundigen Aromen von Holz, Karamell und einem Hauch Honig das Gericht wie die barocke Musik im Hintergrund umspielte.

Ein seltsames Schwindelgefühl überkam Ella. Der schwere, betörende Duft des Weins stieg ihr erst in die Nase und dann zu Kopf – dieser Duft, diese würzige Note … Es war, als wäre der Wein ein Echo von ihm. Sie ertappte sich dabei, wie sie seinem Gesicht nachsann, seinem schelmischen Blick, dem dynamischen Schwung seiner Hände. Jetzt, da sie ihm in diesem romantischen Restaurant direkt gegenübersaß, schmolz ihre Unsicherheit dahin, wie die Butter auf ihrem Teller. »Manchmal ist der beste Weg, die Antwort zu finden, einfach den Moment zu genießen.«, hatte ihr Antonia geraten. Und vielleicht hatte ihre Freundin recht. Vielleicht sollte sie aufhören, ihre Gefühle zu zerpflücken.

»Na, was sagst du dazu?« Flavios Stimme riss sie aus ihren Gedanken. Er blickte sie gespannt an, seine Augen glänzten im Kerzenschein.

»Der samtige Wein und die kräftige Note des Fleisches – das ist die perfekte Harmonie!«, gab Ella schwärmerisch zurück, bemüht, ihre aufwallenden Gedanken zu überspielen.

»So wie wir beide, meinst du?« Flavio lächelte vergnügt.

Ellas Wangen begannen leicht zu glühen. »Ich erinnere mich noch genau, wie du den Amarone beschrieben hast: ›Er ist wie ich – perfekt ausbalanciert zwischen Süße und Säure, voller Energie und Charme. Trotz seiner herben, trockenen Note besticht er durch einen äußerst raffinierten, komplexen Geschmack. Und ja, er ist außergewöhnlich teuer!‹ Das waren deine Worte!«, entgegnete Ella und fuhr mit einem kessen Lächeln fort: »Schade nur, dass ich mir so etwas Exquisites wohl kaum leisten kann.«

Flavio lachte laut. »Unglaublich! Du drehst mir ja die Worte im Mund um!« Dann lehnte er sich zurück, immer noch lachend, als ob er etwas wüsste, das sie noch nicht begriff. »Manche Dinge im Leben kosten nichts, Ella – man muss nur wissen, wie man sie erkennt. Ich habe dir außerdem erklärt, dass es ein langwieriger Prozess ist, den Amarone zu gewinnen, dass es aber das Ergebnis wert ist«, konterte er mit einem Augenzwinkern und schickte ihr einen Luftkuss.

»Du weißt schon, dass Eitelkeit eine Todsünde ist?«, neckte Ella ihn. Sie nahm einen weiteren Schluck Wein und ließ ihn genüsslich über ihre Zunge rollen.

»Aber natürlich! Als guter Italiener und Katholik kenne ich mich bestens mit den Sünden aus!«, versetzte Flavio schlagfertig und die beiden brachen in Gelächter aus.

Die Leichtigkeit des Gesprächs setzte sich fort, als sie zum Nachtisch übergingen. Während sie sich ein *tiramisù* teilten, sprach Ella über ihre Fortschritte bei der Broschüre. Flavio hörte aufmerksam zu, stellte interessiert Fragen und brachte ein paar Verbesserungsvorschläge ein. Sein Engagement vermittelte Ella den Eindruck, dass ihre Arbeit wirklich Bedeutung hatte, und sie wusste seine ehrliche, konstruktive Kritik sehr zu schätzen.

»Danke für die Tipps – das hilft mir wirklich sehr! Auch das Treffen mit Matteo heute hat mir nochmal einen richtigen Motivationsschub gegeben«, bemerkte Ella und berichtete von dem Weingut, das sie mit Matteo besucht hatte, und dem Winzer, den sie kennengelernt hatten. Sie beschrieb begeistert, wie sie auf einer sonnigen Wiese gepicknickt hatten, die Aussicht genossen und über die Weine gesprochen hatten.

Flavio hörte aufmerksam zu, nippte an seinem Glas, doch Ella bemerkte, wie sich sein Gesichtsausdruck leicht veränderte, als er nach dem Winzer und Matteo fragte.

»Klingt nach einem schönen Ort«, bekundete Flavio scheinbar beiläufig. »Freut mich, dass du eine gute Zeit hattest.« Doch der unterschwellige Tonfall verriet eine subtile Anspannung, die Ella nicht entging. »Und wie hieß dieser Winzer?«

»Umberto«, antwortete Ella aufrichtig. »Er war wirklich nett und sehr erfahren. Wir haben ein paar seiner Weine probiert, die ganz exzellent waren.«

»Ich kenne den Winzer«, sagte Flavio und nickte bekräftigend. »Seine Qualität ist in der Tat beneidenswert. Aber bei einem kleinen Weingut ist das auch leichter umzusetzen. War es dein Freund, der den Besuch vorgeschlagen hat?«

Ella spürte Flavios prüfenden Blick, als er weiter nachbohrte – er wollte wissen, ob Matteo ihr nähergekommen war und wie viel Zeit sie miteinander verbracht hatten. Ein leichtes Unbehagen machte sich in ihr breit. Das unterschwellige Misstrauen in Flavios Fragen irritierte sie und sie wusste instinktiv, dass dieses Gespräch nicht ihr letztes über Matteo wäre. Sie bemühte sich, die Situation zu entspannen und betonte, dass Matteo nur ein guter Freund sei. Flavio schien zwar beruhigt, doch konnte Ella nicht ignorieren, dass er offenbar eifersüchtig war. Sie fragte sich, ob sie künftig weniger über ihre Treffen mit ihrem Freund sprechen sollte, um Flavios Gefühle nicht zu verletzen.

Um die angespannte Stimmung aufzulockern, lenkte Ella das Gespräch auf ihre Familie und ihr Leben in Deutschland.

»Manchmal bin ich ziemlich genervt, vor allem von meiner Arbeit. Aber München hat einfach etwas, das man nicht ignorieren kann.«

»Ich verstehe nur zu gut, was du meinst«, erwiderte Flavio mit einem sanften Lächeln. »So geht es mir immer noch mit Bardolino, obwohl ich hier geboren und aufgewachsen bin.« Er hielt kurz inne, ergriff zärtlich ihre Hand und sah sie eindringlich an. »Aber wie geht es dir wirklich?«

Ella spürte die Wärme seiner Berührung und ihr Herz schlug einen Takt schneller. »Ich bin so froh, hier zu sein. Dieser Job ist das Beste, was mir passieren konnte. Und es ist einfach wunderbar, wieder mit meinen Freunden zusammen zu sein. Du solltest sie unbedingt bald kennenlernen.« Ella strahlte, ihre Begeisterung für das Hier und Jetzt war unübersehbar. »Ich habe das Gefühl, dass ich an diesem Ort genau richtig bin.«

»Das freut mich zu hören«, antwortete Flavio leise, »aber das war nicht ganz, was ich meinte.« Ein Lächeln umspielte seine Lippen, während er sie genau beobachtete. »Wie fühlst du dich hier, in diesem Moment, mit mir?«

Ella hielt seinem Blick stand, spürte die Intensität des Augenblicks. Sie nahm einen langen Atemzug und hauchte: »Ich bin glücklich.« In ihrem Inneren keimte die Hoffnung, dass dies mehr sein könnte als nur eine flüchtige Romanze.

Flavio antwortete auf ihr Geständnis mit einem flammenden Kuss. »Du hattest da noch ein Krümelchen Tiramisu«, behauptete er, während er sich mit einem schelmischen Lächeln von ihr löste.

Das Stillleben auf ihrem Tisch erzählte die Geschichte ihres weltvergessenen Rendezvous: Die Kerzen waren heruntergebrannt, der Nachtisch verputzt und die Gläser leer. Die Zeit war wie im Flug vergangen und hatte den weinseligen Abend in etwas Tieferes, Intimeres verwandelt.

Flavio ergriff einladend ihre Hand. »Und jetzt gehen wir zusammen zur Festa di Primavera!«

»Wohin?«, fragte Ella überrascht.

»Zum Frühlingsfest auf der Promenade – Musik, Street-Food und ein Feuerwerk, das sich im See spiegelt! Überall bunte Lichterketten, Herzluftballons und der Duft von Zuckerwatte! Ich liebe so etwas – auch wenn ich damit unter Kitschverdacht gerate…« Er strahlte, stand auf und bezahlte diskret die Rechnung.

Als sie aus der Osteria in die laue Nacht traten, wehten Musik und Gesang zu ihnen herüber. Auf der Piazza Matteotti bot eine Gruppe junger Tänzer auf der Open-Air-Bühne eine mitreißende Show dar. Die entfesselten Zuschauer sangen die bekannten Melodien mit und klatschten frenetisch im Takt. Flavio und Ella blieben kurz stehen, um die ausgelassene Szene auf sich wirken zu lassen – ein ansteckender Anblick voll unbeschwerter Lebensfreude.

Während sie die Piazza überquerten, wurden sie plötzlich von einer bunt gemischten Gruppe feiernder Menschen umringt, die fröhlich sangen und tanzend einen Kreis um sie bildeten. Die Sommernacht pulsierte vor einer Energie, der Ella und Flavio sich nicht entziehen konnten. Ohne zu zögern, ließen sie sich von der Menge bis vor die Bühne mitziehen, wo Paare in innigem Tanz versunken waren.

Flavio zog Ella sanft an sich und eng umschlungen bewegten sie sich im Rhythmus der Musik. In seinen Armen fühlte sie sich so leicht und frei – verträumt schloss sie die Augen.

Da erhellte mit einem ohrenbetäubenden Krachen plötzlich ein Feuerwerk die Nacht! Ella riss erschrocken die Augen auf. Entrückt verfolgte sie, wie Millionen von bengalischen Lichtern in die Luft schossen und den See in ein schillerndes Meer aus Regenbogenfarben verwandelten.

Flavio und Ella hielten geblendet inne, ihre Blicke ergötzten sich an dem psychedelischen Leuchtfeuer, während sich ihre Hände wie von selbst ineinander verwanden. Es war, als würden die Funken des Feuerwerks direkt auf sie überspringen. Flavio beugte sich zu Ella und ihre Lippen trafen sich in einem zärtlichen Kuss, der immer sinnlicher und flammender wurde. Leidenschaftlich verloren sie sich in ihrem eigenen Universum, indessen über ihnen der Himmel explodierte.

Als das verrückte Farbspiel allmählich abebbte, fühlte Ella, wie ihr die Knie weich wurden. Sie war sich nicht sicher, was genau sie empfand, aber eines wusste sie mit Sicherheit: Dieser Moment war einzigartig. Kaum hörbar tuschelte Flavio ihr etwas ins Ohr.

»Versuchst du, mich zu verführen?«, antwortete Ella mit neckischem Unterton.

»Selbstverständlich nicht!«, entrüstete sich Flavio.

»Na, Gott sei Dank«, tat Ella erleichtert.

»Jedenfalls nicht öfter als acht- bis zwölfmal«, fügte er mit einem schalkhaften Grinsen hinzu.

Lachend beschlossen sie, der fröhlichen Menge zu entfliehen. Auf dem Rückweg zum Hotel sprachen sie kaum ein Wort. Hand in Hand schlenderten sie durch die ruhigen Seitengassen und genossen die Zärtlichkeit der Nacht. Ellas Herz war leicht und erfüllt von Glück.

Vor dem Palace standen sie einen Moment lang schweigend da, unschlüssig, starrten einander an. Langsam hob Ella ihre Hand und legte sie auf Flavios Wange. Noch bevor sie etwas sagen konnte, spürte sie seine Lippen begehrlich auf den ihren. Ella erwiderte den Kuss mit gleicher

Intensität, ihre Zungen fanden sich wie Magneten. Sie konnten nicht genug voneinander bekommen und drängten sich taumelnd durch die Hoteltür, den Flur entlang, bis zu Ellas Zimmer, während ihre Hände sich wild und unaufhörlich suchten. Die Tür fiel ins Schloss, er drückte sie sanft gegen die Wand und bedeckte sie mit atemlosen Küssen. Sie spürte seine Lippen in ihrem Nacken, am Hals – ihre Knie gaben vor Aufregung nach. Sie konnte nicht anders, sie musste sich an ihm festhalten. Langsam und forschend glitten seine Finger über ihren Körper. Die Hitze seiner Berührungen und die Leidenschaft zwischen ihnen war unbeschreiblich. Als seine Hand sich von ihrer Taille über ihren Oberschenkel weiter nach unten bewegte, durchfuhr sie ein Schauer der Erregung. Er sah ihr mit einem begehrlichen Blick tief in die Augen. Bald würde sie nicht mehr widerstehen können. Die Anziehungskraft zwischen ihnen war unaufhaltsam. Sie wusste, dass er sie wollte und mit jeder weiteren Berührung stieg auch ihr Verlangen nach ihm. Ella war völlig berauscht, unfähig, einen klaren Gedanken zu fassen. Trotz der überwältigenden Begierde überkam sie plötzlich ein Gefühl der Zerrissenheit. Aufgewühlt hielt sie Flavios Hand fest, die gerade dabei war, ihren Slip beiseitezuschieben, und versuchte, sich gegen die Flut ihrer eigenen Lust zu wehren.

»Es tut mir leid, Flavio«, keuchte Ella, verzweifelt bemüht, ihre Stimme ruhig und entschlossen klingen zu lassen. Doch ihr Inneres bebte. »Ich glaube, ich habe zu viel getrunken. Mir ist etwas flau und ich brauche dringend Ruhe.«

Sie hoffte, dass diese fadenscheinige Ausrede ausreichen würde, um sich dezent aus der Situation zurückzuziehen, ohne Flavio zu verletzen oder ihn zu verärgern.

Flavio verharrte einen Moment still in der Tür, sein Blick suchte ihren, und in seinen Augen lag eine Mischung aus Verlangen und Ungewissheit. Es war, als versuche er, in ihrem Gesicht das wahre Gefühl hinter ihren Worten zu lesen.

Trotz des intensiven Wunsches, die Nacht mit Flavio zu verbringen, schob Ella ihn vehement zur Tür hinaus und er ließ es wortlos geschehen. Kaum war die Tür ins Schloss gefallen, warf sie sich aufs Bett, trommelte mit den Fäusten auf die Matratze und schlug die Hände vors Gesicht. Ein kleiner, frustrierter Schrei entfuhr ihr. Was war das, was sie da gerade erlebt hatte? Nur die Hitze der Nacht? Hatte sie womöglich eine Entscheidung getroffen, die ihre Beziehung zu Flavio dauerhaft beeinflussen würde? Der Gedanke, dass sie ihre Emotionen nicht richtig einschätzen konnte, machte sie verrückt. Fragen kreisten in ihrem Kopf und fanden keine Antwort. Wie würde es jetzt weitergehen? War es wirklich Liebe oder nur ein unkontrollierter Sinnesrausch?

14  Let Love Rule

Ella hatte eine unruhige Nacht hinter sich und kaum geschlafen. Früh am Morgen hatte sie die Hoffnung auf Schlaf aufgegeben. Es war gerade erst sechs Uhr und sie lag wach auf ihrem Hotelbett, den Blick abwechselnd auf die weiße Zimmerdecke und ihr Handy gerichtet. Als es schließlich acht Uhr wurde, griff sie zum Telefon und rief ihre Mutter an.

»Ach, dich gibt es also auch noch«, meldete sich Hanna am anderen Ende der Leitung, nicht ohne vorwurfsvollen Unterton. »Ich wollte schon eine Vermisstenanzeige aufgeben!«

»Tut mir leid, Mama. Die Arbeit hier hält mich einfach auf Trab«, entschuldige sich Ella seufzend. »Heute muss ich aus dem Hotel raus und in ein Apartment umziehen. Noch dazu sitzt mir die PR-Agentur im Nacken. Ich stehe ziemlich unter Strom.« Das war immerhin nicht ganz gelogen. »Mein Chef hat erst vorgestern angerufen und wollte wissen, wie es läuft. Die Broschüre für die Italiener nimmt zwar langsam Form an, aber für uns in München ist dabei bisher leider noch nichts rumgekommen.« Ellas Stimme klang müde.

»Und, wie gefällt dir der Gardasee?«, erkundigte sich Hanna und ihre Stimme wurde milde. »Wie du weißt, habe ich warme Erinnerungen, weil dein Vater und ich unsere Hochzeitsreise dorthin gemacht haben. Das war Ende der Achtziger und wir sind mit seinem ›Lancia Fulvia‹ gefahren. Er hatte den Wagen nach einem schweren Unfall in der Werkstatt, und weil der Kunde ihn nicht auslösen konnte, hat er ihn einfach deinem Vater überlassen. Ich sage dir, als wir damit in Bardolino vorfuhren, sind den Italienern fast die Augen aus dem Kopf gefallen!« Hanna gluckste leise, als sie an ihre unbeschwerten, wilden Jahre zurückdachte. Damals war sie ein echtes Hippie-Mädchen gewesen!

»Ja, ich erinnere mich noch an das Auto, ein wahres Prachtstück! Und ja, Bardolino ist wunderschön, Mama. Ich bin sehr glücklich hier«, antwortete Ella und konnte ein Lächeln nicht unterdrücken.

»Apropos glücklich«, begann Hanna neugierig. »Hast du schon jemanden kennengelernt? Es wird langsam Zeit, mein Schatz. Du kannst dich schließlich nicht ewig der Männerwelt verschließen!«

Ella war jedes Mal verblüfft, wie treffsicher ihre Mutter ihre Geheimnisse erahnte. Ihr Flavio zu verheimlichen wäre zwecklos. Also gestand sie halb zögernd, halb freudig: »Ja, ich habe tatsächlich jemanden kennengelernt. Auf dem Weinfest in Bardolino. Er heißt Flavio Banfi.«

»Ein Italiener, wie aufregend!«, erwiderte Hanna neckisch. »Erzähl mir mehr über ihn! Was macht er, wie sieht er aus?«

»Die Banfis haben in der Nähe ein Weingut«, fuhr Ella fort und spürte, wie ihr Herz beim Gedanken an ihn schneller schlug. »Flavio hat dunkle Augen, eine sportliche Figur und sein Charme hat mich sofort in seinen Bann gezogen. Er ist witzig, leidenschaftlich und… irgendwie besonders. Wir haben uns von Anfang an gut verstanden und er zeigt mir eine ganz neue Seite des Gardasees. Aber es ist alles noch so frisch und ich weiß nicht, wohin das führt.« Flavio zeigte ihr auch eine ganz neue, sinnliche Seite an ihr… die gestrige Nacht, seine Berührungen, die sie jetzt wieder auf ihrer Haut spürte. Doch davon erzählte sie ihrer Mutter lieber nichts.

Hanna, die ihre Tochter durch und durch kannte, traf mit ihrer Antwort genau ins Schwarze. »Das klingt wirklich nach einem interessanten Mann! Lass dich darauf ein, Engelchen«, riet sie ihr. »Manchmal muss man sich treiben lassen und sehen, wohin das Leben einen führt. Du hast immer so hohe Mauern um dein Herz gebaut – vielleicht ist es Zeit, sie einzureißen.«

Ellas Gedanken drifteten wieder zu den unvergesslichen Momenten mit Flavio – dem Tanz auf der Piazza, dem Feuerwerk über dem See und seinen sinnlichen Lippen auf ihren. Das Kribbeln zwischen Aufregung und Unsicherheit durchzog sie erneut, doch ein Teil ihrer Zweifel schien sich nun aufzulösen. »Ja, wahrscheinlich hast du recht«, sagte sie schließlich.

»Let love rule! Aber vergiss nicht, dir selbst treu zu bleiben«, bestärkte sie ihre Mutter weiter. »Egal, was passiert, ich bin immer für dich da!«

Mit einem Lächeln und einem etwas leichteren Herzen legte Ella auf. Sie fühlte sich ermutigt, das Abenteuer Flavio anzunehmen.

Ella döste noch vor sich hin, als ihr Telefon kurz nach zehn Uhr klingelte. Vibrierend rutschte es über den Nachttisch und ließ sie aus ihrem Halbschlaf aufschrecken. Schlaftrunken warf sie einen Blick auf das Display – es war Flavio! Aufgeregt nahm sie den Anruf entgegen und war mit einem Schlag putzmunter.

»Guten Morgen, *principessa*! Hast du gut geschlafen?« Flavio klang frisch und fröhlich. »Ich wollte mich nur für den wundervollen Abend bedanken.« Er schien ihr die gestrige Zurückweisung nicht krummzunehmen, wie Ella erleichtert bemerkte. »Wie sieht es bei dir heute aus? Hast du Zeit für einen Ausflug?«, erkundigte er sich.

»Daraus wird leider nichts«, seufzte Ella. »Heute ziehe ich in das Airbnb, das Matteo für mich organisiert hat. Danach muss ich mich unbedingt an die Broschüre setzen. Es gibt noch etliche Bilder und Layouts zu überarbeiten und bei einigen Texten hänge ich fest. Mir fehlen einfach wichtige Hintergrundinformationen.«

»Du ziehst um?«, fragte Flavio überrascht. »Und wieso hat Matteo das organisiert? Das hast du gar nicht erwähnt!« Ein Anflug von Eifersucht lag in seiner Stimme.

»In der Hektik der letzten Tage hätte ich es selbst fast vergessen. Das Consorzio bezahlt mir die Luxusherberge leider nicht ewig – sie liegt einfach über deren Budget. Das neue Apartment ist zum Glück nicht weit entfernt, dafür aber winzig und ziemlich abgerockt. Kein Ort, an dem man gerne viel Zeit verbringt«, erklärte Ella mit einem erneuten Seufzer.

»Ich hätte da eine Idee! Ich bin bis drei Uhr beschäftigt. Bereite doch in der Zwischenzeit deine Sachen vor und komm danach zu mir!«, schlug Flavio vor. »Du könntest auf unserer Terrasse arbeiten – die schöne Aussicht kennst du ja schon. Das ist sicher viel angenehmer, als in einer stickigen Stadtbude zu hocken. Und vielleicht kann ich ja sogar deine Wissenslücken schließen.«

»Wäre es nicht einfacher, wenn du zu mir kommst?«, überlegte Ella laut. »Dann müsste ich nicht das ganze Material und meinen Rechner hin- und herschleppen.«

Flavio räusperte sich. »Das wird schwierig. Ich habe kein Auto. Aber sorge dich nicht, ich richte dir hier einen perfekten Arbeitsplatz ein. Wenn du willst, auch für die Dauer deines Projekts. Es wird dir an nichts fehlen: Selbst in unseren alten Gemäuern haben wir WLAN. So rückständig, wie du denkst, sind wir Italiener nämlich gar nicht!«

»Sehr witzig!«, erwiderte Ella schmunzelnd. »Also gut, ich komme zu dir.« Es wunderte sie ein wenig, dass jemand, der sowohl Traktor als auch Motorboot fuhr, ausgerechnet kein Auto hatte.

»Ich muss dich allerdings vorwarnen: Du lernst die ganze Familie kennen!«, warf Flavio scherzhaft ein.

Ella lachte amüsiert auf: »Darauf freue ich mich! Das wird ein Riesenspaß!«

Flavio grinste am anderen Ende der Leitung: »Halt diesen Gedanken fest und versuche, dich daran zu erinnern, wenn es so weit ist!«

Sobald sie aufgelegt hatten, machte Ella sich daran, ihre Sachen zusammenzupacken und alles sorgfältig in ihrem Koffer zu verstauen. Nachdem sie auch die Unterlagen für das Projekt zusammengesucht hatte, klappte sie den Laptop zu und machte sich mit ihrem sackschweren Gepäck auf den Weg. Das Rollgeräusch ihres Koffers auf dem Kopfsteinpflaster begleitete sie lautstark, während sie leise über die vielen Souvenirs fluchte, die sie zusammengekauft hatte. Glücklicherweise lagen bloß ein paar hundert Meter zwischen dem Hotel und ihrer neuen Bleibe.

Als sie schließlich die Adresse des Airbnb gefunden hatte, schloss sie die Tür mit dem Schlüssel auf, den ihr Matteo gegeben hatte. Der Anblick war ernüchternd: Ein schmales Bett, ein winziger Schreibtisch und ein Klappstuhl waren die einzigen Möbelstücke, alle mit deutlichen Gebrauchsspuren. Die Wände wiesen Schrammen auf, der Bodenbelag war abgenutzt und das Badezimmer nicht mehr als eine Nasszelle, aus der der Schimmel grüßte. Die Küchenzeile bot mit Kochplatte und einem Mini-Kühlschrank nur das Nötigste.

Als Ella sich umsah, rutsche ihr das Herz in die Hose. Das war also für die nächsten Wochen ihr Zuhause! Das trostlose Apartment entsprach bei weitem nicht dem Luxus des »Palace«, das sie gerade verlassen hatte und ließ wenig Raum für Optimismus. Immerhin ermöglichte ein kleines Fenster den Blick auf die nahegelegene Uferpromenade, wenn man sich auf die Zehenspitzen stellte und einen sehr langen Hals machte. Und immerhin strömte tagsüber Sonnenlicht herein. »Ich werde das Beste daraus machen«, versuchte sie sich zu motivieren, während sie ihre wenigen Sachen in den schäbigen Wandschrank räumte. Sie stellte einige der Mitbringsel auf, um eine heimeligere Atmosphäre zu schaffen.

Nachdem Ella alles ausgepackt hatte, machte sie sich erleichtert auf den Weg zum Weingut, mit Laptop und einem Berg von Unterlagen auf dem Beifahrersitz des Leihwagens. Die Bruchbude hatte ihre Vorfreude auf Flavios Einladung nur gesteigert und die Aussicht, auf der Terrasse mit Blick auf die Weinberge zu arbeiten, erschien ihr nun umso verlockender. Der Gedanke an einen sonnigen Nachmittag in der noch sonnigeren Gesellschaft Flavios hob sofort ihre Laune.

Als sie schließlich vor dem Anwesen mit den roten Ziegeln und den grünen Fensterläden parkte und Flavio ihr über den Kiesweg freudestrahlend entgegenkam, machte Ellas Herz einen Hüpfer. Ihre Vorfreude sollte nicht enttäuscht werden: Flavio erwies sich als eine unschätzbare Unterstützung für ihr Projekt. Mit seinem präzisen Überblick über die Region und seiner Expertise in der Weinproduktion beantwortete er ihre Fragen – wie immer – in aller Ausführlichkeit, sodass sie inhaltlich ein gutes Stück vorankam. Er wiederum schien es zu genießen, seinen Erfahrungsschatz zu teilen – wie gern er dozierte, hatte sie ja bereits bei ihrer gemeinsamen Besichtigungstour erlebt.

In den folgenden Tagen verbrachten Ella und Flavio viel Zeit miteinander. Jeden Morgen freute sie sich darauf, mit ihrem kleinen, roten Cinquecento zum Weingut zu fahren. Auf der Terrasse, im sanften Halbschatten der Pergola, saß sie mit dem Laptop vor sich am Gartentisch – eine weitaus angenehmere Umgebung als die heruntergekommene Mini-Herberge. Wann immer es ihm möglich war, war Flavio vormittags kurz bei ihr und schaute ihr über die Schulter. Mit seinem geschulten Auge sorgte er dafür, dass Ellas Stil und Persönlichkeit in jedem Detail der Broschüre zum Vorschein kamen, was sie besonders zu schätzen wusste.

Nachmittags unternahmen sie gemeinsame Ausflüge zu verschiedenen Kellereien in der Region. Flavio führte Ella zu den besten Restaurants, wo er ihr faszinierende

Geschichten über Weine und die regionale Küche erzählte. Diese Erzählungen ließen Ella immer tiefer in die italienische Kultur eintauchen. Da sie nun fast täglich bei den Banfis ein- und ausging, lernte sie – wie angedroht – nach und nach die gesamte Familie kennen. Hatte sie zuvor nur flüchtig die Eltern und seine Schwestern Olivia und Giulia auf dem Weinfest getroffen, kamen jetzt auch die Großeltern, Cousins und Cousinen sowie Nichten und Neffen dazu. Alle schienen sich um sie zu bemühen: Der Nonno brachte ihr *caffè*, die Nonna verwöhnte sie mit frisch gebackenem Kuchen, Vater Camillo unterbrach für einen kurzen Plausch mit ihr seine Arbeit, und die Kinder schlichen um sie herum, um *la tedesca* – die Deutsche – mit neugierigen Fragen zu löchern. Doch trotz der freundlichen Aufnahme fühlte Ella sich wie ein Zaungast in dieser Familienidylle. Und wie sollte es auch anders sein? Sie gehörte schließlich nicht dazu… Zudem hatte sie Mühe, sich die vielen Namen und komplizierten Verwandtschaftsverhältnisse zu merken.

Das Gefühl der Fremdheit verstärkte sich, als Flavios Mutter Orietta eines Nachmittags auf der Terrasse beiläufig ein Gespräch mit ihr begann. Es wirkte harmlos, aber der forschende Blick in ihren Augen ließ Ella aufmerken.

»*Allora*, wie lange planst du eigentlich, noch in Bardolino zu bleiben?«, fragte Orietta unverblümt. Sie war eine elegante, rundliche Frau mit einer strengen Hochsteckfrisur, die keine widerspenstige Strähne zuließ.

Ella setzte ein freundliches Lächeln auf und versuchte, entspannt zu wirken. »Solange es sich richtig anfühlt. Ich habe mich hier gut eingelebt.« Sie wollte jedweden

Verdacht zerstreuen, dass sie nur vorübergehend in Flavios Leben war.

»Und dein Beruf?«, hakte Orietta nach, diesmal mit einem Hauch von Skepsis in der Stimme. »Come fai? Wie lange kannst du denn von hier aus arbeiten?«

Ella war überrascht, dass Orietta sie so aushorchte und ahnte, dass dies kein zufälliges Gespräch war. »Ich habe ja flexible Arbeitszeiten«, erwiderte sie höflich. »Ich kann überall arbeiten.« Insgeheim jedoch wusste sie: Das war nur die halbe Wahrheit. Inzwischen war es Ende Juni, und ihre Zeit in Italien näherte sich ihrer Halbzeit. Bald stand die Entscheidung über ihre berufliche Zukunft an.

»Aber ein Hotel kannst du dir von deinem Gehalt wohl nicht leisten, oder?«, erkundigte sich Orietta katzenfreundlich. »Keine Sorge, du bist uns natürlich immer willkommen.« Nach einer kurzen Pause fügte sie hinzu: »Ich frage mich nur: Was ist mit deiner *famiglia* in Deutschland? Vermisst du sie nicht?«

Das Interesse schien arglos, doch Ella hörte einen gewissen Unterton heraus – als ob Orietta ihre Absichten und ihre Zukunft mit ihrem Sohn in Frage stellte.

Ella wollte gerade antworten, als Flavio um die Ecke bog. Orietta zog sich hastig unter dem Vorwand zurück, noch Besorgungen machen zu müssen.

Ella starrte ihr einen Moment verdattert hinterher, überrascht von dem abrupten Abgang.

»Na, hat sie dich in die Mangel genommen?« Flavio setzte sich neben sie und grinste verschmitzt. »Das kann sie richtig gut! Du wolltest ja unbedingt die ganze Familie kennenlernen. Und? Findest du immer noch, dass es ein Riesenspaß ist?«

Ella lachte verhalten und schüttelte den Kopf. »Ich beginne zu begreifen, was du gemeint hast. Bei uns gibt es nur meine Eltern und mich. Ihr seid so eine riesige Sippe – vielleicht ist der Umgangston bei euch einfach anders.«

»Jedenfalls ist es nicht immer einfach«, erwiderte Flavio und verzog leicht den Mund. »Meine Eltern legen großen Wert auf unsere Ehre als alteingesessene Winzerfamilie. In Bardolino kennt jeder jeden und deshalb wacht auch jeder über jeden. Es gab Zeiten in meinem Leben, da wünschte ich mir, niemand würde sich in meine Angelegenheiten einmischen und ich könnte in einer Laubhütte auf einer einsamen Insel leben, ganz für mich allein.

»Du als Robinson Crusoe? Das kann ich mir kaum vorstellen... Das hältst du doch keine Woche aus!«, lachte Ella.

»Ach, unterschätz meine Familie nicht. Du weißt nicht, wozu sie fähig ist. Du kennst sie eben nicht wirklich... Davon abgesehen: Mit dir als meinem Freitag würde ich sogar ein ganzes Leben auf dieser Insel verbringen!«, entgegnete Flavio mit einem luftig-lockeren Lächeln und Ellas Anspannung war im Nu wie von einer frischen Sommerbrise weggeblasen. An seiner Seite fühlte sich alles unbeschwert und einfach an.

15
Der Scheunenfund

Flavio schob die schwere Scheunentür auf und ließ Ella eintreten. Das Innere war finster und es dauerte einen Moment, bis ihre Augen sich an das schummrige Licht gewöhnt hatten. »Wo versteckt sich die Schönheit?«, fragte Ella neugierig und spähte in die Dunkelheit.

»Dort hinten«, antwortete Flavio und deutete auf einen kaum erkennbaren Umriss in der hintersten Ecke.

Ella ging langsam darauf zu, als plötzlich Flavios Cousin Franco, ein stämmiger Mann mit fettigem Haar, den sie vor ein paar Tagen kennengelernt hatte, aus dem Schatten trat. »*Ah, la tedesca*, hallo! Redest du etwa von mir?«

»Könnte sein, Frau Königin«, erwiderte Ella lachend. Als sie nähertrat, zeichnete sich die sportliche Silhouette eines roten Autos ab. »Aber dieses Schneewittchen hier ist tausendmal schöner als Ihr!« Mit einem verschmitzten Lächeln ging Ella um den Oldtimer herum, den Flavio ihr unbedingt hatte zeigen wollen. Dieser griff jetzt nach einer Gaslampe, die die Scheune langsam erhellte.

»Wow, was für ein einmaliges Cabrio«, entfuhr es Ella ehrfürchtig.

»*Immagina*! Stell dir vor«, erklärte Franco mit einem Augenzwinkern, »wir haben den Alfa Romeo einfach hier unter einer Plane in der Scheune gefunden.«

Ella fuhr bewundernd mit der Hand über die staubige Motorhaube. »Was für ein wundervoller Spider. Meine Freundin Antonia hat auch einen, aber ihrer ist aus den Siebzigern. Welches Modell ist das?«

»Das ist ein 412 Touring von 1951«, erklärte Flavio stolz.

»Ich sag's dir, Ella«, warf Franco mit einem selbstgefälligen Grinsen ein, »bei den Männern unserer Familie ist der Name Romeo Programm! Schau nur mich an! Flavio ist allerdings die bedauerliche Ausnahme. Seine Letzte hat ihn schlecht behandelt – seitdem lässt er keine an sich ran.«

Ella hörte kaum auf sein eitles Geplänkel. »Was für ein Schatz!«, staunte sie, völlig vertieft in den Anblick des Wagens. Ihre Finger strichen vorsichtig über den Lack. »Aber warum verstaubt er hier in der Scheune? So ein Juwel gehört doch auf die Straße!«

»Mein Vater hat ihn vor Jahren hier abgestellt und seitdem wurde er vergessen«, erklärte Flavio mit einem bedauernden Achselzucken.

Ella schaltete die Taschenlampe ihres Handys ein. »Fährt er denn überhaupt noch?«, fragte sie neugierig, während sie den Alfa genauer unter die Lupe nahm.

»Keine Ahnung. Ich habe es noch nicht ausprobiert«, räumte Flavio ein. »Seit meinem neunzehnten Geburtstag bin ich nicht mehr hinters Lenkrad gestiegen.«

»Jetzt, wo du's sagst: Mir ist schon aufgefallen, dass ich immer diejenige bin, die uns kutschiert. Hast du deinen Führerschein verloren?«, fragte Ella zurückhaltend, doch interessiert.

Flavio zögerte einen Moment, bevor er leise antwortete: »Ich hatte einen schweren Unfall.« Seine Stimme klang bedrückt, so als würde er jedes Wort sorgsam abwägen. »Es war der schlimmste Tag meines Lebens. Seitdem habe ich kein Auto mehr angerührt.«

»Autos nicht, das stimmt wohl«, versuchte Franco zu witzeln, doch Flavio reagierte nicht. Nicht der Hauch eines Lächelns lag auf seinem Gesicht.

Ella spürte einen tiefen Schmerz, als sie in Flavios traurige Augen sah, und ihr Herz zog sich zusammen. »Es tut mir so leid, Flavio. Es muss ein furchtbares Erlebnis für dich gewesen sein.« Behutsam legte sie ihre Hand auf seine – eine Welle des Mitgefühls erfasste sie.

Flavio nickte, doch sein Blick wirkte abwesend, als wäre er in den Erinnerungen an diesen dunklen Moment gefangen. »Furchtbar reicht nicht annähernd. Es hat mein ganzes Leben verändert.«

Sie wollte mehr fragen, doch etwas an seiner stillen, in sich gekehrten Haltung hielt sie zurück. Nachdenklich ließ sie ihren Blick über den alten Spider gleiten. Plötzlich kam ihr eine Idee.

»Vielleicht könnte es dir helfen, an dem Cabrio zu arbeiten«, schlug sie taktvoll vor. »Du weißt doch, mein Vater war Automechaniker, und ich habe schon als Kind in seiner Werkstatt mit angepackt.« Sie lächelte aufmunternd. »Ich habe einiges von ihm gelernt. Zusammen könnten wir den Oldtimer wieder flottmachen. Vielleicht wäre das eine Möglichkeit für dich, einen Neuanfang zu wagen?«

Flavio sah sie überrascht an. Es war, als hätte sie plötzlich eine Tür aufgestoßen, die er fest verschlossen glaubte. Die Vorstellung, mit Ella zusammenzuarbeiten, sie weiterhin in seinem Leben zu haben, fühlte sich immer richtiger an. Er öffnete den Mund, um etwas zu sagen, als er sich daran erinnerte, dass sie bald zurück nach Deutschland gehen würde. Doch bevor er den Gedanken weiterverfolgen konnte, riss ihn ein lautes Lachen seines Cousins aus seinen Gedanken.

»*Lo sai?* Aber du weißt schon, dass er dir kein Geld dafür geben wird, oder? Wahrscheinlich will er dich in Küssen bezahlen!«, rief Franco lauthals dazwischen.

Ella staunte über seine Dreistigkeit, aber sie grinste nur. »Damit kann ich leben«, entgegnete sie entspannt. »Ich mache es gerne. Es wäre schön, mal etwas zu tun, das nichts mit Wein zu tun hat.«

Franco nickte gönnerhaft. »*Capisco, capisco.* Und am Ende ist dieser Romeo hier doch auch ein bisschen wie ein guter Wein.« Er klopfe Flavio betulich auf die Schulter »Ein seltener, alter Jahrgang, den man nicht einfach verkommen lassen sollte.«

»Genau, wie ein Amarone«, stimmte Ella zu und schenkte Flavio ein verschwörerisches Lächeln. »Keine Sorge, den kriegen wir wieder in Gang.«

Flavio schien die Witzeleien gar nicht mitzubekommen. Noch immer in Gedanken versunken, ließ er den Vorschlag langsam auf sich wirken.

»Einen Neuanfang wagen...«, wiederholte er leise, bevor er Ella eindringlich in die Augen sah. Vielleicht war sie diejenige, die Licht in sein Dunkel bringen konnte. »*Grazie, mia stella!* Es ist einen Versuch wert. Es würde mir wirklich viel bedeuten... Du bedeutest mir viel...« Seine Stimme wurde ganz weich, als er ihre Hand ergriff. Seine zärtlichen Worte klangen tief in ihr nach.

Franco grinste vielsagend und hob die Hände in gespielter Abwehr. »Na, ihr Turteltäubchen, dann mache ich mich mal besser vom Acker. Hier liegt ja pure Romantik in der Luft!« Und mit einem letzten, frivolen Lachen ließ er die beiden endlich allein.

»Dein Cousin ist echt eine Nummer für sich!« Mit argwöhnischer Miene blickte Ella ihm hinterher. Sie sprach lieber nicht aus, dass sie ihn unsympathisch fand, aber Flavio lachte wissend. Dann trat eine nachdenkliche Stille ein.

Ella atmete tief durch und gestand: »Mit Gefühlen bin ich leider nicht so gut... das habe ich wohl von meinem Vater. Aber Autos? Da bin ich in meinem Element.«
Flavio grinste schelmisch und beugte sich näher heran. »Hier soll also Romantik in der Luft liegen?« Er sog Ellas Duft hörbar ein und setzte hinzu: »Ich rieche nur eine Mischung aus Dornenrosen, Benzin und Autoschmiere.«
Ella lachte herzhaft auf und hob drohend ihren Zeigefinger. »Sei vorsichtig, was du sagst, Romeo! Sonst überlege ich mir das mit dem Restaurieren des seltenen Jahrgangs nochmal!«
»Dann bin ich wohl besser nett zu dir!«, neckte Flavio sie mit einem spielerischen Unterton.

Doch als ihre Blicke sich trafen, sah Ella in seinen Augen etwas Dunkles aufflackern, etwas, das Ella nicht einordnen konnte.

»Ich werde deine Fähigkeiten schamlos ausnutzen und dein großzügiges Angebot annehmen«, gab Flavio sich locker.

Dann stockte er plötzlich, sein Lächeln erstarb und über sein Gesicht legte sich ein mystischer Schatten. »Bevor wir weiterreden, solltest du noch etwas wissen.« Seine Stimme hatte den heiteren Unterton verloren. Sie klang jetzt rau, fast gebrochen. »Vorhin habe ich den Unfall erwähnt, doch das war nicht alles. Ich saß am Steuer, als es passierte, und mein bester Freund kam dabei ums Leben.« Beklommen senkte er den Kopf, pechschwarz fielen ihm die Locken in die Stirn. Für einen Moment war er ganz in sich gekehrt, gelähmt vom Teufelskreis der Erinnerung.

Ella war überrollt von dem unerwarteten Stimmungswechsel. Erschüttert murmelte sie: »Oh Gott, wie schrecklich!« Die Schwere seiner Worte machte sie sprachlos und ihr Herz zog sich zusammen. Um ihm nahe zu sein, strich sie ihm durchs Haar. Ihre Hand glitt behutsam über die Narbe an seinem Hinterkopf, wanderte weiter an seinem Hals entlang bis zu seiner Brust. »Und ich rede nur von Autos...«, stammelte sie unvollständig, »ich hatte keine Ahnung. Es tut mir so leid...«

»Dir sollte gar nichts leidtun«, flüsterte Flavio und zog sie sanft an sich. Mit vorsichtiger Zärtlichkeit drückte er sie gegen die Motorhaube, seine Lippen fanden den Weg zu ihrem Nacken. Die Berührung löste erneut dieses warme, kribbelnde Gefühl auf ihrer Haut aus. Diesmal war jede Unsicherheit verschwunden – als ob die Nähe zwischen ihnen sagte, wofür es keine Worte gab.

16 Weingeister

Ella hatte sich für den nächsten Tag mit Matteo zu einer Tour durch die Weinberge verabredet. Bereits um neun Uhr machte sie sich auf den Weg zu seinem Büro, das sich etwas versteckt in der verwinkelten Altstadt von Lazise befand – ein Ort, den sie noch gut vom letzten Jahr kannte. Sie erinnerte sich lebhaft daran, wie sie hier endlos an der Broschüre für das »Garda in Love«-Festival geackert hatten und wie die Idee entstanden war, Antonia und Noah zu verkuppeln. Ein Plan, der Gott sei Dank funktioniert hatte. Ihre Freundin machte an Noahs Seite einen wirklich glücklichen Eindruck, und die Arbeit mit der Zeitung schien beide rundum auszufüllen. Als sie das Gebäude erreicht hatte, stieg sie, noch im Halbschlaf, die Treppen zum ersten Stock hinauf.

Matteo öffnete die Tür und begrüßte sie mit einem schuldbewussten Lächeln: »*Buongiorno, ragazza*! Schön, dass du so früh kommen konntest. Der Winzer wollte sich nicht auf einen späteren Termin zur Verkostung einlassen: Die Arbeit in den Weinbergen rufe ihn – da bleibe nicht viel Zeit für Plaudereien!«

Das Büro von Matteo war klein, aber gemütlich eingerichtet. An den Wänden hingen Fotografien vom Gardasee und der Umgebung. Ein großer Schreibtisch, auf dem sich zahlreiche Papiere und Notizen stapelten, dominierte den Raum. Ein Regal voller Bücher und Reiseführer zog sich entlang einer Wand und gegenüber stand eine leicht abgewetzte Sitzgruppe aus braunem Cord – ein einladender Platz für eine Kaffeepause. Ella ließ sich dort nieder, noch etwas wortkarg aufgrund der frühen Stunde. Matteo stand währenddessen am Gasherd der kleinen Küchenzeile und bereitete ihnen Cappuccino zu.

»Hör mal, ich habe von Antonia gehört, du bist mit Flavio zusammen«, bemerkte Matteo scheinbar beiläufig, als er den Espressokocher aufsetzte.

Seine Stimme klang locker, doch Ella spürte eine subtile Spannung in der Luft. Sie rieb sich die Augen, leicht verschlafen.

»Ja, das stimmt«, murmelte sie und gähnte leise.

In ihrem Kopf arbeitete es bereits. Warum sprach Matteo das gerade jetzt an?

»Was für eine Schande... Hat der Mann ein Glück! Aber vielleicht ist Glück ja ansteckend und ich bekomme auch etwas davon ab?«

Matteo hantierte mit dem Kaffee – seine Augen suchten allerdings ihren Blick, als ob er auf eine tiefere Reaktion hoffte.

»Warum denkst du, dass es nur Glück ist, wenn ich mit jemandem zusammen bin?« Ella lächelte, doch es wirkte leicht gezwungen. Sie war in Lauerhaltung: Was lag hinter Matteos Worten, hinter dieser Frage? Seit seinem Geständnis im Riesenrad war alles zwischen ihnen komplizierter geworden. Unter der Oberfläche spielte sich eine neue Dynamik ab, die sie noch nicht ganz erfasste.

Matteo stellte die Tasse vor ihr ab und sah sie eindringlich an. »Weil ich letztes Jahr eine Frau getroffen habe, und für eine kurze Zeit war ich wirklich glücklich. Doch seither verfolgt mich das Pech…« Er sagte es in einem leichten, fast wehmütigen Ton. »Ein gutaussehender Weinerbe versus einen Journalisten mit schlechtem Karma… Erwartet mich jetzt also ein langer, harmonischer Abgang – so wie bei einem guten Superiore?«

Ella hob eine Augenbraue und ihr Lächeln verblasste. »Was redest du da, Matteo...«, begann sie diplomatisch.

Sie wusste genau, dass hier mehr im Raum lag als nur ein Scherz. Das Gespräch war keinesfalls so harmlos, wie es schien. Aber wie sollte sie darauf reagieren? Die Müdigkeit, die sie noch eben gespürt hatte, war wie weggefegt.

»Flavio und ich... wir sind ja gerade erst zusammengekommen. Da gibt es noch nicht viel zu sagen. Und selbst wenn – du weißt, dass meine Freunde mir genauso wichtig sind wie eine Beziehung. Nichts würde das ändern.« Die Worte klangen seltsam hohl an, fast mechanisch, als sie sie aussprach. Konnte er ihre Unsicherheit spüren?

Ella wollte das Gespräch auf leichtere Bahnen lenken, doch Matteos Blick blieb fest auf ihr haften, als würde er jede kleine Regung in ihrem Gesicht erfassen wollen. Unausgesprochene Gefühle lagen wie dichter Bleistaub in der

Luft, erstickend und allgegenwärtig. »Lass uns lieber über etwas anderes reden«, warf sie hastig ein, in der Hoffnung, ihre Beklommenheit abzuschütteln. »Es ist viel zu früh für solche Gespräche.« Es war ein schwacher Versuch, sich vor einer Aussprache zu verschließen, die immer unausweichlicher wurde.

Nach einem schnellen Blick auf die Uhr erinnerte Ella Matteo daran, dass sie in einer Viertelstunde losfahren mussten. Ohne ein weiteres Wort packten sie ihre Sachen zusammen und machten sich zügig auf den Weg zu Ellas Leihwagen, der außerhalb der Altstadt parkte. Die unbehagliche Spannung hing noch immer in der Luft, selbst als sie schließlich im Auto saßen und Richtung Verona fuhren. Matteo informierte sie betont sachlich über das Weingut, das er in der letzten Ausgabe von »Il Giorno Verona« entdeckt hatte. Ein Journalistenkollege hatte den Artikel im Gastronomieteil der Zeitung veröffentlicht, für die auch Matteo regelmäßig schrieb. Der Beitrag hatte sofort sein Interesse geweckt und er war überzeugt, dass das Weingut perfekt für ihre Broschüre geeignet war. Es gehörte Silvio Falcone, einem traditionsbewussten Winzer mit grauen Locken, der mit seinen siebzig Jahren noch immer persönlich über seine Weinberge wachte. Diese erstrecken sich über die fünf DOC-Gebiete, die vom Süden des Gardasees bis ins östliche Hinterland und zu den sanften Hügeln von Verona reichten.

Silvio begrüßte die beiden herzlich und führte sie direkt in seine Cantina, um sofort mit der Verkostung zu beginnen. Siegessicher präsentierte er eine erlesene Auswahl seiner

Weine: den Valpolicella von den steilen, terrassierten Hängen oberhalb von Verona, dazu Soave, Custoza und Bardolino. Während der Winzer in einen elanvollen Redeschwall verfiel, waren Ella und Matteo bemüht, sich auf ihre Arbeit zu konzentrieren. Ella machte eifrig Notizen, während Matteo Fotos für die Broschüre schoss.

Als Silvio kurz verschwand, um weitere Flaschen zu holen, beugte sich Ella skeptisch zu Matteo. »Wie kann man um elf Uhr morgens schon Wein trinken?«, flüsterte sie und rümpfte leicht die Nase.

Matteo grinste und zuckte mit den Schultern. »Wir sind auf einem Weingut! Das hier ist Arbeit. Hast du noch nie um elf Uhr gearbeitet?«

Ella schmunzelte und verdrehte die Augen. »Ich schmecke immer noch die Zahnpasta! Wir sollten vorher was essen. Schließlich sind wir ja keine Alkoholiker!«

Die Spannung zwischen ihnen, die bis gerade spürbar gewesen war, löste sich langsam auf und machte einer lockeren, heiteren Stimmung Platz.

Als hätte der Winzer ihre Worte gehört, kam er außer mit Wein auch mit Focaccia, Oliven und Salami zurück.

»Also, was ist jetzt? Willst du einen Drink?«, neckte Matteo Ella.

»Natürlich will ich einen Drink. Diese Häppchen haben mich überzeugt«, sagte sie und schob sich eine Olive in den Mund. Das Lächeln auf ihrem Gesicht verriet, dass sie die Leichtigkeit des Moments inzwischen genoss. »Außerdem ist mein Mund ausgetrocknet wie die Sahara. Und Wasser scheint der alte Herr hier wohl nicht ausschenken zu wollen.« Sie sprach leise, damit Silvio, der schon etwas schwerhörig war, sie nicht verstand.

Der Winzer füllte ihre Gläser großzügig und strahlte. »Da es ja für eine Broschüre ist, dachte ich, es wäre angemessen, etwas ganz Besonderes zu öffnen – unseren Bardolino von 1969. Ein Wein, der selbst den stärksten Kerl umhaut. *Ti giuro*, ich habe einmal gesehen, wie ein Mann nach nur einem Glas vor der Kirche in die Knie ging…« Er lachte herzlich und zwinkerte ihnen zu. »Die Deutschen machen keine so guten Rotweine wie *noi italiani*«, fügte er mit unverhohlener Selbstüberzeugung hinzu.

»Da muss ich entschieden widersprechen!« Ella grinste spitzbübisch. »Ich bin mit deutschem Wein groß geworden und habe schon als Schülerin in den Weinbergen gearbeitet.« Sie nahm einen tiefen Schluck und ließ den Geschmack auf sich wirken. »Aber ich gebe zu, dieser hier ist wirklich etwas Besonderes. Vielleicht falle ich vor Ihnen auf die Knie – ganz ohne Kirche!«

Die Atmosphäre wurde immer lockerer, je mehr Wein die Runde machte. Matteo grinste. »Mach dir keine Sorgen, so schnell wirst du nicht zum Heiligen Geist.« Er hob sein Glas und schwenkte den Inhalt anerkennend. »Aber dieser Bardolino ist wirklich bemerkenswert gut strukturiert!«

»Ganz anders als du, Matteo«, stichelte Ella und nahm einen ordentlichen Schwung Bardolino.

»Immerhin bin ich noch fahrtüchtig, was nicht jeder hier von sich behaupten kann!«, fügte dieser mit einem tadelnden Blick auf Ella hinzu, die mittlerweile ein wenig beduselt wirkte. »Wir sind bei einer Weinprobe – hast du denn nicht gelernt, dass man da nicht alles ausbechern muss?«

Ella zuckte nur mit den Schultern, nahm provokativ einen weiteren Zug und wandte sich dann an Silvio: »Dieser 69er-Tropfen ist ganz außergewöhnlich. Könnten Sie uns vielleicht mehr über den Herstellungsprozess erzählen?«

»*Certo!* Sicher! Habe ich schon erwähnt, warum ich so gerne Wein mache?«, fragte Silvio mit einem belustigten Blick auf Ella und schenkte ihr nach.

»Aber den machen doch Ihre Angestellten!«, witzelte Matteo. Er hielt seine Hand schützend über sein Glas. »Danke, für mich nicht mehr.«

»Ach, Matteo, du Spielverderber! Dann bleiben die Experten eben unter sich!« Ella prostete Silvio munter zu und forderte: »Erzählen Sie mir mehr!«

Der Winzer nahm einen Schluck aus seinem Glas und begann: »Der Weinberg gehört demjenigen, der den Wein auch macht – und das ist meistens der, der die Weine wirklich versteht und liebt. Für uns Italiener bedeutet das, dass ein Winzer sein ganzes Herz in die Trauben einbringt. Selbst wenn er manchmal nur gemütlich am Schreibtisch sitzt und durch das Fernglas die Reben beobachtet, bleibt er ein leidenschaftlicher Handwerker. Sehen Sie sich allein nur die Flasche genau an! Die Form, das Etikett. Alles zeugt von der Liebe zum Detail. Es beginnt schon beim Korken. Für mich ist ein Wein mit Schraubverschluss das geschmackloseste Getränk, das ich kenne. Der Korken verkörpert bei einem edlen Tropfen seinen Feingeist. Und das ist es, was ihn ausmacht.«

»Beeindruckend!«, rief Ella berauscht. »Es klingt, als ob Ihnen der Wein direkt aus der Seele spräche.«

»*Esatto*! Ganz genau«, bestätigte Silvio. »Ein guter Wein ist wie ein guter Freund – er lügt nicht. Ob er zu früh oder zu spät gelesen wird – der Rebensaft flüstert dir immer die Wahrheit in den Mund, unverblümt und unverhohlen, bei jedem einzelnen Schluck.«

»Das ist so poetisch«, entfuhr es Matteo. »Dieses Zitat muss unbedingt in die Broschüre. Kannst du das notieren, Ella?«

»Klar!«, antwortete diese, leerte ihr Glas in einem Zug, und krakelte einen unleserlichen Satz in ihr Notizbuch. »Ich würde gerne mehr sehen. Haben Sie Lust, uns auf eine kleine Besichtigungstour mitzunehmen?«

Silvio lächelte bereitwillig. »Natürlich! Es ist mir eine Freude! Kommt mit, ich zeige euch, wo unsere großen Gewächse gedeihen. Viel Zeit bleibt mir allerdings nicht – der Berg ruft! *Andiamo*!«

Mit diesen Worten führte der Winzer Matteo und die enthemmte Ella nach draußen, wo die gutgelaunte Sonne über den lieblichen Hügeln lachte, als hätte sie ihren Spaß an Ellas wankendem Schritt.

»Was meine Weine auszeichnet, ist eine Kombination aus vielen Faktoren«, erklärte Silvio selbstbewusst, während er auf die noch kleinen Trauben deutete. »Das einzigartige Mikroklima, der sorgfältige Umgang mit den Reben und die Erfahrung, die ich über Jahre hinweg gesammelt habe, spielen eine große Rolle. Und das Beste daran ist, dass ich trotz meines Erfolgs immer bodenständig bleiben konnte. Diese ganzen modernen Verfahren – das ist nichts für mich.«

Matteo bot Ella seinen stützenden Arm und die drei setzten ihren Spaziergang fort. Während Silvio Geschichten über die verschiedenen Weinbauern und deren Rolle in der Region erzählte, nutze Ella – mit schon schwerer Zunge – die Gelegenheit, nach der Familie Banfi zu fragen.

»Die Banfis sind hier tief verwurzelt«, begann Silvio und seine Stimme klang nachdenklich. »Sie hatten einige schwere Jahre, aber ihre Weingüter gehören immer noch zu den besten im Umkreis. Es ist eine sehr traditionsbewusste Familie. Wie ich verzichten sie auf moderne Technik. Allerdings sind sie nicht nur wegen ihrer Weine bekannt...« Silvio stockte, ließ seinen Blick sinken, als ob ihn ein unangenehmer Gedanke eingeholt hätte.

Matteo, der gerade fasziniert die endlosen Reihen der Rebstöcke betrachtete, horchte auf: »Was meinen Sie damit genau?«

»Vor vielen Jahren gab es einen Skandal. Ein Autounfall, in den der Banfi-Junge irgendwie verstrickt war. Es hieß, er habe seinen besten Freund dabei getötet. Die genauen Umstände weiß ich nicht mehr«, gab Silvio zögerlich zurück.

Ella stieß ein »Pfft« aus und zuckte mit den Schultern – die Geschichte war ihr ja nicht neu. »Ich kenne die Banfis. Flavio hat mir selbst davon erzählt. Er leidet bis heute unter Schuldgefühlen und Ängsten. Deshalb fährt er auch nicht mehr Auto.«

Der alte Herr nickte diskret. »Ich will von all dem Klatsch sowieso nichts wissen. Was mich wirklich interessiert, sind meine Reben. Über die Banfis wird viel

Schlechtes geredet, aber ihre Weine trinkt trotzdem jeder gern. Ich jedenfalls muss mich vor keiner Konkurrenz fürchten! Und damit das so bleibt, gehe ich jetzt zurück an die Arbeit. Wie ich schon sagte: Der Berg ruft!«

Nachdem Silvio sich verabschiedet hatte und zwischen seinen Rebstöcken verschwunden war, wandte sich der besorgte Matteo der beschwipsten Ella zu.

»Sag mal, Ella, weißt du mehr über diesen Autounfall? Muss ich mir Sorgen um dich machen?« Er sah sie ernst an.

»Ich glaube schon! Ich habe nämlich ordentlich einen sitzen«, erwiderte Ella ausweichend und bekam wie zur Bestätigung einen Schluckauf. Sie kicherte über sich selbst, ihre Wangen waren merklich gerötet. »Wow, der Wein hat es wirklich in sich. Erst schmeckt er so leicht und harmlos wie Traubensaft, aber dann – bumm! – schlägt er klammheimlich von hinten zu. Kein Wunder, dass der Mann vor der Kirche zusammengesackt ist. Ich fühle mich auch so, als würde ich bald meinem Schöpfer gegenübertreten…«

Matteo konnte sich ein Lachen nicht verkneifen. »Na, das letzte Glas war definitiv zu viel für dich. Es wird höchste Zeit, dich nach Hause zu bringen.«

Ella nickte und übergab ihm widerstandslos ihre Autoschlüssel. »Ja, das ist wohl eine gute Idee. Ich möchte lieber nicht in den Weinbergen umkippen und die Reben zu meinen neuen besten Freunden erklären!«

Resolut lotste Matteo Ella zum Fiat und bugsierte sie unter Ächzen auf den Beifahrersitz ihres Leihwagens. Kaum dass sie saß, war sie schon ins Reich der Träume abgetaucht. Ihr Kopf lehnte schwer an der Rückenlehne, während ein dünner Sabberfaden ihren Mundwinkel hinunterlief.

Als sie schließlich auf dem Parkplatz vor den Toren Bardolinos ankamen, erwies es sich als wahre Herausforderung, Ella aus dem Auto zu bekommen. Sie war kaum wach zu kriegen. Mit halbgeschlossenen Lidern murmelte sie schläfrig: »Was würde ich nur ohne dich machen, Matteo? Allein wäre ich wahrscheinlich irgendwo in den Reben liegengeblieben! Du bist nicht nur ein toller Freund – nein, du bist der tollste Mann überhaupt!«

Matteo schnaufte unter ihrem Gewicht, als er ihr aus dem Auto half und sie prompt ins Wanken geriet. »Alle Achtung!«, stellte er amüsiert fest. »Die Weisheit findet man oft dort, wo man sie am wenigsten erwartet!«

»Was hast du gesagt?«, nuschelte Ella, die sich nur mühsam auf den Beinen hielt.

»Keine Sorge, ich bringe dich sicher bis zur Tür«, versprach Matteo, während er ihren Arm über seine Schulter legte. Sie war schwer wie ein nasser Sack und heroisch schleppte er sie durch die halbe Altstadt.

Obwohl es erst vier Uhr nachmittags war, konnte Ella nur noch ein »Gute Nacht« lallen, bevor sie taumelnd in ihre Wohnung verschwand. Kaum hatte sie die Tür hinter sich geschlossen, ließ sie sich erschöpft auf ihr Bett plumpsen. Die Eindrücke des Tages tanzten wirr durch ihren Kopf. Unfähig, zur Ruhe zu kommen, wälzte sie sich hin und her, bis sie langsam ins Traumland wegdämmerte. Ihre Flügel ausbreitend, schwebte sie der Decke entgegen – ein Heiliger Geist, in jeder Hand einen imaginären Rebstock…

»Gute Nacht, Freunde«, murmelte sie noch leise und war im nächsten Moment in tiefen Schlaf gesunken.

17 Schraubereien

In den folgenden Wochen wurden die Treffen in der alten Scheune zu einem festen Ritual für Flavio und Ella. Abseits vom Haupthaus, am Rand des Weinbergs, wo ein steiler Hang in ein stilles Waldstück überging, fanden sie hier den perfekten Rückzugsort – weit entfernt von den neugierigen Blicken und inquisitorischen Fragen der Familie. Flavio hatte elektrisches Licht installiert und schleppte nach und nach das nötige Werkzeug an. Mit Feuereifer stürzten sie sich in die Aufgabe, den alten Alfa flott zu machen. Per Zufall hatte Flavio sogar das verloren geglaubte Handbuch des Wagens in einer alten Weinkiste wiedergefunden.

Stundenlang lagen die beiden unter dem Auto und versuchten verzweifelt, den Motor zum Laufen zu bringen. Während sie sich in die Feinheiten der Mechanik vertieften, wurden auch ihre Gespräche immer tiefgründiger: Was zunächst mit heiteren Anekdoten aus ihrer Kindheit und witzigen Geschichten begonnen hatte, nahm bald eine ernste Wendung. Nach und nach öffneten sie sich einander und sprachen über prägende Erlebnisse und die Wunden, die das Leben ihnen hinterlassen hatte – in Flavios Fall war es die schmale, blassrosa Linie an seinem Hinterkopf, die manchmal unter seinen dunklen Haaren hervorlugte. Ella hatte die Narbe längst bemerkt, aber bisher nicht nachgefragt.

An einem dieser Nachmittage, als die Sonne glutunterlaufen am Himmel stand und lange Schatten in die Scheune warf, lagen sie wieder unter dem Auto. Den gesamten Juli hatten sie in die Reparatur investiert und nun gingen sie die letzten Details am Motor an. Einzig ein kleines Ersatzteil fehlte, dann wäre der Spider endlich wieder fahrbereit.

Als Ella sich gerade unter dem Wagen hervorschob, fiel ihr Blick erneut auf Flavios Narbe. Ohne groß nachzudenken fragte sie: »Woher stammt die eigentlich?« Sie deutete mit einem kurzen Nicken auf die Stelle.

Flavio hielt mitten in der Bewegung inne. Der Schraubenschlüssel in seiner Hand zitterte leicht. »Die Verletzung ist von dem Unfall«, sagte er schließlich, doch seine Stimme klang angespannt. Mit einem tiefen Atemzug lehnte er sich gegen die Motorhaube.

Ella schob das Rollbrett beiseite, richtete sich langsam auf und trat vor ihn. »Ich wollte dich nicht drängen«, sagte sie beschwichtigend, »ich dachte, du wüsstest am besten, wann der richtige Zeitpunkt ist, es mir zu sagen.« Ihre Augen verrieten echte Sorge. »Aber manchmal wirkst du so, als würdest du etwas mit dir herumtragen, das dich nicht loslässt. Ich habe einfach das Gefühl, dass da noch mehr ist…«

Eine unerwartete Stille legte sich über die Scheune, nur das Knacken alter Holzbalken im Dach durchbrach die Spannung. Flavio strich sich unruhig mit einer ölverschmierten Hand durchs Haar und befühlte die Narbe. »Ich habe dir ja erzählt, dass mein bester Freund bei dem Unfall ums Leben kam. »Aber was ich bisher verschwiegen habe, ist die Rolle, die ich selbst dabei gespielt habe…«, begann er und sein Blick wanderte ziellos, als würde er nach Worten suchen. Er holte tief Luft, als ob er all den Schmerz in sich sammeln müsste, bevor er weitersprechen konnte. »An jenem Tag waren wir nach einer Weihnachtsfeier ins Auto gestiegen – ich saß am Steuer. Wir hatten getrunken, gefeiert, einfach über die Stränge geschlagen.« Er stockte. Dann fuhr er mit brüchiger Stimme fort: »In einer Kurve habe ich die Kontrolle verloren. Der Wagen geriet ins Schleudern und prallte gegen einen Baum. Mein Freund… er wurde so schwer verletzt, dass er noch am Unfallort starb.«

Flavio hatte den Unfall zwar mit nur leichten Wunden überlebt, doch seelisch war er tief gezeichnet. Wegen einer Amnesie konnte er sich an viele Einzelheiten nicht mehr erinnern, doch die Schuld, die er sich für den Tod seines Freundes gab, lastete schwer auf ihm. Diese Schuldgefühle hatte er tief in sich vergraben. Seine Familie hatte ihn damals gedrängt, die ganze Wahrheit zu verschweigen, besonders vor der Polizei. Stattdessen hielten sie das Narrativ aufrecht, es sei ein tragisches Unglück gewesen – ohne den wahren Umfang von Flavios Verantwortung offenzulegen.

Nun, im Halbdunkel der stickigen Scheune, beichtete Flavio endlich. Mit jedem Wort, das er aussprach, fühlte er, wie die jahrelang unterdrückte Last langsam von seinen Schultern fiel. Zögernd fasste er in Worte, was er so lange in sich verschlossen hatte: »Ich war es, der gefahren ist, Ella. Ich war angetrunken und habe die Kontrolle über den Wagen verloren. Mein Freund hat mir vertraut, und ich habe ihn im Stich gelassen. Ich habe ihn auf dem Gewissen.«

Flavio schluckte, sein Körper zitterte – ein Mann, der mit den Folgen eines tragischen Fehlers leben musste. Ella zog ihn in ihre Arme, hielt ihn einfach nur fest.

Nach einer kleinen Ewigkeit lösten sie sich schließlich voneinander. Flavios Augen glänzten vor unterdrückten Tränen und Ella strich ihm sanft die ölige Locke aus der Stirn. Ein zaghaftes Lächeln umspielte seine Lippen, fast so, als würde die Wärme ihrer Nähe den kalten Schauer der Erinnerung ein wenig mildern.

Die Luft war schwer durchtränkt von Öl und Benzin, als plötzlich ein schmaler Lichtstrahl durch die Ritze in der Scheunenwand brach und Ellas Gesicht erleuchtete. Sein Schein umspielte irrlichternd ihre Sommersprossen und verfing sich in ihren Augen, die in diesem Moment die Farben aller Edelsteine widerspiegelten. Flavio starrte sie an – nie hatte er sie schöner gesehen. Ihm war, als würde ihr flirrendes Licht die trüben Schatten seiner Vergangenheit vertreiben, und ein zarter Funken Hoffnung glomm in ihm auf, dass die Zukunft vielleicht doch noch eine Wendung nehmen könnte, dass etwas Neues – vielleicht sogar Großes – auf ihn wartete.

Flavio löste sich von der Motorhaube und ließ den Schraubenschlüssel fallen. Er schien nicht mehr an Arbeit denken zu können. »Ich habe so lange nichts Vergleichbares mehr erlebt. Ich weiß gar nicht, wann ich das letzte Mal von einer Frau berührt wurde«, gestand Flavio verlegen und sah Ella dabei direkt in die Augen.

»Mehr als beim Autoschrauben, meinst du?«, hauchte Ella und ein schüchternes Lächeln huschte über ihr Gesicht. »Wie du vielleicht bemerkt hast, fällt es mir genauso schwer, mich auf solche Aktivitäten einzulassen... Es ist bei mir auch schon eine Weile her, dass ich mit einem Mann Freude empfunden habe«, gab sie zu. Sie zitterte leicht und ihr Atem ging schneller.

»Du bist nicht nur unglaublich schön«, flüsterte Flavio leise. »Du bist witzig und mit dir kann man Pferde stehlen. Und selbst, wenn du von Öl triefst und nach Schmiermittel riechst, bist du wunderbar – das Wunderbarste, was mir je passiert ist!«

Ella lief kupferrot an. Solche Komplimente hatte sie von einem Mann noch nie erhalten. Sie bebte unter seinem Blick, der sie mit einer Mischung aus Zuneigung, Ehrfurcht und lodernder Begierde durchdrang. Sein atemberaubender Geruch von rauchigem Holz, Karamell und einem Hauch Honig stieg ihr in die Nase – der Duft, der sie in den letzten Wochen schon verführt hatte. Er entfachte wieder dieses Kribbeln in ihr und heizte ihre Sinne an.

Ein dunkellockendes Begehren überkam sie, als hätte die wabernde Hitze in der Scheune etwas entzündet, das sie nicht ganz begreifen konnte. Ihr Körper brannte wie von unsichtbaren Flammen berührt und ihr Puls raste. Verwirrt versuchte sie, ihre Erregung zu bändigen, doch die Atmosphäre war elektrisch geladen. Flavio legte seine Hand auf ihre Wange, fuhr ihr langsam mit einem Finger den Hals entlang. Die fiebrige Intensität des Moments war unaufhaltsam. Ella war machtlos. Es war, als wären alle inneren Widerstände in einem Feuersturm aufgegangen. Sie konnte nicht länger gegen ihre Gefühle ankämpfen, die Versuchung flackerte heiß. Ergeben schloss sie die Augen und lehnte sich in seine Umarmung. »Komm her! Lass uns hier… auf der Stelle…«, wisperte sie glutvoll – alles, was noch zählte, war seine Berührung.

In einer impulsiven Bewegung zog Flavio sie sanft zu Boden. Hingebungsvoll küsste er sie, während er die Knöpfe ihres Karoshirts öffnete. »Ich habe kein Kondom…«, murmelte er unsicher.

Ella legte ihren Zeigefinger auf seine Lippen. »Psst, *calma, mio caro*«, flüsterte sie mit einer Sorglosigkeit, die sie selbst erstaunte. Die Grenzen zwischen Vernunft und Verlangen verschwammen im diffusen Licht der Scheune.

Mit einem Griff zog sie ihm das T-Shirt über den Kopf und streifte ihm die Jeans ab. Flavio strich zart über ihre Brüste, fühlte ihre erregende Wärme, während sie sich eng an ihn schmiegte. Ein heißes Stöhnen entfuhr ihr, als sie bebend seine Berührungen erwiderte. Flavio begann, ihren Rücken zärtlich zu erkunden, und sie wand sich unter ihm in entflammter Leidenschaft. Staub und Schweiß bedeckten bald ihre Körper – es störte sie nicht. Ihre Gelüste wuchsen, und Ella gab sich ihnen ganz hin. Die Begierde war stärker als alles andere.

Endlich drang er in sie ein und ihre Körper explodierten in rotschillernder Lust. Im rhythmischen Einklang trieben sie sich gegenseitig in immer wildere Ekstasen als ob sie eins wären. Die Scheune hallte wider von ihrem entrückten Stöhnen, bis sie glühend den Höhepunkt erreichten. Der Raum um sie herum schien stillzustehen und nichts existierte mehr als sie beide und das Feuer ihrer Begegnung.

Erschöpft, aber von Glück durchflutet, sanken sie einander in die Arme und verweilten in inniger Umarmung auf dem Boden. Nach einem Moment der Ruhe, in dem sich ihre Körper im gleichen Takt entspannten, brach Flavio das Schweigen. »Im unwahrscheinlichen Fall, dass du schwanger wirst – hättest du lieber ein Mädchen oder einen Jungen?«, fragte er mit einem spielerischen Lächeln.

Ella, noch immer leicht benommen von der Intensität der letzten Minuten, flüsterte beinahe träumerisch: »Einen Jungen! Und er soll Romeo heißen.«

Die beiden tauschten ein zufriedenes Grinsen aus und ihre Blicke sprachen Bände. Flavio hob den Kopf und betrachtete liebevoll Ellas Gesicht. »Irgendwann zähle ich alle deine Sommersprossen.« Bewundernd fügte er hinzu: »Du bist wirklich eine außergewöhnliche Frau.«

Ella erwiderte seinen Blick mit einem warmen Lächeln. »Du bist aber auch nicht ohne!«

Eine tiefe Verbundenheit zu Ella durchflutete Flavio und ihm wurde klar, dass er sich nach etwas anderem sehnte – nach etwas, das weit über körperliche Anziehung hinausging. Eine plötzliche Entschlossenheit ergriff ihn.

»Wäre es nicht vermessen, etwas so Wunderbares wie das, was gerade zwischen uns passiert ist, zu ignorieren?« Er zog sie noch enger an sich, als wolle er diesen Augenblick für immer festhalten. »Ich will mehr als nur Leidenschaft. Ich will dich – eine echte Beziehung mit dir.« In ihren Armen fand er eine Hoffnung, die er nicht mehr zu suchen gewagt hatte. »Weißt du, ich habe lange geglaubt, dass das, was man Leben nennt, eine ziemlich furchtbare Erfahrung ist. Ich hatte wenig Lust darauf. Aber dass zwei Menschen eine so enge Verbindung haben können… Mit dir möchte ich neu anfangen.« Die Wucht seiner Worte ließ keinen Zweifel daran, wie ernst er es meinte.

Ella löste sich überrascht aus der Umarmung, blickte ihn einen Moment erstaunt aus ihren großen blauen Augen an und antwortete dann mit einem wilden Kuss, der all ihre irren Empfindungen ausdrückte. »Mir geht es genauso«, flüsterte sie, getragen von seiner sanften Nähe, die nichts mehr brauchte. »Ich möchte auch mehr als nur diesen Moment. Lass uns etwas Echtes aufbauen.«

18 Dauerschleife

Am nächsten Morgen wurde Ella vom Klingeln ihres Telefons geweckt. Sie blinzelte und brauchte einen Moment, um zu realisieren, wo sie war. Ach ja, das schäbige Apartment. Die verschwommene Erinnerung an einen wilden Traum, in dem Flavio und sie eine Hauptrolle gespielt hatten, drängte sich in ihren Kopf. Das alles war noch so lebendig… Doch dann dämmerte es ihr: *Kein Traum!* Ein zufriedenes Lächeln breitete sich auf ihrem Gesicht aus, während sie verschlafen nach dem Hörer griff.

Antonias fröhliche Stimme drang durch die Leitung. »Ich fühle mich von dir vernachlässigt!«, beschwerte sie sich zum Spaß. »Zwischen all den Männern in deinem Leben scheint für mich kein Platz mehr zu sein. Wenigstens könntest du mir die Güte erweisen, mir deine Abenteuer brühwarm zu erzählen! Schließlich bin ich jetzt eine brave Ehefrau und bei mir passiert gar nichts Spannendes mehr.«

»Du übertreibst maßlos! Außerdem bist du gar nicht verheiratet.« Ella gähnte und richtete sich im Bett auf.

Allmählich wurde sie wach. Ihr Blick wanderte durchs Zimmer – Klappstuhl, Tisch, Wandschrank – alles war noch da und sah genauso abgenutzt aus wie zuvor. Ein einzelner Sonnenstrahl fiel durchs Fenster und tauchte den kargen

Raum in warmes Morgenlicht. Ella fühlte sich wie Aschenputtel nach dem Ball – um sie herum war alles unverändert, doch in ihr selbst hatte sich so viel verändert.

Ella spürte noch immer die Aufregung, die das Schrauben am alten Klassiker in ihr ausgelöst hatte. Und nicht nur die…

»Flavio und ich haben den Alfa komplett restauriert. Nur ein Ersatzteil fehlt noch! Du musst ihn unbedingt sehen. Du weißt, wie sehr ich deinen gelben Flitzer liebe, aber der Touring von 1951? Unschlagbar«, sprudelte es aus ihr heraus.

Antonias Lachen hallte durch den Hörer. »Jetzt machst du mich richtig neugierig! Du weißt, ich liebe Autos fast so sehr wie du. Wann kann ich ihn sehen?«

»Sobald wir das Teil haben, lade ich dich ein! Aber ich muss dich vorwarnen, du wirst neidisch sein. Der Wagen ist eine echte Schönheit«, sagte Ella und konnte sich ein begeistertes Lächeln nicht verkneifen. Doch es war nicht nur das Auto – es war vor allem Flavio, der ihre Begeisterung entfachte.

»Neidisch? Ich? Niemals!« Antonias Stimme klang amüsiert und auch forsch. »Übrigens, wie läuft es eigentlich mit Flavio? Ihr kennt euch nun schon über zwei Monate. Irgendwie klingt das alles nach mehr als nur einer flüchtigen Schrauber-Beziehung.«

Ella wurde still. Sie dachte an die Momente in der Scheune, das unerwartete Zusammenspiel von Nähe und Verlangen. »Es ist… kompliziert«, sagte sie impulsiv, weil sie nicht genau wusste, wie sie ihre Emotionen in Worte fassen sollte. Da war mehr als nur eine gemeinsame Leidenschaft für alte Autos. Aber war sie auch bereit, sich darauf einzulassen?

»Kompliziert heißt wohl, da ist was gelaufen!«, neckte Antonia Ella, die deren Grinsen förmlich durch das Telefon sehen konnte. »Na, endlich! Also kriege ich jetzt die ganze Geschichte zu hören?«

Ella seufzte leise und ließ sich zurück ins Kissen sinken. Dann begann sie zu erzählen: »Es war in dieser alten Scheune, wo Flavio und ich uns nähergekommen sind. Der Boden war bedeckt mit Staub und es roch nach Öl und Schmiermittel – eigentlich alles andere als romantisch. Aber genau das machte es besonders. Abseits von allem, nur wir zwei. Zwischen Motorteilen und Schrauben hat er mich dann geliebt. Hemmungslos, als ob die Welt um uns herum einfach aufgehört hätte zu existieren. Kein Wort war nötig. Es war wild, ungezügelt, und trotzdem auf seltsame Weise vertraut. Als ob es genau so passieren sollte.«

Antonia hörte gebannt zu und konnte sich die Szene bildlich vorstellen. »Wow, das klingt so heiß und stürmisch! Ich wünschte, ich könnte das mit Noah auch noch erleben«, sagte sie mit einem Hauch von Sehnsucht. »Leider hat der Alltag uns voll im Griff. Wir sind oft derart erschöpft von der Arbeit in der Redaktion, dass wir kaum Zeit füreinander finden. Aber ich wollte dich nicht unterbrechen – erzähl weiter!«, bat sie.

Ella lächelte verträumt und schwärmte: »Es war so intensiv, dass ich einfach nicht wollte, dass es endet. Eine richtige Explosion aus Hingabe und Sinnlichkeit. Wir haben uns tief ineinander verloren, alles um uns herum verschwand. Es war beinahe unwirklich, wie ein Traum – aber es war echt. Ich werde diesen Tag nie vergessen.«

Antonia konnte durchs Telefon spüren, wie sehr das Erlebte ihre Freundin erfüllte und wie überschwänglich ihre Gefühle waren. »Bisher wusste ich nur, dass du eine

Schwäche für rasante Autos hast. Deine Schwäche für rasante Liebe ist mir neu«, scherzte sie.

Ella schmunzelte erst, doch darauf wurde sie ernst. »Es gibt da etwas, was ich mit dir besprechen muss«, begann sie und erzählte ihrer Freundin dann von Flavios tiefsitzender Angst vor dem Autofahren. »Seit einem schweren Unglück fährt er nicht mehr. Damals war er neunzehn. Er saß am Steuer, sein Freund starb bei dem Unfall. Alkohol war wohl auch im Spiel, er hat die Kontrolle über den Wagen verloren. Das Tragische ist, dass er sich kaum an etwas erinnert – er leidet an Amnesie. Trotzdem gibt er sich die alleinige Schuld. Diese Schuld ist wie eine unüberwindbare Mauer, die ihn gefangen hält und gleichzeitig zwischen uns steht.« Ella stockte. Schließlich fügte sie tiefgründig hinzu: »Aber irgendetwas sagt mir, dass das noch nicht die ganze Geschichte ist.«

Antonia hörte aufmerksam zu und als Ella geendet hatte, antwortete sie: »Das klingt wirklich hart. Doch keine Sorge, wir finden schon heraus, was dahintersteckt. Hör einfach auf dein Herz. Und egal, was kommt: Tu das, was dich glücklich macht!«

Mit diesen Worten verabschiedeten sie sich und Ella legte auf, während ihre Gedanken weiter um Flavio kreisten und um das, was zwischen ihnen stand…

✳ ✳ ✳ ✳ ✳

Zur gleichen Zeit glühten auch in Deutschland die Telefondrähte. Ellas Mutter Hanna saß am Küchentisch und schälte Kartoffeln, als sie den Anruf ihrer langjährigen Freundin Barbara entgegennahm. Während sie sich zunächst über dies und das unterhielten, kam das Gespräch bald auf Ella. Ganz stolze Mutter berichtete Hanna von deren aufregenden Erlebnissen in *bella Italia*. Barbara, selbst ein großer Fan des Gardasees, hörte begeistert zu. Seit Jahren verbrachte sie ihren Herbsturlaub dort und hatte die meisten der charmanten kleinen Orte rund um den See bereits erkundet. Sie kannte die Gegend in- und auswendig.

Als Hanna von Ellas Arbeit an der Weinbroschüre für das Consorzio erzählte, wurde Barbara sofort hellhörig. Sie war eine passionierte Weinliebhaberin und alles, was damit zu tun hatte, fesselte sie. Und dann ließ Hanna die Katze aus dem Sack: Wie Ella während dieses Projekts Flavio kennengelernt hatte – den einzigen Sohn einer traditionsreichen Winzerfamilie aus Bardolino.

Barbara war regelrecht hingerissen. Eine Romanze mit einem charmanten Erben einer Weindynastie klang für sie wie das perfekte Filmszenario. »Das hört sich ja an, wie aus einem Hollywood-Streifen«, bemerkte sie mit einem verzückten Lächeln. »Welche Familie ist es denn?«

»Sie heißen Banfi«, antwortete Hanna. »Anscheinend sind sie in der Region recht bekannt. Sagt dir der Name etwas?«

»Allerdings«, gab Barbara zögernd zu. »Ich habe einige merkwürdige Dinge über diese Familie gehört.«

Hannas Interesse war sofort geweckt. »Merkwürdige Dinge? Wo hast du das gehört?«

Barbara hielt kurz inne, als ob sie überlegen würde, wie viel sie preisgeben sollte. »Letztes Jahr haben wir eine Weinreise mit einem deutschen Veranstalter gemacht«, begann sie schließlich. »Zufälligerweise waren wir auch auf dem Weingut der Banfis. Der Reiseleiter hat uns damals ein paar Geschichten erzählt.«

»Was für Geschichten?«, fragte Hanna nun neugierig.

»Ich will keine Gerüchte in die Welt setzen«, sagte Barbara vorsichtig, »aber es heißt, dass die Banfis ein dunkles Geheimnis hüten – und es hat wohl mit dem Sohn zu tun.«

»Was genau?«, hakte Hanna ungeduldig nach.

Barbara seufzte leise. »Der Reiseleiter deutete an, dass die Familie etwas verbergen will. Angeblich hat der Sohn, also Flavio, sogar im Gefängnis gesessen. Konkrete Details hat er uns jedoch nicht verraten.«

»Danke für die Info, Barbara«, sagte Hanna gedankenschwer. »Ich rufe sofort Ella an. Wenn es da einen Skandal gibt, dann sollte sie es wissen, denke ich.«

»Sei vorsichtig, wie du das angehst«, warnte Barbara. »Das sind ernste Anschuldigungen und wir können nicht beurteilen, ob sie stimmen.«

»Du hast recht«, gab Hanna zu. »Ich muss erst herausfinden, was da wirklich los ist. Ich mache mir eben Sorgen um meine Ella. Ich will nicht, dass sie sich auf einen zwielichtigen Typen einlässt. Ich werde behutsam vorgehen«, versprach sie ihrer Freundin und beendete das Gespräch.

Ellas Mutter lehnte sich im Stuhl zurück und starrte planlos auf das Telefon in ihrer Hand. Was sollte sie jetzt tun? Sie konnte unmöglich tatenlos zusehen, falls ihre Tochter sich in eine Familie verstrickte, die eine dunkle Vergangenheit hatte. Doch einfach Vorwürfe zu erheben ohne konkrete Beweise, wäre genauso falsch.

Hanna musste mehr über dieses Gerücht herausfinden. Ihre größte Sorge war, dass Ella sich zu sehr von ihrem Beruf und ihren Verpflichtungen ablenken ließ und sich vorschnell auf eine Beziehung mit einem Mann einließ, den sie kaum kannte und der möglicherweise vorbestraft war. Sie fürchtete, dass Ella sich in ein Abenteuer stürzte, dessen

Risiken sie nicht absehen konnte. Mit einem tiefen Seufzen rieb Hanna sich die Stirn. Die Situation war vertrackt und sie wollte Ella nicht unnötig beunruhigen. Aber eines war klar: Sie würde nicht ruhen, bis sie die volle Wahrheit herausgefunden hatte.

Hanna begann, im Internet nach Informationen zu suchen. Nach kurzer Zeit stieß sie auf einen alten Zeitungsartikel aus dem Archiv von »Il Giorno Verona«, natürlich auf Italienisch. Sie kopierte den Text in ihr Übersetzungsprogramm:

Beifahrer (21) stirbt bei Unfall
– Fahrer wohl betrunken

Bardolino – *Tragischer Unfall in der Nacht zum Sonntag, den 14. Dezember: Ein 21-jähriger Mann ist bei einem Unfall tödlich verunglückt. Der Fahrer, sein 19-jähriger Bekannter Flavio Banfi, stand vermutlich unter Alkoholeinfluss.*

Laut Polizeiangaben waren die beiden jungen Männer gegen 2.10 Uhr von einer Weihnachtsfeier aufgebrochen. Der Fahrer verlor die Kontrolle über einen Fiat Panda, der von der Straße abkam, gegen einen Baum prallte und sich überschlug. Die Front des Wagens wurde völlig zerstört.

Der 21-jährige Beifahrer erlitt tödliche Verletzungen. Trotz schneller Rettungsmaßnahmen konnte die Feuerwehr nur noch seine Leiche aus dem Wrack bergen. Der Fahrer wurde mit leichten Verletzungen ins Krankenhaus eingeliefert. Die Höhe seines Blutalkoholspiegels wurde nicht bekannt gegeben.

Hanna spürte, wie sich ein Knoten in ihrem Magen bildete. Flavio war also in einen tragischen Unfall verwickelt. Sie suchte nach mehr Informationen, doch die Details zum Ausgang der Geschichte blieben vage. Die Schlagzeile eines weiteren, kurzen Artikels ließ sie jedoch aufhorchen:

Skandal um die Familie Banfi:
Flavio Banfi in Untersuchungshaft

In dem Bericht hieß es weiter:

> *Der Ermittlungsrichter hat auf Antrag der Staatsanwaltschaft wegen schwerwiegender Indizien und Verdunkelungsgefahr Untersuchungshaft für Flavio Banfi angeordnet. Der Anwalt der Familie hat beim ›Tribunale dellaB Libertà‹ die Überprüfung der Haftmaßnahme beantragt.*

Hannas Herz setzte einen Schlag aus. Barbaras Geschichte war also nicht nur ein Gerücht! Sie seufzte tief, frustriert über die spärlichen Informationen. Es war nicht viel, aber es reichte aus, um ihr Unbehagen zu bestätigen. Sie suchte unermüdlich weiter und stieß schließlich auf einen dritten Artikel, der die Vorwürfe gegen Flavio detaillierter beleuchtete. Mit zitternden Fingern gab sie auch diesen Text in den Übersetzer ein:

Skandal am Gardasee:
Winzer lehnt Alkoholtest ab – Bestechungsvorwürfe?
Bardolino – *Der tödliche Autounfall am Gardasee, bei dem ein junger Mann ums Leben kam, sorgt für Aufsehen. Der beschuldigte Winzer hat sich geweigert, einen weiteren Alkoholtest zu machen. Sein Anwalt erklärte,*

*dass der erste Test negativ ausgefallen sei und somit keine
Notwendigkeit für einen zweiten bestehe.*

*Zeugen behaupten jedoch, dass die beiden Männer
vor der Fahrt Alkohol konsumiert haben könnten. Zudem kursieren Gerüchte, dass die Familie des Winzers
Kontakt zur Staatsanwaltschaft aufgenommen haben soll
– möglicherweise gibt es Hinweise auf Bestechungsversu-
che. Die Ermittlungen dauern an und das Fahrzeug
wird weiterhin untersucht.*

Der Artikel ließ Hanna erschaudern. Sollte Flavios Familie tatsächlich in so etwas Schwerwiegendes verwickelt
sein? Ihre Sorgen um Ella wuchsen.

✳ ✳ ✳ ✳ ✳

Am nächsten Tag nahm sie all ihren Mut zusammen
und rief ihre Tochter an. »Ella, ich habe beunruhigende
Neuigkeiten über Flavios Familie gehört«, begann Hanna
mit ernster Stimme. »Es scheint, als hätten sie etwas zu verbergen.«

Ella runzelte die Stirn. »Was meinst du damit?«, fragte
sie überrascht und spürte ein mulmiges Gefühl im Magen.

»Eine Freundin von mir, Barbara, war letztes Jahr in
Bardolino im Urlaub. Sie hat erzählt, dass die Banfis in der
Gegend in aller Munde sind. Es gibt Gerüchte über einen
tödlichen Unfall und mögliche Bestechung – überlege dir
gut, auf was du dich da einlässt.«

»Wie bitte? Welche Bestechung?«, entgegnete Ella,
sichtlich irritiert. »Du weißt doch, die Leute reden immer,
wenn jemand erfolgreich ist. Neid kennt keine Grenzen.«
Ihre Stimme klang ärgerlich.

»Ich weiß, du hasst Klatsch und Tratsch«, antwortete ihre Mutter beschwichtigend. »Deshalb habe ich selbst recherchiert, bevor ich dir etwas sage. Ich habe nicht viel gefunden, aber eine Sache sticht heraus.« Sie warf noch einmal einen Blick auf den Artikel, der auf ihrem Bildschirm geöffnet war. »Es gibt einen Bericht, der erwähnt, dass Flavio in Untersuchungshaft gesessen hat.«

Ella war geschockt, auch wenn sie sich bemühte, es nicht zu zeigen. »Was genau steht dort?«

»Es ist auf Italienisch«, erklärte Hanna weiter. »Aber im Wesentlichen geht es darum, dass Flavio in einen tödlichen Unfall verwickelt war und die Polizei gegen ihn ermittelt hat. Ich habe dir den Artikel per E-Mail geschickt. Du sprichst besser Italienisch als ich, also ist es vielleicht klüger, wenn du selbst nachforschst.«

»Vielleicht...«, entgegnete Ella zögerlich.

Sie versuchte, ihre innere Unruhe vor ihrer Mutter zu verbergen, doch ihre Gedanken rasten. Was war da wirklich passiert? Warum hatte Flavio nie von einer Untersuchungshaft gesprochen? Warum erfuhr sie all das aus Deutschland – und noch dazu durch ihre Mutter?

Ella räusperte sich nervös. »Flavio hat mir von dem Unfall erzählt. Aber U-Haft? Davon hat er kein Wort gesagt. Es könnte natürlich alles falsch sein, was da steht. Vielleicht will jemand den Banfis nur schaden.« Insgeheim glaubte sie selbst nicht ganz an diese Erklärung.

»Das mag sein, doch was, wenn es stimmt? Warum hat er dir nicht die Wahrheit gesagt? Das ist kein gutes Zeichen, Ella«, mischte sich ihr Vater aus dem Hintergrund ein. »Falls er gelogen hat und dazu noch vorbestraft ist, musst du auch an die Folgen für deine Zukunft denken. Was passiert, wenn deine Beziehung scheitert?«

Ella seufzte schwer. »Ich weiß einfach nicht, was ich tun soll.«

»Vielleicht solltest du dir mehr Zeit lassen, bevor du eine Entscheidung triffst«, schlug ihre Mutter vor. »Überlege dir genau, was du willst und ob du ihm ehrlich vertrauen kannst.«

Ella nickte langsam und legte auf. Sie starrte auf den Boden. Frustration überkam sie; die Komplikationen und Lügen schienen kein Ende zu nehmen. Was sollte sie glauben? War das alles nur üble Nachrede oder gab es in der Tat etwas, das Flavios Familie zu verbergen suchte? Ihre Beziehung wurde auf eine harte Probe gestellt.

Unaufhörlich kreisten ihre Gedanken um Flavio und die Zukunft, die sie sich mit ihm erträumte. Es war weit mehr als nur körperliche Anziehung – sein charismatisches Lachen, sein Karamellgeruch, sein cleverer Humor, der verletzliche Ausdruck in seinen Augen… sie mochte ihn wirklich und genoss seine Nähe mit jeder Faser, doch sie zweifelte, ob diese Gefühle ausreichten.

Ella war in tiefem Zwiespalt: Ihre Eltern, die immer nur ihr Bestes wollten, hatten ernste Bedenken. Aber sie konnte auch nicht zulassen, dass Gerüchte und Klatsch ihre Beziehung zu Flavio zerstörten. Die Lage war schwer fassbar. Bevor sie sich unrettbar in seinen Armen verlor, musste sie herausfinden, was tatsächlich hinter den Anschuldigungen steckte.

Ella brauchte die ganze Wahrheit.

19 Gefährliches Spiel

Ella saß vor ihrem Rechner und starrte auf den Bildschirm. Vor ihr war der vollständige Zeitungsartikel, den ihre Mutter ihr geschickt hatte. Mit jedem Satz, den sie las, stiegen Unsicherheit und Besorgnis in ihr auf. Die Vorwürfe gegen Flavios Familie klangen schwerwiegend und das Gefühl, zwischen Gerüchten und möglichen Wahrheiten gefangen zu sein, ließ sie nicht los.

Der Gedanke, dass Flavio in solche Machenschaften verstrickt sein könnte, machte ihr Angst. Sie spürte, dass sie ihm nicht richtig vertrauen konnte, solange sie nicht die ganze Wahrheit kannte. Aber sie wollte die Hoffnung nicht aufgeben, dass die Gerüchte falsch waren, und beschloss, die Sache selbst in die Hand zu nehmen. Sie würde ihre Recherchen für die Weinbroschüre intensivieren und die Gelegenheit nutzen, sich auf anderen Weingütern unauffällig umzuhören. Vielleicht würde sie so mehr darüber herausfinden, was damals wirklich geschehen war.

Im ersten Schritt rief sie Matteo an, da sein Job bei der Tageszeitung in Verona ein vielversprechender Ausgangspunkt zu sein schien. »Matteo, ich muss dich um einen Gefallen bitten«, begann sie ohne Umschweife. »Du erinnerst dich, dass der Winzer etwas angedeutet hatte über die

Familie Banfi und den schweren Autounfall, in den Flavio verwickelt war und bei dem sein bester Freund ums Leben kam? Ihr habt damals einen Zeitungsartikel darüber veröffentlicht. Könntest du bitte bei deinen Kollegen aus der Nachrichtenredaktion nachforschen?«

»Klar, ich werde ein paar Kontakte nutzen und sehen, was ich herausfinde«, versprach Matteo zuversichtlich und ohne weitere Nachfragen. »Ich sitze ja an der Quelle!«

✳ ✳ ✳ ✳ ✳

Eine Woche später traf sich Ella mit Matteo zum Mittagessen in einem gemütlichen Agriturismo außerhalb von Lazise. Auf dem Weg dorthin überkam sie eine Mischung aus Erleichterung und Unbehagen. Sie war froh, dass Matteo so schnell Informationen hatte, doch gleichzeitig stellte sich die bange Frage: Was würde er ihr über Flavio berichten? War es etwas, das alles verändern könnte? Zudem hinterließ ihr der Gedanke, dass Matteo diese Situation nutzen könnte, um ihr näherzukommen, ein mulmiges Gefühl.

Als sie den Fiat Cinquecento parkte und ausstieg, sah sie Matteo bereits auf sie warten. Sein Gesicht erhellte sich, als er sie entdeckte. »Wow, du siehst fantastisch aus! Da kann jedes Model einpacken… Man möchte dich durch eine Sonnenbrille betrachten, um sich vor deinem Anblick halbwegs zu schützen!«, schäkerte er beim Näherkommen und schüttelte den Kopf, als könne er es kaum fassen. Sein charmantes Lächeln wirkte unbeschwert, doch Ella spürte sofort, dass dahinter etwas Ernstes steckte – etwas, das er noch nicht aussprach.

Sie ahnte, dass sie sich auf unangenehme Wahrheiten einstellen musste. »Du hast also Neuigkeiten?« Ihre Stimme klang ruhig, doch innerlich war sie angespannt.

»Ja, ich habe einige Informationen«, erwiderte Matteo und sah sie direkt an. »Leider kann ich nur bestätigen, was du bereits weißt.« Sein Blick verriet tiefe Sorge und das Unbehagen in ihr wuchs.

Kaum hatten sie an ihrem Tisch Platz genommen und ihr Essen bestellt, holte Matteo seinen Laptop hervor. »Ich habe im Archiv des ›Il Giorno Verona‹ recherchiert und mehrere alte Artikel über den Unfall ausgegraben«, erklärte er, während er ihr den Rechner zuschob. »Die Polizei beschuldigte Flavio, unter Alkoholeinfluss gefahren zu sein. Er kam für eine Weile in Untersuchungshaft.«

Das Essen wurde serviert, doch Ella nahm kaum Notiz davon. Während sie sich die Worte durch den Kopf gehen ließ, zerpflückte sie gedankenverloren ein Stück Ciabatta aus dem Brotkorb. »Den Artikel kenne ich. Flavio hat mir vieles erzählt, aber nie alles«, sagte sie leise und ihre Stirn zog sich sorgenvoll zusammen. »Er hat nie die U-Haft erwähnt. Und jetzt muss ich das aus Artikeln und durch Gerüchte erfahren? Warum hat er mir nicht die ganze Wahrheit gesagt?« Ihre Stimme klang enttäuscht und verletzt.

Matteo schob sich einen Tortellino in den Mund, wobei sein Blick wachsam auf Ella lag, als würde er jede ihrer Regungen lesen wollen. »Vielleicht hatte er Angst, dass es zwischen euch beiden etwas verändern könnte. Oder vielleicht wollte er dich vor dem Druck seiner Familie schützen… Aber das ist noch nicht alles«, fügte er mit tieferer Stimme hinzu. »und leider wird es nicht besser…« Er legt seine Gabel beiseite, zog ein kleines Notizbuch aus seiner Tasche und blätterte es hastig durch. »Ich habe mich bei Flavios Kontakten in der Weinbranche umgehört.« Sein Ton wurde noch ernster. »Dabei sind einige merkwürdige Andeutungen gefallen, als wüssten die Leute mehr, als in der Zeitung stand – aber sie schweigen. In Bardolino kennt jeder jeden und es kursieren jede Menge Gerüchte.«

Er hielt kurz inne, warf einen schnellen Blick auf seine Aufzeichnungen und fuhr dann fort: »Schließlich habe ich einen ehemaligen Angestellten der Banfis ausfindig gemacht, der bereit war, sich mit mir zu treffen. Gestern war ich bei ihm, um zu hören, was er über den Vorfall weiß.«

Ellas Magen zog sich zusammen und sie seufzte schwer. Sie ließ ihr Besteck sinken und schob den Teller von sich. »Und?«, fragte sie nervös. »Was hast du herausgefunden?« Sie beugte sich vor, bereit für das, was Matteo ihr gleich mitteilen würde.

Er sah sie einen Moment stumm an, dann legte er sanft seine Hand auf ihre, die wie erstarrt auf dem Teller ruhte. »Es gibt ernsthafte Hinweise darauf, dass die Familie ihre Verbindungen zur Staatsanwaltschaft genutzt hat, um die Ermittlungen in ihrem Sinne zu beeinflussen. Die Banfis sollen gezielt Druck auf lokale Behörden ausgeübt und versucht haben, den Vorfall unter den Teppich zu kehren. Man munkelt sogar, dass sie Bestechungsgelder angeboten haben, um alles zu vertuschen.« Er senkte die Stimme, als würde er ihr ein Geheimnis anvertrauen. »Es wird noch brisanter: Der ehemalige Angestellte behauptet, dass die Banfis der Familie des Opfers Schweigegeld angeboten haben, um eine öffentliche Diskussion des Unfalls zu verhindern. Angeblich wurden hohe Summen versprochen, damit die Hinterbliebenen auf rechtliche Schritte und jede mediale Aufmerksamkeit verzichten.«

Diese Worte trafen Ella wie ein Schlag. Sie schluckte und zog ihre Hand zurück. Ihre Gedanken rasten. Für einen Moment schloss sie die Augen, um sich zu sammeln. Dann atmete sie tief durch. »Das bedeutet also, es steckt viel mehr dahinter als nur ein tragischer Unfall«, sagte sie betroffen und starrte auf ihren fast unberührten Teller. Der Appetit war ihr schlagartig vergangen.

»Wenn du möchtest, kann ich noch weiter nachforschen«, bot er an. Seine Augen zeigten Mitgefühl, aber auch Entschlossenheit.

So saßen die beiden eine Weile schweigend da, Matteos Angebot stand noch immer zentnerschwer im Raum. Das ländliche Restaurant war in freundliches Licht getaucht und sanfte Klänge italienischer Musik im Hintergrund gaben dem Moment eine eigentümliche Ruhe, die so gar nicht zu Ellas Gemütszustand passte. Ihre innere Zerrissenheit war ihr deutlich anzusehen.

Sie seufzte wieder und nickte dann. »Ja, okay… wenn du meinst, das könnte was bringen.« Ihre Stimme war leise, fast erschöpft, aber tief in ihrem Inneren wusste sie, dass die Wahrheit ans Licht musste – egal, wie schmerzhaft sie sein würde. »Du bist ein wirklich großartiger Freund, Matteo. Ich weiß nicht, was ich ohne deine Hilfe täte. Ein Leben ohne dich und Toni kann ich mir nicht vorstellen. Ihr beide bedeutet mir so viel.« Sie sah ihn dankbar an und nahm ihre Gabel wieder in die Hand, stocherte auf ihrem Teller herum, doch nach Essen war ihr noch immer nicht zumute.

Matteo war gerührt. »Ich weiß, wie schwer das ist und ich helfe dir, wo ich kann.« Er nahm einen Schluck Wasser, bevor er, sichtlich bewegt, weitersprach: »Wegen neulich…

das war dumm von mir. Ich muss gestehen, Ella, für eine Weile war ich überzeugt davon, dass ich in dich verliebt bin. So sehr, dass ich meine Zuneigung für dich mit Liebe verwechselt habe.« Er hielt kurz inne, als würde er nach den richtigen Worten suchen. »Aber jetzt verstehe ich, dass es keine romantische Verbindung war. Meine Synapsen haben mir wohl einen Streich gespielt. Ich mag dich sehr und bewundere dich von Herzen.« Sein Blick war voller Fürsorge. »Ich mache mir einfach Sorgen um dich wegen dieser ganzen Sache mit Flavio. Was auch passiert: Ich bin immer für dich da.« Er machte eine erneute Pause und blickte grüblerisch aus dem Fenster. »Ehrlich gesagt... manchmal frage ich mich, ob ich je die Richtige finde.« Dann huschte ein verschmitztes Grinsen über sein Gesicht. »Ach, egal. Proust sagte einmal, man sollte schöne Männer den Frauen ohne Fantasie überlassen. Oder war es umgekehrt?«

Ella konnte sich ein Lachen über seinen humorvollen Einwurf nicht verkneifen. »Denkst du nicht, dass es für jeden jemanden gibt?« Sie nahm schließlich eine Gabel Pasta, kaute lustlos darauf herum – der Geschmack der würzigen Tomatensoße entging ihr völlig.

»Fast... ich glaube eher, dass es für niemanden jemanden gibt«, entgegnete Matteo trocken und schlug ihr spielerisch auf den Arm. »Vielleicht sollte ich mir einfach einen Hund zulegen. An den könnten wir dann auch deine Reste verfüttern!«, fügte er mit einem ironischen Blick auf Ellas halb vollen Teller hinzu und winkte dem Kellner, um die Rechnung zu begleichen.

Sie lachten beide und in einem spontanen Moment der Vertrautheit umarmten sie sich. Dann gab Matteo ihr ein festes Küsschen auf die Wange.

In diesem Augenblick tauchte plötzlich Flavios Cousin Franco wie aus dem Nichts an ihrem Tisch auf. »Ella! Was für eine Überraschung, dich hier zu sehen. Dein neuer Freund?«, fragte er mit einem süffisanten Unterton und setzte sich ungefragt dazu.

Ella verzog kurz das Gesicht, bevor sie ruhig antwortete: »Nein, wir sind nur Arbeitskollegen.«

Franco zog die Augenbrauen hoch und ließ seinen Blick provozierend zwischen ihr und Matteo hin- und herwandern. »Ah, Arbeitskollegen also. *Certo,* und besonders enge, wie es scheint.« Er lehnte sich zurück, als würde er die Situation genießen. »Gut, dass ich dich treffe – ich wollte sowieso mit dir sprechen.«

Ella runzelte die Stirn. »Worum geht's, Franco?«, fragte sie irritiert, denn ihr schwante nichts Gutes.

»Es geht um Flavio und das Weingut. Wir brauchen eine klare Entscheidung von dir«, forderte Franco mit durchdringendem Blick. »Du weißt doch, dass seine Eltern nur das Beste für ihn wollen. Wir sind *una famiglia* und stehen immer hinter Flavio.« Er machte eine Kunstpause, um seinen Worten Wirkung zu verleihen. Dann sprach er weiter: »*Capisci,* du musst verstehen, dass es für unseren Romeo nicht einfach ist, eine Beziehung zu führen – schon gar nicht mit einer Frau, die weder aus unserer Region oder unserem Land stammt noch wirklich weiß, was sie will.«

Ella spürte, wie sich ihr Magen vor Anspannung zusammenkrampfte, doch sie ließ sich nichts anmerken. Noch bevor sie etwas entgegnen konnte, fuhr Franco fort: »Flavio würde es früher oder später bereuen, sich deinetwegen von seinen Wurzeln zu entfernen. Glaub mir, das mit euch hat keine Zukunft.« Dann beugte er sich vor und seine Stimme wurde schärfer. »Vielleicht solltest du ihn einfach verlassen.

Es wäre besser für alle. Du hast doch sowieso schon Ersatz.«
Sein Blick wanderte kurz zu Matteo, der ihn finster an-
starrte. »Du weißt, dass Flavio von deiner kleinen Affäre erfahren wird, und das wird ihm sicher nicht gefallen.«

Ella fiel aus allen Wolken. Sie hatte zwar gemerkt, dass die
Banfis Vorbehalte gegen ihre Beziehung hatten, aber derar-
tigen Widerstand hatte sie nicht erwartet. Die Vorstellung,
dass sie an den Erwartungen der Familie scheitern könnte,
traf sie hart. Sie hätte nie damit gerechnet, dass ihre Her-
kunft eine Rolle spielen könnte. Und Franco? Der nutzte
die Situation schamlos aus, um sie unter Druck zu setzen.
Sie war ihm schon länger aus dem Weg gegangen, weil sie
ihm nicht über den Weg traute – zu Recht, wie sich nun
herausstellte. Das hier war nicht nur eine leere Drohung; es
war eine perfide Erpressung, die sie nicht kampflos hinneh-
men wollte. Empörung durchflutete sie und sie konnte
nicht länger schweigen.

»Du spielst ein gefährliches Spiel, Franco«, trat sie entschlossen für das ein, was ihr wichtig war. »Ich verstehe,
dass eure Familie traditionell ist, aber so schnell schüchterst
du mich nicht ein! Ich werde mich nicht von Vorurteilen
und Ängsten leiten lassen. Flavio und ich gehören zusammen. Wenn eure Familie also wirklich hinter ihm steht,
dann solltet ihr ihm keine Steine in den Weg legen.«

Als Ella später in ihr karges Zimmer zurückkehrte, lastete
die Konfrontation mit Franco schwer auf ihr. Der Autounfall hatte bereits genug Schatten auf ihre Liebe geworfen
und die unverhohlene Ablehnung seiner Familie war ein
weiterer herber Schlag. Der Kuss von Matteo machte die
Situation nur noch komplizierter. Sie musste mit Flavio

sprechen, ihm alles erzählen, bevor Franco die Gelegenheit bekam, die Geschichte zu verdrehen und noch mehr Zwietracht zu säen.

Auch wenn in diesem Moment alles darauf hindeutete, dass ihre Liebesgeschichte zum Scheitern verurteilt war, war Ella fest entschlossen, nicht aufzugeben.

Sie würde um Flavio kämpfen!

20 Schuld und Sühne

Als Ella schließlich mit einer Viertelstunde Verspätung in der lauschigen Enoteca ankam, sah sie Flavio bereits am Tisch sitzen, eine Flasche Wein vor sich. Er sah gut aus in seinem lässigen Hemd und seiner Jeans und seine Augen strahlten, als er Ella begrüßte.

»*Buona sera, mia stella*!« Er erhob sich, um sie herzlich zu umarmen.

Ella erwiderte die Umarmung und fragte mit einem leichten Lächeln: »Kerzenschein und Amarone? Und noch dazu ein so edler Tropfen? Habe ich etwas verpasst? Wir sind doch nur zum Aperitivo verabredet. Gibt es etwas zu feiern?«

Er drückte ihr einen Kuss auf die Wange und rückte ihr den Stuhl zurecht – galant und aufmerksam wie immer. Dann schenkte er die Gläser voll. Flavio war ein wahrer Romantiker, der es liebte, sie mit kleinen Gesten zu überraschen. Heute hatte er für eine besonders einladende Atmosphäre gesorgt und den Tisch mit Rosenblättern bestreut.

»Ja!«, sagte er lächelnd, als er sich wieder setzte, »ich habe heute einen Anruf bekommen. Ich habe endlich das

Ersatzteil gefunden. Jetzt können wir das Auto fertig restaurieren.«

Flavio hatte den ganzen Tag damit verbracht, das fehlende Teil aufzutreiben. Er hatte jede Werkstatt abgeklappert und unzählige Telefonate geführt. Ella wusste, wie viel ihm dieses Projekt bedeutete und sie wollte ihm die Freude nicht nehmen. Doch die Nachrichten von Matteo beunruhigten sie. Sie hatte vorgehabt, Flavio auf den Unfall anzusprechen, um herauszufinden, wie er zu den Vorwürfen gegen seine Familie stand. Außerdem musste sie den Zwischenfall mit Franco aufklären. Aber jetzt, während er ihr lächelnd zuprostete, umgeben von Rosenblättern, schien der Moment unpassend. Wie sollte sie ein so heikles Thema zur Sprache bringen?

Plötzlich fiel Flavios Blick auf das Amulett an ihrem Hals. »Was hat es eigentlich mit diesem Schmuckstück auf sich?«, fragte er neugierig und deutete mit einem Nicken auf den Anhänger aus Damaststahl. Das feine Wellenmuster auf dem Metall schimmerte im flackernden Kerzenlicht und in der Mitte war ein zartblauer Aquamarin in Gold gefasst.

»Das Amulett ist der Gardaseeforelle gewidmet«, erklärte Ella, während sie sacht darüberstrich. »Ich habe es letztes Jahr mit Antonia auf dem ›Garda in Love‹-Festival in Lazise bei einer Goldschmiedin gekauft. Der Legende nach ernährt sich dieser Fisch von Gold und soll der Trägerin Glück bringen.«

»Ein Carpione«, bestätigte Flavio und hob anerkennend sein Glas. »Eine großartige Wahl. Und, funktioniert es? Bist du glücklich mit mir? Ich jedenfalls bin es mehr denn je!«

Ella blickte ihn keck an und erwiderte: »Da gibt es etwas, das du wissen solltest, Flavio, bevor du dich unsterblich in mich verliebst. Ich bin sehr arbeitssüchtig und wenig kompromissbereit. Dazu bin ich wahnsinnig stur und extrem irrational.«

»Das verspricht ja ein netter Abend zu werden«, entgegnete Flavio und prostete ihr schmunzelnd zu. »Also gut: Du warst ehrlich zu mir, also bin ich auch ehrlich zu dir. Ich bin als herzlos verschrien. Außerdem bin ich ein trauriger Typ, der furchtbar eifersüchtig werden kann. Ich bin absolut unfähig, irgendwem zu vertrauen. Der einzige Mensch, den ich – abgesehen von meiner Familie – je geliebt habe, war mein bester Freund. Aber dann kamst du und hast den Zündschlüssel zu meinem Herzen gefunden!«

»Ach, wirklich?«, antwortete Ella und nippte nervös an ihrem Wein. Sie überlegte fieberhaft, wie sie das Gespräch jetzt geschickt auf den Unfall und ihre Begegnung mit Franco lenken könnte. Sicher hatte dieser den Banfis bereits alles brühwarm berichtet.

Doch bevor Ella den Mund öffnen konnte, kam Flavio ihr zuvor: »Ella, ich muss dir etwas Wichtiges beichten.« Mit einem Mal war sein Gesichtsausdruck ernst geworden.

Ella war erleichtert – vermutlich würde er das Thema selbst anschneiden und sie müsste sich nicht winden. »Was ist los?«, erkundigte sie sich, als hätte sie keine Ahnung, worauf er hinauswollte.

Flavio hielt einen Moment inne, als würde er seine Worte abwägen. Er drehte sein Weinglas in den Händen und betrachtete den tiefroten Amarone, der im Licht schimmerte. »Meine Familie ist gegen unsere Beziehung«, gestand Flavio. »Sie glauben, dass eine Deutsche nicht die Richtige für mich ist.«

Ellas Herz setzte einen Schlag aus. Also hatte Franco seine Drohung schon wahrgemacht. Ihr Mund wurde trocken und ein Kloß bildete sich in ihrem Hals. Hastig trank sie einen Schluck Wasser »Woher kommen diese plötzlichen Zweifel?«, fragte sie betont arglos. »Ich dachte, ich hätte mich ganz gut mit allen verstanden. Deine Mutter hat ihre Vorbehalte, klar. Aber so sind Mütter eben. Dein Vater dagegen… Er hat mir sogar Komplimente für mein Italienisch gemacht.

Flavio seufzte, senkte den Blick und strich sich fahrig durch die Haare. »Es geht nicht um Sympathie, Ella. Sie sorgen sich um das Weingut. Ich bin ihr einziger Sohn und sie hatten wohl gehofft, dass ich eine Winzertochter aus der Region heirate.«

Seine Worte trafen Ella wie ein unsichtbarer Hieb. Sie kämpfte mit dem aufsteigenden Gefühl von Ohnmacht und zwang sich, tief durchzuatmen. »Das Weingut… also geht es nur ums Geschäft?«, fragte sie mit einer Bitterkeit, die sie kaum verbergen konnte.

Flavio schüttelte den Kopf, sah sie aber immer noch nicht direkt an. Er ließ seinen Finger über den Rand des Glases gleiten, während er über ihre Worte nachdachte. »Es ist mehr als das. Für meine Eltern ist das Weingut ihr Leben, ihr ganzer Stolz. Sie sehen dich, deine Reisetätigkeit… und sie haben Angst, dass du dieses Leben nicht verstehst, dass du nicht wirklich dazugehören willst.«

Ella starrte ihn fassungslos an. »Ich will nicht dazugehören?« Ihre Stimme bebte vor Empörung. »Hier verdreht jemand gewaltig die Tatsachen. Und wenn du mich fragst, ist das Franco. Das ganze Drama haben wir nur seiner Lästerzunge zu verdanken.«

Flavio blickte sie irritiert an, die Stirn leicht gerunzelt. »Franco? Was hat er damit zu tun?«

»Gestern«, begann Ella, bemüht, ihre Worte vorsichtig zu wählen, »als ich mit Matteo zu Mittag gegessen habe, kam Franco zufällig vorbei – genau in dem Moment, als Matteo... mich geküsst hat.«

In Flavios Augen blitzte es auf. »Er hat dich geküsst?« Unwillkürlich ballten sich seine Fäuste, während die Eifersucht, die er lange unterdrückt hatte, plötzlich in ihm aufwallte. Schon eine Weile hatte er dieses unsichtbare Band zwischen Matteo und Ella gespürt – oder war es nur seine eigene Unsicherheit?

Ella verfluchte sich innerlich. Franco hatte offenbar noch gar nichts gesagt und nun stand sie selbst als Überbringerin der schlechten Nachricht da. »Du verstehst das völlig falsch.« Sie griff sanft nach seiner Hand, in der Hoffnung, dass er ihre aufrichtige Verzweiflung spüren würde. »Bitte hör mir zu. Da ist nichts zwischen uns. Matteo und ich sind nur Freunde. Es war nie mehr als das.«

Flavio schaute sie an und in seinem Blick lag Skepsis. »Nur Freunde?« Er nahm einen tiefen Schluck Rotwein.

Ella nickte. »Ja, nur Freunde. Ich schwöre dir, es war ein Missverständnis. Matteo hat mir nur ein freundschaftliches Bussi gegeben. Ich liebe dich, Flavio. Nur dich.«

Dann erzählte sie ihm die ganze unangenehme Begegnung mit Franco. Als sie geendet hatte, sah sie ihn unsicher an. »Was sollen wir jetzt tun?«

»Ich weiß es nicht«, gab Flavio leise zu, »Franco ist ein verlogener Hund und mit Vorsicht zu genießen. Eines aber weiß ich genau: Dass du mir unglaublich viel bedeutest und ich dich nicht verlieren will.« Seine Stimme klang entschlossen, als er fortfuhr: »Ich bin bereit, alles zu tun, um dir zu zeigen, wie ernst es mir ist. Ich werde unsere Liebe gegen alle Widerstände verteidigen.«

Ella sah ihm tief in die Augen. Er meinte es wirklich ernst. »Du solltest mit deinen Eltern reden, bevor Franco es tut«, schlug sie entschieden vor. »Erkläre ihnen, was du für mich empfindest. Vielleicht gibt es einen Weg, sie zu überzeugen, dass ich keine Bedrohung für das Weingut bin. Dass unsere Beziehung sogar etwas Gutes sein könnte. Vielleicht finden wir einen Kompromiss, mit dem alle leben können.«

»Kompromisse…«, murmelte Flavio schwersinnig. »Mein Leben bestand bisher fast nur aus Kompromissen. Ständig habe ich mich nach den Erwartungen meiner Familie gerichtet, mich ihrem Bild vom Namen Banfi gefügt und ihren Vorstellungen davon, wie das Weingut geführt werden sollte … Vor allem nach dem Unfall …« Er brach kurz ab und Ella konnte den Schmerz in seinen Augen sehen. »Sie haben mir geholfen, ja, aber auch immer im Namen der Familie.« Er schaute Ella eindringlich an. »Ich werde keine Kompromisse mehr eingehen, nicht, wenn es um uns geht. Ich will nicht mehr nur funktionieren, ich will leben – mit dir. Was hältst du davon, wenn wir die Sache offiziell machen?«

»Offiziell?« Ella zog überrascht die Augenbrauen hoch. »Was meinst du?«

Ein entschlossenes Funkeln trat in Flavios Augen. »Ich meine, dass wir meine Familie besuchen und unsere Beziehung öffentlich machen. So als eine Art Verlobung.« Er hob sein Weinglas. »Auf uns!«

Ella war überwältigt von der Wucht seiner Gefühle und rang nach Worten. Doch bevor sie etwas erwidern konnte, griff Flavio in seine Tasche und zog ein kleines Schächtelchen hervor. Mit einem gewinnenden Lächeln ließ er den Deckel aufschnappen und hielt ihr einen eleganten Ring entgegen. Das filigrane Schmuckstück glänzte im Schein der Kerzen und schien wie für sie gemacht – schlicht und doch bedeutungsvoll, ein Symbol ihrer Verbindung. Sie konnte kaum glauben, dass Flavio diesen Moment so liebevoll vorbereitet hatte. Langsam nahm er Ellas Hand, während sie stumm vor Freude und Überraschung den Atem anhielt. Flavio führte den Ring sanft an ihren Finger – er saß perfekt.

»Ja«, flüsterte Ella und ihre Stimme zitterte vor Glück. »Lass es uns tun.« Das war es – die Antwort auf all die Fragen, die Unsicherheiten. Es war der Schritt nach vorn, den sie beide brauchten. Doch kaum hatte sie die Worte ausgesprochen, holte sie die Realität wieder ein. Die Euphorie wich einem ernsteren Ausdruck. »Bevor wir diesen Weg gehen, muss ich erst noch etwas mit dir klären«, sagte sie leise, aber bestimmt.

Flavio runzelte die Stirn. Seine Augen fragten stumm, was los war.

»Es geht um deinen Unfall«, begann Ella vorsichtig. »Du hast es ja eben selbst angesprochen. Ich weiß, dass du mir noch nicht die ganze Wahrheit gesagt hast. Du warst in Untersuchungshaft und es gibt Gerüchte, dass deine

Familie versucht hat, die Staatsanwaltschaft zu beeinflussen, den Unfall zu vertuschen. Ist das die Hilfe im Namen der Familie?«

»Du bist ja gut informiert…« Langsam ließ Flavio den Schmuckschachtel sinken; die romantische Stimmung war zerplatzt wie eine Seifenblase. Er sah sie an, sein Gesicht verhärtete sich in einer Mischung aus Abwehr und innerem Kampf. Er wollte das nicht hören, nicht jetzt, wo sie ihm gerade ihr »Ja« geschenkt hatte. Doch Ella wich seinem Blick nicht aus, entschlossen, die Wahrheit zu erfahren.

Flavio atmete tief ein, als müsste er sich sammeln, dann begann er mit zögerlicher, fast gequälter Stimme: »Ella, die ganze Sache… es ist komplizierter, als du denkst.« Seine Hände zitterten leicht. »Zunächst war die Ursache des Unglücks unklar. Anhand der Bremsspuren stellte man fest, dass die Handbremse gezogen worden war. Ich wurde zum Unfallhergang befragt, aber…« Seine Stimme brach kurz ab, er versuchte, die Kontrolle zu behalten. »Aber ich konnte mich nicht erinnern. Nichts. Es war, als wäre mein Verstand blockiert. Ein Gutachter untersuchte das Wrack und legte seine Ergebnisse der Staatsanwaltschaft vor.« Als er fortfuhr, schaute er weg, unfähig, ihr ins Gesicht zu sehen: »Ja, ich kam in Untersuchungshaft und die Anklage lautete auf fahrlässige Tötung. Ich wurde zu einer Freiheitsstrafe von einem Jahr und neun Monaten auf Bewährung verurteilt. Es war die dunkelste Zeit meines Lebens. Ich habe wirklich… darüber nachgedacht, allem ein Ende zu setzen.« Seine Stimme war jetzt fast tonlos. »Meine Familie hat versucht, mich zu schützen. Ich weiß nicht, was sie getan hat, ob sie die Staatsanwaltschaft bestochen hat… Ich war völlig am Ende. Es waren nicht nur die rechtlichen Konsequenzen – es war meine tiefempfundene Schuld.«

Ella schnürte es die Kehle zusammen. Sie wollte etwas sagen, aber ihre Worte blieben ihr im Hals stecken. Flavio sprach weiter, doch seine Worte klangen zunehmend mechanisch, als ob er sich hinter einer sachlichen, fast technischen Sprache verstecken müsste, um die Kontrolle über seine Gefühle nicht zu verlieren.

»Letztendlich entschieden die Richter, die Vollstreckung der Freiheitsstrafe auszusetzen, da mildernde Umstände vorlagen – ich war zuvor nie strafrechtlich aufgefallen. Zudem wies das Gericht auf die schwerwiegenden Folgen für den Ruf unserer Familie hin.« Flavio schluckte und schaute zu Boden. »Die Hinterbliebenen haben mich auf Schadensersatz und Schmerzensgeld verklagt. Unser Familienanwalt konnte mich schließlich aus der Affäre herausboxen, da nicht geklärt werden konnte, inwieweit Bruno den Unfall mitverursacht hatte. Bei den Ermittlungen war versäumt worden, die Handbremse auf Fingerabdrücke zu untersuchen.« Ella hörte betroffen zu, während Flavio weiter ausführte: »Letztlich wurde es als leichtsinnige Spritztour unter jungen Männern abgetan, was die Gerüchte über mögliche Bestechungen nährte.« Er machte eine Pause. »Ich habe mir darüber so oft das Hirn zermartert. Aber am Ende spielt das alles keine Rolle«, fuhr er mit verzweifelter Miene fort. »Die Wahrheit ist: Ich war am Steuer. Ich hatte getrunken. Und Bruno… er ist gestorben, meinetwegen.« Seine Stimme zitterte und er schloss kurz die Augen, als der Schmerz ihn überrollte. »Es spielt keine Rolle, was das Gericht entschieden hat. Ich war schuld. Ich hätte ein Taxi rufen sollen, aber ich habe es nicht getan.« Er schüttelte den Kopf, als könnte er die Last dieser Entscheidung nie loswerden. »Und jetzt stehe ich hier vor dir und will mit dir in eine gemeinsame Zukunft gehen, doch ich kann die Vergangenheit nicht abschütteln.« Er brach ab, als könnte er die schmerzhaften Erinnerungen nicht länger ertragen. »Man verdrängt bestimmte Dinge. Das ist meine Art, mit negativen Erlebnissen umzugehen. Es ist sicher nicht richtig, aber so handhaben wir das in unserer Familie. Ich habe es nicht anders gelernt… Wenn du mich nicht mehr wiedersehen möchtest, kann ich das gut verstehen.«

Ella konnte sehen, wie sehr ihn die Schuld innerlich auffraß und wie sehr er versuchte, all das hinter einer starren Fassade zu verbergen. Sie wollte ihm beistehen, diesen Schatten, der über ihm hing, zu überwinden. »Flavio…«, flüsterte sie voller Mitgefühl. »Ich weiß, dass ich nicht alles verstehen kann, was du erlitten hast. Aber du bist mir wichtig und ich will dich dabei unterstützen, mit dieser Schuld umzugehen. Nicht weglaufen, nicht verdrängen. Vielleicht… können wir die Unfallstelle besuchen, zusammen. Vielleicht kommt dir dort etwas in den Sinn, etwas, das dir helfen könnte.«

Flavio blickte sie an, überrascht von ihrer Entschlossenheit, die Last mit ihm zu tragen, trotz allem. »Du willst… du willst wirklich bleiben?«

»Ich bin an deiner Seite«, antwortete Ella fest. »Egal, was war. Aber wir müssen einen Weg finden, das hinter uns zu lassen. Gemeinsam.«

Für einen Moment schien es, als wollte Flavio widersprechen, als wollte er sie von sich stoßen, um sie vor dem Schmerz, den er in sich trug, zu schützen. Doch dann ließ er den Widerstand in sich los und nickte schwach. »Okay«, sagte er beinahe flüsternd. »Aber ich weiß nicht, ob ich das durchstehe… Jetzt sofort?«

»Ja«, antwortete Ella energisch. »Ich kann noch fahren. Ich habe nur ein Glas getrunken.«

Flavio sah einen Moment verloren ins Leere. In seinen Augen spiegelte sich eine Mischung aus Furcht und Willenskraft. Schließlich nickte er zögerlich. »In Ordnung. Gehen wir.« Ohne ein weiteres Wort ließen sie Wein, Wasser und die unberührten Snacks auf dem Tisch zurück und bezahlten die Rechnung an der Kasse.

Sie fuhren schweigend stadtauswärts, unterbrochen nur von Flavios gelegentlichen Anweisungen. Nach etwa zehn Minuten Fahrt bogen sie auf eine holprige Straße ein, die sich wie eine schmale Schlange durch die Olivenhaine wand und an endlosen Reihen von Rebstöcken vorbeiführte. Die Kurven wurden immer enger, dicht an dicht standen die Olivenbäume am Straßenrand und warfen lange Schatten im Licht der untergehenden Sonne.

»Da vorne«, sagte Flavio plötzlich leise. Er deutete durch die Windschutzscheibe auf eine Stelle, die in der nächsten Kurve lag. »Genau dort… ist es passiert.«

Ella stoppte den Wagen. Vor ihnen stand ein schlichtes Holzkreuz mit Brunos Namen und den Daten, die sein kurzes Leben markierten.

Die Stille war erdrückend. Ella drehte sich zu Flavio. »Erzähl mir, wie es war«, begann sie behutsam. »Schließ die Augen. Versuche, dich zu erinnern… wie es war, als ihr ins Auto gestiegen seid.«

Flavios Augen weiteten sich, als er auf das Holzkreuz starrte. Sein Atem ging schwer und seine Hände verkrampften sich auf den Knien. Langsam schloss er die Augen und ließ die Erinnerungen aufsteigen, die er so lange verdrängt hatte. Plötzlich durchzuckten ihn die Bilder des schicksalhaften Abends wie ein Blitzschlag, hart und unerbittlich. Er schluckte mühsam, räusperte sich. »Es war Brunos Fiat Panda…«. Er machte eine Pause, als würde er in seiner Erinnerung wühlen. »Ich hatte nur ein Glas Wein... Ich erinnere mich, weil... ich hatte dieses Antibiotikum genommen. Ja, genau. Ich war der Einzige, der noch fahren konnte – Bruno war total betrunken. Seine Freundin, Ornella, hatte sich an diesem Abend von ihm getrennt... auf der Weihnachtsfeier.« Er zögerte, murmelte dann leise zu sich: »Sie sagte, sie könne seine Eifersucht nicht mehr ertragen. Bruno versprach ihr hoch und heilig, sich zu ändern. Aber sie... sie lachte nur. Sie sagte ihm, dass sie bereits einen Neuen hätte.« Wieder hielt er inne. Als er weitersprach, zitterte seine Stimme leicht: »Ja, ja, so war es. Bruno... er ist völlig ausgerastet. Ich habe ihn nach draußen gebracht, damit er sich beruhigt. Auf dem Parkplatz...« Flavio stockte. »Da sind wir aneinandergeraten. Er wollte nicht gehen, schrie, ich hätte ihm den Abend ruiniert. Er meinte, er wäre kurz davor gewesen, Ornella zurückzugewinnen. Er glaubte das wirklich!« Flavio fuhr sich fahrig durchs Haar. »Ich konnte ihn gerade noch davon abhalten, wieder reinzugehen. Als wir ins Auto stiegen... da gab es ein Gerangel. Er wollte nicht einsteigen, wehrte sich. Schließlich habe ich ihn auf den Beifahrersitz gesetzt.« Flavio rieb sich die Stirn, als würde der Schmerz der Erinnerung ihn einholen. »Wir fuhren diese Landstraße entlang und Bruno... er hörte nicht auf, Ornella zu beschimpfen. Er... er war außer sich. Immer wieder sagte er, er wolle es ihr heimzahlen, zurück zur Party, sie zur Rede stellen. Er hat mich geschubst, wollte, dass ich umdrehe. Er hat mir sogar ins Lenkrad gegriffen.« Flavios Stimme wurde leiser, als ihm mit einem Mal das ganze Unglück vor Augen kam: »Dann... dann zog er plötzlich die Handbremse. Mitten auf der Fahrt. Bei voller Geschwindigkeit. Der Panda... er kam ins Schleudern. Alles ging so schnell. Wir drifteten nach rechts und krachten direkt in den Baum dort...« Flavio deutete mit leerem Blick nach vorne. »Frontal dagegen…«

Ella brach es das Herz, ihn so zu sehen. Tränen stiegen in ihr auf, während sie sich ausmalte, welch unvorstellbares Leid er all die Jahre mit sich getragen hatte. Die tiefe Traurigkeit in seinen Augen, die sie so oft bemerkt hatte, machte nun schmerzlich Sinn.

»Ich selbst habe nur eine leichte Kopfverletzung davongetragen«, fuhr Flavio mit brüchiger Stimme fort. »Aber Bruno... er hatte keine Chance. Und auch wenn ich mich jetzt an alles erinnere, bleibt die schreckliche Wahrheit: Ich habe ein Glas Wein getrunken, trotz des Antibiotikums. Es regnete, die Straße war glatt... und ich war viel zu schnell.«

Flavio seufzte schwer, seine Hand glitt über den Hinterkopf, wo die Narbe ihn täglich an den Unfall erinnerte. »Er fehlt mir so sehr«, stieß er plötzlich hervor. Seine Stimme bebte von unterdrückten Tränen. »Wir hatten doch noch so viel vor... so viele Träume…«

21 Fallstricke

Am Samstagmittag machte sich Ella auf den Weg zu den Banfis. Es war ein neongleißender Augusttag in Bardolino und sie hatte sich für ein weißes Kleid entschieden, das ihre sonnengebräunte Haut betonte und sie strahlen ließ. Der Weg zum Weingut war ihr wohlbekannt – sie war ihn ja unzählige Male gefahren – doch heute war alles anders. In ihrem Kopf kreisten die Gedanken: Hatte Franco bereits begonnen, sein Gift zu versprühen? Ob Flavios Familie sie akzeptierte, hing vermutlich davon ab, wie viel Misstrauen er gesät hatte. Sie wusste jetzt, dass die Banfis bereit waren, für ihren Namen Opfer zu bringen. Sie konnte nicht erwarten, als zukünftige Verlobte mit offenen Armen empfangen zu werden. Besonders Orietta, Flavios Mutter, war ihr von Anfang an mit kühler Zurückhaltung begegnet. Ella hatte diese Distanz jedes Mal gespürt, wenn sie im Haus der Banfis war. Würde sie sie jemals als Teil der Familie akzeptieren? Oder blieb sie in ihren starren Vorstellungen verhaftet, in denen Ella nie wirklich willkommen war?

Trotz der kurzen Strecke zog sich die Fahrt ins Unendliche. Mit jedem Kilometer wuchs Ellas Nervosität. Als sie schließlich das imposante Tor des Weinguts passierte, überkam sie das Gefühl, vor einer Prüfung zu stehen, deren Ausgang sie nicht voraussehen konnte. Noch bevor die Panik sie vollends erfasste, erblickte sie Flavio im Hof, der schon auf sie wartete und selig lächelte, als wollte er die ganze Welt vor Glück umarmen.

Flavio konnte kaum erwarten, den nächsten Schritt in eine gemeinsame Zukunft zu gehen – eine Zukunft, in der Ella ein unverzichtbarer Teil seines Lebens wäre. Jeder Tag mit ihr festigte das Gefühl, dass sie seine Freude, sein Anker geworden war. Er hoffte inständig, dass seine Familie in ihr das sähe, was er in ihr sah: die Frau, die ihm geholfen hatte, nach all den Turbulenzen seines Lebens wieder Halt und Zuversicht zu finden. Doch er bezweifelte es…

Flavio schob seine Bedenken beiseite und stürmte Ella entgegen, um ihr aus dem Wagen zu helfen. Einen Moment lang hielt er ihre Hand fest in seiner, bevor er sie zu seinen Lippen führte und einen hingebungsvollen Kuss auf den Finger drückte, an dem der Verlobungsring steckte.

»Wo hast du das Kleid her? Du siehst toll aus, so ganz in Weiß!« Dann beugte er sich vor und küsste sie leidenschaftlich auf den Mund. »Ich will diesen Weg mit dir beschreiten – egal, was kommt.« Seine Stimme war voller Erwartung. »Bist du bereit?«

Ella holte tief Luft und nickte. »So bereit, wie ich sein kann!«

Doch ein Gedanke ließ sie nicht los: Was würde Flavios Mutter sagen, wenn sie den Ring an ihrem Finger sah? Obwohl Ella den Banfis nun schon so oft begegnet war und immer freundlich behandelt wurde, schwante ihr, dass heute die Stimmung kippen würde, sobald Flavio beim gemeinsamen Mittagessen ihre Verlobung verkündete.

Die Begrüßung fiel, wie üblich, höflich aus, doch Ella spürte instinktiv, dass sie nicht wirklich willkommen war. Man setzte sich zu Tisch und das Gespräch plätscherte über belanglose Themen dahin. Unter der Oberfläche aber war die Stimmung frostig wie das Eismeer.

Auch Flavio nahm die angespannte Atmosphäre wahr und wollte Ella zeigen, dass er an ihrer Seite stand. Unter dem Tisch ergriff er ihre Hand und drückte sie sanft. Dann versuchte er, die Stimmung aufzulockern.

»Ella hat sich als hervorragende Mechanikerin bewiesen«, begann er und wandte sich an seinen Vater Camillo. »Wir haben endlich den alten Romeo wieder zum Laufen gebracht, den du in der Scheune abgestellt hattest. Ich konnte das letzte fehlende Teil auftreiben.«

Camillo, der erfahrene Winzer, dessen Ansichten fest in Traditionen verwurzelt waren, zog eine Augenbraue hoch. »*Interessante*...« murmelte er, ohne jegliche Begeisterung. »Das ist nicht gerade eine typische Tätigkeit für eine *donna*, oder?«, wandte er sich an Ella. »Wie bist du nur darauf gekommen?«

Nervös nippte diese an ihrem Wasserglas. Die Situation war unangenehmer, als sie es sich vorgestellt hatte. Aber sie ließ sich nicht beirren und hielt ihren Ton artig.

»Ich habe schon als Kind gerne an Autos geschraubt. Mein Vater ist Mechaniker. Er hatte eine eigene Werkstatt und ich habe die Liebe zum Handwerk von ihm übernommen.«

»Ein Mechaniker, sagst du? *Interessante*…« Camillo schnalzte mit der Zunge und nahm einen Schluck Wein. Er nickte leicht, doch es schien eher eine skeptische als eine anerkennende Geste zu sein. Hinter seiner Höflichkeit spürte Ella eine unsichtbare Wand, die sich haushoch zwischen ihnen aufbaute. Dafür gab es nur eine plausible Erklärung: Franco hatte bereits seine Intrigen gesponnen und sie ausmanövriert.

Kaum war das Essen serviert, übernahm Flavios Mutter die Konversation. Ihr giftgelbes Kleid schien fast zu leuchten, wie Ella bemerkte, und gab Orietta eine geradezu stechende Präsenz am Tisch.

»Guten Appetit, *cara mia*. Ich hoffe doch, unser *Risotto all'Amarone* schmeckt dir – es ist ein altes Familienrezept.« Dann heftete sich ihr phosphoreszierender Blick auf Ella und sie begann diese mit gezielten Fragen zu löchern. »Läuft es eigentlich mit deiner Arbeit besser? Ich hatte den Eindruck, dass du Schwierigkeiten hattest, so oft wie Flavio dir helfen musste.«

Ella schluckte den klebrigen Bissen Reis in ihrem Mund herunter und setzte ein gezwungenes Lächeln auf. »Das Risotto ist wirklich köstlich, danke.« Sie spürte, wie ihre Kehle trocken wurde, als sie fortfuhr: »Es läuft sehr gut. Die Broschüre ist fast fertig und das Consorzio ist äußerst zufrieden mit meiner Arbeit.«

Orietta ließ sich von der Antwort nicht beeindrucken. Ihre Miene blieb kühl, als hätte sie schon entschieden, was sie von Ella und deren Beruf hielt. »Tatsächlich? Trotz der kulturellen Unterschiede und der Sprachbarrieren? Glückwunsch! Aber du hattest ja viel liebevollen Beistand – besonders von deinem Freund Matteo.« Sie prostete Ella mit ihrem Weinglas zu.

Oriettas Worte klangen beiläufig, doch die Spitze war nicht zu überhören. Ella erkannte sofort den verborgenen Vorwurf – Franco musste auch von dem Kuss berichtet haben.

Sie spürte, wie ihr Puls schneller wurde, aber sie bemühte sich, ruhig zu bleiben.

»Ja, es war für alle Seiten ein Erfolg«, antwortete sie knapp, während sich ihre Finger am Tischtuch festkrampften. »Ich habe wertvolle Kontakte für mein Unternehmen geknüpft und mein Chef hat mir eine Beförderung in Aussicht gestellt.«

Flavio, der schweigend dagesessen hatte, warf seiner Mutter einen scharfen Blick zu. Doch deren abfällige Miene zeigte nur zu deutlich, wie wenig Eindruck Ellas Worte auf sie gemacht hatten. Sie ließ sich nicht beirren und bohrte weiter: »Aber deine Zeit hier ist doch begrenzt, oder? Ich meine, dann kannst du bald wieder nach Deutschland zurückkehren?«, sagte sie in einem zuckersüßen Tonfall, der Ella nicht täuschen konnte. Es war offensichtlich, dass Orietta nur wissen wollte, ob sie bald aus ihrem Leben verschwände.

Ella war überrascht von der unerwarteten Direktheit. Sie hielt kurz inne und suchte nach den richtigen Worten. »In drei Wochen müsste ich eigentlich zurück nach München. Dann ist auch mein Resturlaub aufgebraucht«, gab sie schließlich zu und merkte, wie schwer diese Worte wogen. Plötzlich war ihr bewusst, wie viel auf dem Spiel stand. Nicht nur ihre Beziehung zu Flavio, sondern auch ihre berufliche Zukunft hing davon ab, was heute passierte.

»Da werden sich deine Eltern aber freuen!« Oriettas Stimme triefte vor Katzenfreundlichkeit. Sie teilte das Risotto auf ihrem Teller strategisch in mundgerechte Portionen, als würde sie ihren nächsten Schritt kalkulieren. »Sicherlich ziehst du dann wieder bei ihnen ein, oder? Von der Reklame kann man ja nicht leben!«

Der wenig subtile Versuch, Ella herabzusetzen, war unverkennbar, trotzdem traf er sie wie ein Stich ins Herz. Sie fühlte, wie ihre Wangen heiß wurden, und rang um Fassung.

Noch bevor Ella etwas erwidern konnte, sprang Flavio energisch ein. »Es reicht, Mutter!«, rief er, seine Stimme zitterte vor unterdrücktem Zorn. Seine Faust knallte auf den Tisch, die Kristallgläser klirrten.

Orietta zuckte kaum merklich zusammen. Es folgte ein Fingerschnippen und eilfertig schenkte eine Angestellte ihr Wasser nach. Dann widmete sie sich – scheinbar unbeeindruckt – ihrem Essen. Sie war die Königin in diesem Haushalt und regierte alle wie Vasallen, ihre Kinder eingeschlossen.

Camillo hingegen war eher der Verwalter dieses Reiches, ein stiller, doch prinzipientreuer Lenker. Er stellte sein Glas ab und sah seinen Sohn lange an. »Die Arbeit im Weinberg ist anders als in der Reklame.« Sein Tonfall war nüchtern, beinahe belehrend. »Man kann sich nicht einfach zurücklehnen und erwarten, dass alles gut läuft. Es erfordert Hingabe.«

Ella spürte, wie sich die Blicke der Familie auf sie richteten, und straffte die Schultern. Ihre Stimme blieb ruhig, doch ihre Augen verrieten, wie tief verletzt sie war. »Ich mache keine Reklame«, stellte sie klar. Ihre Worte waren scharf, aber beherrscht. »Ich arbeite in der PR-Branche und das mit Erfolg.« Sie stockte kurz, fuhr dann jedoch mit festem Blick auf Camillo fort: »Das Consorzio hat mir ein Angebot gemacht – sie brauchen meine professionelle Unterstützung, um die vielen deutschen Touristen am See zu betreuen. Ich habe mich noch nicht entschieden, aber ich denke, ich werde eine Weile hierbleiben.«

Orietta verzog den Mund säuerlich und ihr eisiger Blick verriet, dass sie ihr Urteil über Ellas Antwort bereits gefällt hatte. »Und was versprichst du dir davon?«, versuchte sie, Ella zu entmutigen. »Das hat doch keine Zukunft. Hast du dir überhaupt Gedanken darüber gemacht, wovon du später leben möchtest? Das Consorzio konnte dir ja nicht mal ein Hotelzimmer bezahlen!«

Die Fronten waren jetzt endgültig verhärtet. Das Essen, das eine nette Familienzusammenkunft hätte werden können, war zu einem bloßen Kräftemessen verkommen. Niemand wagte den ersten Schritt zu einem versöhnlicheren Ton, jeder saß angespannt auf seinem Posten und lauerte auf den nächsten Zug.

Inmitten dieser verpesteten Atmosphäre fiel Oriettas Blick plötzlich auf Ellas Hand, die nach dem Wasserglas griff. Ihre Augen verengten sich zu schmalen Schlitzen.

»Was ist das da?« Ihre argwöhnische Stimme durchschnitt die dicke Luft wie ein Messer. »Etwa ein Verlobungsring?«

Alle im Raum schienen in diesem Moment den Atem anzuhalten. Camillo vergaß zu kauen und ließ sein Besteck sinken. Sein Blick wanderte zwischen Ella und Flavio hin und her. In seinen Augen lag ein Funken Mitgefühl, als ob er ahnte, dass das, was jetzt kam, unausweichlich war. Doch seine stille Haltung verriet ebenso, dass auch er von dieser Verbindung nicht viel hielt.

Ella atmete tief ein, fühlte, wie sich ihr Herzschlag beschleunigte. »Ich verstehe Ihre Bedenken«, begann sie mit fester Stimme, obwohl sie innerlich bebte. »Aber Flavio und ich haben starke Gefühle füreinander. Wir möchten doch nur eine Chance.«

Orietta schnaubte verächtlich und ihr Blick verfinsterte sich. »Chance? *Quale chance?* Wir haben genug gesehen, um zu wissen, dass das nicht gut enden wird.«

Die Worte trafen Ella wie eine Faust ins Gesicht. Doch das war nichts, gegen das, was als Nächstes kommen sollte.

Orietta lehnte sich leicht vor und kalter Triumph blitzte in ihren Augen auf.

»Aber dein Reporter-Freund wird sich sicher freuen, wenn du es dir bei ihm gemütlich machst!«

Mit dieser giftigen Bemerkung ließ sie die Katze aus dem Sack: Franco hatte der Familie von dem Kuss zwischen Ella und Matteo im Restaurant berichtet – und das war erst der Anfang. Genüsslich enthüllte Orietta Gerüchte, die mittlerweile in Bardolino kursierten. Ein Picknick im Weinberg, bei dem Ella und Matteo sich angeblich wie ein verliebtes Paar verhalten hätten. Umberto, der alte Winzer, war ein Freund von Matteos Vater und hatte die Geschichte beim Winzerstammtisch herumposaunt, von wo aus sie schnell die Runde gemacht hatte. Orietta war überzeugt: Ella hatte Flavio betrogen. Sie glaubte, dass diese Frau nur Ärger brachte – und jetzt ließ sie ihre apokalyptischen Anschuldigungen ohne jegliche Zurückhaltung auf Ella niederprasseln.

Ihre Vorwürfe schlugen ein wie ein verhängnisvolles Unheil, das alles vernichtete. Ellas Hände begannen zu zittern, während ihre Kehle sich zuschnürte. Das Picknick!

Natürlich... Jetzt ergab das misstrauische Verhalten der Familie einen Sinn. Und Francos Lügen, die sich wie Gift verbreitet hatten, schienen ihre Wirkung voll entfaltet zu haben. Sie wollte widersprechen, erklären, dass alles anders war, doch die Worte blieben ihr im Hals stecken.

»*È assurdo*! Das ist absurd!« Flavio sprang auf, seine Stimme bebte vor Wut und Enttäuschung, während sein Blick fassungslos zwischen seinen Eltern hin- und herschoss. »Dass ihr diesen Unsinn wirklich glaubt! Ella würde niemals etwas tun, was unsere Beziehung gefährdet.« In seinen Augen flammte wilde Empörung.

Orietta blieb unbewegt. Sie seufzte auf und ihr inquisitorischer Blick sprach Bände – sie hatte sich ihre Meinung über Ellas Absichten längst gebildet. »Flavio, ich weiß, du bist verliebt, aber wir müssen auch an die Familie denken. Wir können uns keine weiteren Skandale leisten.«

Flavio schnaubte verächtlich. »Skandale? Es gibt keine Skandale. Ella hat nichts falsch gemacht. Es ist unglaublich, dass ihr solche Gerüchte weiterverbreitet.« Die Selbstbeherrschung entglitt ihm mehr und mehr. »Ella und ich haben unsere Zukunftspläne bereits besprochen und ich stehe voll und ganz hinter ihr«, erklärte er zornig.

Seine Mutter schwieg einen Moment, dann hob sie die Schultern. »*Certo, caro*. Natürlich, Liebling. Ich mache mir nur Sorgen. Das Weingut steht nun mal an erster Stelle, *capisci*? Du weißt selbst am besten, wie wichtig es ist, unseren Ruf zu schützen. Wir haben dich schon einmal aus einer brenzligen Lage herausgeholt. Das war hart für uns alle. Sieh zu, dass du die Familie nicht noch einmal in Probleme verwickelst.«

Flavio war fassungslos. »Ich werde niemanden in Schwierigkeiten bringen. Und egal, was ihr sagt – meine Entscheidung steht fest.«

Camillo erhob sich langsam, seine Hände zitterten leicht, als er sich mit mühsamer Beherrschung an Flavio wandte. »*Ragazzo mio!* Wir haben nichts gegen diese junge Frau. Versteh das nicht falsch. Aber es geht nicht nur um uns, um deine Mutter oder mich. Es geht um unsere Tradition, um unseren guten Namen, den wir über Jahrzehnte aufgebaut haben. Hier kennt jeder jeden und wir tragen Verantwortung für unser Erbe. *Non si può*! Wir können nicht einfach eine Frau akzeptieren, die unsere Kultur und Sprache nicht teilt.«

Flavio war schockiert von den Worten seines Vaters. Er hatte bis zuletzt gehofft, dass seine Eltern Ella annehmen würden, denn sie war eine wundervolle Frau. Doch sie schienen dies nicht zu erkennen.

»Papà, ich verstehe deine Bedenken, aber ich liebe Ella. Sie ist anders als alle Frauen, die ich je kennengelernt habe. Ich kann mir ein Leben ohne sie nicht vorstellen«, lautete seine kompromisslose Antwort.

Die Eltern schwiegen darauf beharrlich und eine peinliche Stille legte sich über den Tisch. Der Raum war erfüllt von unausgesprochenen Vorwürfen, tiefem Misstrauen und der unüberwindbaren Kluft zwischen den Anwesenden. Tränen brannten in Ellas Augen, doch sie zwang sich, Haltung zu bewahren. Sie würde vor diesen Menschen nicht weinen – diesen Triumph würde sie ihnen nicht gönnen.

Abrupt stand sie auf. »Es ist wohl besser, dass ich jetzt gehe. Wie heißt es doch? Man sollte gehen, bevor es richtig schön wird! Vielen Dank für das Essen – auch wenn ich nicht nachvollziehen kann, warum Sie mich überhaupt eingeladen haben. Brauchen Sie jemanden zum Niedermachen? Ist das Ihre vielgepriesene Banfi-Ehre?« Mit diesen Worten wandte sie sich ab und verließ das Haus, ohne noch einmal zurückzublicken.

Flavio eilte ihr nach. »Warte bitte! Es tut mir so leid wie sie dich behandelt haben!«, rief er atemlos, als er sie einholte.

Ella blieb stehen, versuchte ein Lächeln, doch es verrutschte ihr. »Schöne Verlobungsfeier…«, murmelte sie traurig. »Ich weiß, dass sie nur dein Bestes wollen. Dieses Desaster verdanken wir vor allem Franco.«

»Vielleicht, aber das gibt ihnen nicht das Recht, dich so zu verurteilen«, stieß Flavio heftig hervor. Er nahm ihre Hand und drückte sie fest an sein Herz.

Ella fühlte, wie wild es klopfte, sah die Verzweiflung in seinem Blick. Die Wärme seiner Berührung spendete ihr für einen Moment Trost. Doch tief in ihrem Inneren fühlte sie ihren Mut schwinden. Der Tag hatte einen dunklen Schatten auf ihre Beziehung geworfen.

22 Trost und Schokolade

Ella hatte Antonia in das gemütliche Café »Fantasia« am See eingeladen, einen Ort, den die beiden schon oft gemeinsam besucht hatten. In letzter Zeit war Ella häufig allein hier gewesen. Für sie war es zum Rückzugsort geworden, ideal, um ihr Gedanken- und Gefühlschaos zu ordnen. Doch heute brauchte sie mehr als nur ihre Ruhe – sie brauchte dringend den Rat ihrer besten Freundin.

Der Wetterbericht hatte recht behalten: Der Himmel über der kleinen Hafenstadt war trübe und verhangen, passend zu ihrer gedrückten Stimmung. Normalerweise liebte Ella es, entspannt an der Uferpromenade entlangzuschlendern, doch heute nahm sie die Abkürzung durch die schmalen Seitengassen. Ihre Schritte waren hastig, fast nervös – sie konnte es kaum erwarten, Antonia alles zu erzählen.

Als sie das »Fantasia« betrat, schlug ihr der Duft von frisch gebrühtem Kaffee und süßem Gebäck entgegen. Ihre Freundin saß schon an ihrem gewohnten Platz direkt am Terrassenfenster, durch das die aschgraue Welt hereinschaute. Als Antonia sie entdeckte, winkte sie ihr aufgeregt zu.

»Da bist du ja! Ich habe bereits für dich bestellt – einen Cappuccino und ein *cornetto al cioccolato*. Schokolade fühlt es, wenn du unglücklich bist«, verkündete sie. »Und ich auch!«

Ihr strahlendes Lächeln war so voller Wärme, dass Ella sofort ein Gefühl der Geborgenheit überkam. »Ich habe eine gute und eine schlechte Nachricht«, begann Ella, während sie sich niedergeschlagen auf den Stuhl sinken ließ.

Eigentlich war Antonia ein kleiner Morgenmuffel, den man vor dem ersten Kaffee besser nicht ansprach. Doch jetzt wirkte sie hellwach. »Schieß los«, entgegnete sie, gespannt, was ihre Freundin zu berichten hatte.

»Ich bin verlobt!«, platzte es aus Ella heraus.

Antonia zog die Augenbrauen hoch und grinste. »Nicht wahr! Und da machst du so ein Gesicht? Ist das die schlechte Nachricht?«

Ella war nicht zum Scherzen zumute. »Nein, die schlechte Nachricht ist, dass Flavios Eltern nicht gerade in Hochstimmung darüber sind, dass er sich in eine Ausländerin verguckt hat.«

»Erzähl mir alles!« Antonia war ganz Ohr und lehnte sich leicht nach vorn.

Ella blickte durch das Fenster auf die wolkenverhangene Aussicht und presste die Lippen zusammen. »Ich weiß nicht, wo ich anfangen soll, Toni. Es war ein absoluter Albtraum.« Ihre Stimme klang brüchig. Wie sollte sie Antonia all das erklären? Sie konnte ja selbst kaum glauben, wie einschneidend sich ihr Leben in den letzten Tagen verändert hatte.

Ella nahm einen tiefen Atemzug, sammelte sich und begann dann, den Besuch bei den Banfis zu schildern. Sie erzählte, wie die Eltern sich eine Frau für ihren Sohn wünschten, die aus der Region stammte – idealerweise aus einer

Winzerfamilie oder zumindest aus der Landwirtschaft. Flavio war ihr einziger Sohn und es war für sie selbstverständlich, dass er das Weingut fortführen würde.

»Und dann die harten Worte seiner Mutter«, fügte Ella hinzu und starrte auf ihre Gabel, während sie das *cornetto* auf ihrem Teller hin- und herschob. »Sie hat mir klargemacht, dass ich niemals wirklich Teil ihrer Familie sein werde. Antonia runzelte die Stirn. Doch bevor sie etwas sagen konnte, fuhr Ella fort: »Und als sie den Verlobungsring gesehen hat… Ein Moment, der so voller Freude sein sollte. Stattdessen fühlte es sich an, als wäre ich in einem falschen Film.« Ella legte die Gabel beiseite und blickte Antonia traurig an. »Die Eltern wollen uns auseinanderbringen. Flavio liebt mich, das weiß ich. Aber seine Familie…«

»Blöde Vorurteile!« Antonias Augen funkelten vor Entrüstung. »Hör zu, Ella. Was auch immer seine Familie denkt, es geht um dich und Flavio. Ihr beide müsst das entscheiden, nicht sie.« Sie legte ihre Hand beruhigend auf Ellas Arm und sprach eindringlich weiter: »Wenn Flavio bereit ist, für euch zu kämpfen, dann solltest du es auch tun. Lass ihn doch beweisen, dass er zu dir steht und nicht zu den Plänen seiner Eltern!«

Ella seufzte tief. »Ich weiß nicht, ob wir das durchstehen. Seine Eltern… sie machen es uns so schwer.« Sie erzählte Antonia von Oriettas herablassenden Bemerkungen über ihren Beruf. »Sie hat meine Karriere regelrecht abgetan. Seine Eltern sehen meine Reisetätigkeit und meine Unabhängigkeit als Bedrohung – nicht nur für unsere Beziehung, sondern auch für das Weingut. Sie wollen eine Ehefrau, die sich völlig unterordnen kann, und das bin ich nicht.«

Antonia fiel das Schokohörnchen aus dem Mund. Ungläubig starrte sie Ella an. »Das ist ja wie im Mittelalter. Deine Unabhängigkeit ist doch genau das, was dich ausmacht. Du solltest dich nicht verbiegen, um deren Erwartungen zu entsprechen.«

Ella zuckte mit den Schultern und seufzte erneut. »Leichter gesagt als getan«, flüsterte sie. »Es gibt nämlich noch mehr schlechte Nachrichten. Die Eltern haben mir unterstellt, ich hätte eine Affäre mit Matteo! Die Blicke, Toni... als hätte ich etwas Unverzeihliches getan.«

Antonia schaute sie besorgt an. »Eine Affäre? Und wie kommen sie darauf?«

Ella erzählte von Franco und wie er sie beim Kuss mit Matteo gesehen hatte. »Er hat es gegen mich verwendet, damit die Banfis Druck auf mich ausüben. Franco ist skrupellos und spielt sicher ein doppeltes Spiel. Einerseits würde er alles tun, um Flavio und mich zu sabotieren. Gleichzeitig versucht er, einen Keil zwischen Flavio und seine Familie zu treiben. Er weiß, wie ernst es Flavio mit mir ist und dass er mich niemals fallen lassen würde. Am Ende kann sich der Cousin dann als Retter in der Not präsentieren. Er spekuliert wohl darauf, dass die Banfis ihm eines Tages die Leitung des Weingutes übertragen.«

Antonia war für einen Moment sprachlos. Dann kniff sie wütend die Augen zusammen. »Was für ein intriganter Mistkerl!«, fauchte sie. »Wir müssen unbedingt etwas gegen Franco unternehmen. Manchmal sind die härtesten Kämpfe genau die, die es am meisten wert sind. Und ich werde natürlich hinter dir stehen. Wir werden einen Weg finden, um diese albernen Vorurteile zu entwaffnen. Ich muss nur ein bisschen nachdenken...« Sie kratzte sich am

Kopf, dann zuckte sie mit den Schultern und grinste schief. »Liebe kann echt kompliziert sein, oder?«

Ella lächelte schwach. »Ich weiß, ich kann mich auf dich verlassen. Es tut gut zu wissen, dass ich dich habe. Du bist wie eine Schwester für mich.«

Ein warmer Ausdruck breitete sich über Antonias Gesicht aus. »Du wirst das schaffen! Du hast bereits den ersten Schritt gemacht, indem du dich mit Flavio verlobt hast. Ich freue mich trotz allem für dich! Erzähl mir doch von dem Antrag. Ich will alle Details hören!«

Ella war immer noch überwältigt von dem Ereignis. Mit leuchtenden Augen beschrieb sie die Enoteca, die romantische Atmosphäre, den mit Rosenblättern bedeckten Tisch. Wie überrascht sie gewesen war, als Flavio plötzlich den Ring aus seiner Jackentasche gezaubert hatte, ohne Vorwarnung, mitten beim Aperitivo. Ihr Herz hatte vor Aufregung schneller geschlagen, aber gleichzeitig hatten sich Zweifel in die Freude gemischt.

»In dem Moment wurde mir klar«, fuhr Ella fort, »dass ich erst die Gerüchte über den Autounfall klären musste, die noch zwischen uns standen.« Sie berichtete Antonia, wie sie mit Flavio zur Unfallstelle gefahren war und wie er sich schließlich an alle Details des Unglücks erinnert hatte. »Es war nicht seine Schuld«, sagte sie leise. »Sein Freund Bruno war sturzbetrunken. Er hatte ihm ins Lenkrad gegriffen und dann die Handbremse gezogen…« Ella seufzte und fügte erleichtert hinzu: »Er hat mir alles erzählt, und es gibt keine Geheimnisse mehr zwischen uns. Ich kann ihm voll und ganz vertrauen. Darum konnte ich auch ›Ja‹ sagen. Ich weiß jetzt, dass er der Richtige ist.«

»Du bist dir also ganz sicher?«, hakte Antonia nach und es klang ein wenig ungläubig. »Trotz der Familie?«

Ella nickte langsam, während sie zum Fenster hinaussah und über die Frage nachdachte. Der Nebel hatte sich verzogen. Die Wolken strebten himmelwärts ihrer Auflösung entgegen. Bald könnte sogar die Sonne durchbrechen. Sie erinnerte sich daran, wie glücklich sie mit Flavio gewesen war, bevor das Misstrauen aufkam.

»Ich bin froh, dass ich die Wahrheit weiß. Aber ich schäme mich dafür, dass ich an ihm gezweifelt habe«, sagte sie schließlich. »Danke, Toni. Es hilft so sehr, mit dir zu reden.«

Antonia grinste. »Jedenfalls ist mir dein Verlobter sehr willkommen – dann könnt ihr zusammen meinen gelben Alfa Romeo Spider reparieren. Da ist ja immer was zu tun, so anfällig wie die Karre ist!« Ernster fügte sie hinzu. »Aber wenn du jemals das Gefühl haben solltest, dass du mit Flavio nicht glücklich bist, stehe ich dir zur Seite.«

Ella lächelte dankbar. »Du bist die beste Freundin, die man sich wünschen kann, Toni.« Sie fühlte, wie eine Last von ihren Schultern fiel. Wenn sie ihre Sorgen mit Antonia teilte, dann verflüchtigten sich ihre schlimmsten Ängste wie Nebelschwaden in der aufgehenden Sonne. Auch Matteo und Noah hatten sich in dieser turbulenten Zeit als echte Stütze erwiesen. Ella liebte ihre Freunde und dankte dem Himmel dafür, ihre Schicksale miteinander verknüpft zu haben.

23
Vom Vater zum Sohn

Der Geruch von Most lag schwer in der Luft. Camillo war in seinem Element: Er überwachte mit gewohnter Hingabe den Kelterprozess und seine Augen leuchteten, als er wieder einmal von der langen Tradition der Banfi-Familie sprach. Flavio lehnte an der Ziegelsteinmauer der Kellerei, umgeben vom sanften Blubbern der Fermentationstanks, in denen die frisch gepressten Trauben ihren Weg in den Gärprozess fanden – ein Prozess, der Wochen dauern konnte. Groß und silbrig standen die Behälter in der Mitte des Gewölbes, jeder für Tausende von Litern Most ausgelegt. Sie bildeten das technische Rückgrat der Kellerei. Camillos Rücken hingegen war schmerzhaft gekrümmt – Flavio bemerkte besorgt, wie tief sich die Jahrzehnte harter Erntearbeit und der Einsatz schwerer Maschinen in seine Haltung eingegraben hatten.

»Das ist der entscheidende Moment«, erklärte Camillo, während er die Ventile der Tanks prüfte. »Die Temperatur darf nicht zu hoch sein, sonst verliert der Wein seine Fruchtigkeit. Aber auch nicht zu niedrig, sonst dauert die Gärung zu lange.« Er hatte diesen Satz schon hundertmal gesagt, doch jedes Mal lag darin dieselbe Ehrfurcht. Für Camillo war das nicht bloß Wissenschaft, sondern eine Kunst.

Flavio beobachtete, wie sein Vater den Most mit geübten Handgriffen prüfte. Dieser nahm eine Probe, ließ den dunklen Saft langsam über seine Zunge rollen und schloss die Augen, als ob er in diesem Moment die gesamte Geschichte der Banfi-Familie schmecken könnte. Jede seiner Bewegungen war eingespielt und präzise, als wäre der Arbeitsprozess Teil eines uralten Rituals. Sogar die Pressen arbeiteten mit ihrem stetigen, leisen Hämmern im Takt dieser Tradition, während sie unermüdlich den Saft aus den Beeren zogen. Das Weingut war Camillos Leben, sein Vermächtnis. Sein Großvater hatte den Betrieb eigenhändig aufgebaut. Sie waren durch Krisen und gute Zeiten gegangen, um den Namen Banfi zu dem zu machen, was er heute war. Der Stolz auf diese Leistung stand Camillo ins Gesicht geschrieben. Flavio wusste, dass es bald an ihm lag, dieses Erbe weiterzuführen. Für ihn war es zunehmend eine Last, dass alles seit Generationen nach einem festen Plan ablief – vorhersehbar, routiniert. Die Welt sich um sie herum veränderte sich nun mal schneller, als sie es taten. Konnten sie wirklich einfach so weitermachen wie bisher? Flavio seufzte leise.

»Es geht um das richtige Gefühl«, sagte Camillo und hob dabei eine Hand, als wolle er die Luft selbst greifen. »Aber auch um Verantwortung. Ein einziger falscher Schritt – ein zu langes Warten, ein Moment der Unachtsamkeit – und der ganze Jahrgang ist dahin.« Er ließ seine Worte einen Augenblick im Raum nachhallen, bevor er

Flavio fest anblickte. Seine eisblauen Augen schienen jeden Zweifel durchdringen zu wollen. »Flavio, du bist mein Sohn und das wird sich nie ändern. Aber ich mache mir Sorgen.«

Camillo atmete tief durch, seine Stimme war eindringlich. »Ich habe nichts gegen Ella persönlich. Wirklich nicht. Doch was bringt sie dir? Sie hat keine Ahnung von Wein, sie versteht nicht, was es heißt, hart zu arbeiten, sich dem Zyklus der Natur zu unterwerfen. Sie spricht ja nicht einmal richtig Italienisch. Mit den Männern nimmt sie es auch nicht so genau. Was ist, wenn sie nur hinter unserem Geld her ist?« Er runzelte die Stirn, als wollte er das Gewicht seiner Worte verstärken. »Wir haben schon einmal alles für dich riskiert, damals, als du neunzehn warst. Doch jetzt bist du erwachsen. Ein Mann. Und ein Mann muss lernen, Verantwortung zu übernehmen.« Seine Stimme wurde etwas weicher, aber blieb streng. »Es ist Zeit, Flavio. Zeit, dass du dir klar wirst, was wirklich zählt.«

Flavio lauschte dem leisen Gurgeln des Mostes, das Echo der Worte seines Vaters hallte in seinem Kopf. Wie falsch sein Vater Ella einschätzte! Sie war so viel mehr, als er in ihr sah – klug, stark und voller Leidenschaft. Aber das verstand Camillo nicht. Flavio wollte den Anschuldigungen widersprechen, wollte Ella verteidigen, doch er wusste, dass es nichts brachte. Stattdessen schwieg er, biss die Zähne zusammen. Jedes weitere Wort würde den Konflikt zwischen ihnen nur vergrößern. In ihm wuchs der Zweifel. Konnte er jemals so in der Welt des Weins aufgehen wie sein Vater? Während der alte Herr jeden Schritt mit Hingabe und Detailverliebtheit überwachte, fragte sich Flavio, ob diese

Uralt-Methoden, so sehr sie auch das Herz des Familienbetriebs ausmachten, wirklich der einzige Weg waren. Und war das überhaupt sein Weg? Die Kluft zwischen den beiden fühlte sich für Flavio plötzlich wie ein unüberwindbarer Abgrund an. Er sah das Erbe zunehmend als Bürde, die er tragen sollte, nicht als einen Traum, den er verwirklichen wollte. Camillo dagegen lebte und atmete den Wein, als wäre er selbst Teil des Bodens und der Reben.

»Die Familie Banfi hat einen großen Namen«, fuhr Camillo mit unbeirrter Selbstverständlichkeit fort, während er eine weitere Probe verkostete. »Unsere Weine sind berühmt, unsere Anbaumethoden werden über Generationen weitergegeben und verfeinert.« Er seufzte und massierte sich den schmerzenden Rücken. »Aber seit dem Bandscheibenvorfall kann ich die Verantwortung für unsere Weinberge nicht mehr allein tragen. Es wird Zeit, dass du die Leitung des Gutes übernimmst. Ich brauche dich jetzt.«

Die Worte trafen Flavio mit voller Wucht. Er spürte, wie das Gewicht der familiären Verpflichtung schwer auf seinen Schultern lastete, doch anstatt Stolz oder Begeisterung fühlte er tiefes Unbehagen.

»Papà, ich höre, was du sagst«, begann er vorsichtig. »Aber ich kann nicht einfach so tun, als sei alles in Ordnung. Ja, wir haben einige der besten Weine Italiens hervorgebracht, nur haben wir in den letzten Jahren den Anschluss verpasst. Es gibt neue Technologien, nachhaltigere Anbaumethoden. Wir könnten so viel mehr tun, um das Weingut nicht nur zu bewahren, sondern weiterzuentwickeln.«

Camillo hörte kaum hin. Er hob das Glas mit der Probe gegen das Licht, ließ den Wein daran entlanggleiten und schwenkte ihn bedächtig, ganz in seinem eigenen Rhythmus gefangen, blind für alles, was über diese alten Mauern hinausging.

»Die Banfi-Weine sind einzigartig, weil wir sie so herstellen, wie es seit jeher Tradition ist«, entgegnete er knapp, ohne wirklich auf Flavios Worte einzugehen. »Es gibt Dinge, die sich nicht ändern lassen, ohne ihre Seele zu verlieren. Das Weingut ist ein Traum, mein Sohn, und du wirst es erben. Das hier ist deine Zukunft!«

Flavio biss sich auf die Lippen. Die Trauben, die Fässer, der Most – all das war für seinen Vater Teil eines Erbes, das zu bewahren ihm wichtiger war als jede Innovation. Wenn sie nicht bald nachzogen, würde dieses Weingut, so traditionsreich es auch war, die Konkurrenzfähigkeit verlieren.

»Ein Traum?« Flavio lachte bitter. »Wenn du mich fragst, ist es ganz schön heruntergekommen.«

Camillo blinzelte verwundert und hielt in seiner Bewegung inne. »Heruntergekommen? Was willst du damit sagen? Du machst Witze!« Er grinste breit, doch es war ein Lächeln, das mehr Ungeduld als Verständnis zeigte. »Nein, mein Sohn, das sind nur die Spuren der Zeit, Reminiszenzen an eine vergangene Epoche. So ist es und so war es schon immer.«

Der Raum war erfüllt vom Aroma der frisch gelesenen Trauben, die so intensiv süßlich-herb rochen, dass es Flavio den Atem abschnürte. Er betrachtete seinen Vater, wie er nach einer Handvoll tiefvioletter Früchte griff. Camillo ließ sie durch seine Finger gleiten und prüfte deren Konsistenz. Sein geübtes Auge konnte bereits daran erkennen, wie gut der Jahrgang würde. »Siehst du das?«, fragte Camillo und hielt Flavio eine pralle, dunkle Traube hin. »Diese Farbe, diese Festigkeit – perfekt.«

Doch Flavio wollte nicht einlenken. »Unser Wein ist schlichtweg nicht mehr erstklassig«, versetzte er mit Nachdruck. »Das Bouquet erinnert an nasse Wollsocken, am Gaumen kratzt er wie Schmirgelpapier, und der Abgang ist... muffig. Das ist kein Scherz! Der Wein, den wir hier machen, ist Lichtjahre entfernt von höchster Qualität.«

Camillo wurde still, seine Miene erstarrte. »Das kann nicht dein Ernst sein. Du weißt nicht, was du tust, und wovon du redest.«

Flavio blieb fest. »Hör mir doch mal zu! Ich schlage vor, dass wir die Trauben nicht mehr entstielen. Das gibt dem Wein Struktur und eine intensivere Farbe. Mit den Stielen pressen – das könnte unser Ass im Ärmel sein!«

»Nein!«, fuhr Camillo erregt dazwischen. »Es wird nach Essig schmecken! Du hast keine Ahnung – das wird nur Säure und Tannin, nichts weiter.«

»Du sprichst von Säure und Tannin, aber ich rede von Aroma«, entgegnete Flavio ungeduldig. »Spitzenweine wie der Barolo aus dem Piemont verkaufen sich durch ihren Charakter, nicht durch Neutralität. Aber dieser Wein hier … das ist Abwaschwasser!«

Camillos Augen verengten sich zornig, seine Stimme bebte. »Vergiss es, ich sage nein! Wir haben es nie so gemacht und wir werden es auch nicht so machen. Ich arbeite nicht mehr mit dir. Du bist verrückt! Daran ist nur diese Deutsche schuld.« Camillo war außer sich. »Franco hat recht. Ihm die Leitung des Weinguts zu übertragen ist die richtige Entscheidung.«

Flavio zuckte zusammen, sein Vater hatte ihn tief getroffen. Dennoch sprach er entschlossen weiter, als hätte er den Einwurf nicht wahrgenommen: »Wir brauchen keinen Franco, sondern einen Önologen. Jemanden, der die Böden analysiert, die Pflanzen prüft, uns professionell berät. Unsere Reben haben Frostschäden.«

»Wie dein Herz!« Camillo schrie förmlich, seine Augen blitzten vor Wut. »Du willst mir meine Reben wegnehmen? Das hier ist mein Leben, Flavio! Weißt du überhaupt, was es heißt, Wein zu lieben? Tag für Tag den Launen der Natur ausgesetzt zu sein? Diese Erde hat meinen Rücken krumm gemacht und meine Hände zu Stein. Aber sie hat mich auch gestärkt!«

Flavio schluckte. Er wusste, dass sein Vater mit jeder Faser seines Seins an diesem Land hing. Doch genau das war das Problem. »Ich respektiere das, Vater«, sagte er leise. »Aber ich kann nicht tatenlos zusehen, wie das Erbe deines Großvaters zerfällt! Unsere Reben sind erschöpft. Sie brauchen Pflege. Wir müssen neue Wege gehen, sonst steuern wir auf eine Katastrophe zu.«

Camillo starrte ihn an, als hätte er einen Schlag ins Gesicht bekommen. »Eine Katastrophe?« Seine Stimme zitterte zornig. »Das hier ist kein Geschäft, das man einfach aufgibt, Flavio. Unsere Familie hat dieses Weingut mit harter Arbeit aufgebaut. Du sprichst, als wäre das alles wertlos.«

»Ich sage nur, dass wir aufpassen müssen. Wenn wir so weitermachen, wird unser Wein bald ungenießbar sein«, erwiderte Flavio erschöpft. Er wollte nicht mit seinem Vater streiten, aber die Realität ließ ihm keine Wahl.

Camillo nahm einen tiefen Atemzug und seine Stimme senkte sich zu einem rauen Flüstern. »Weißt du, was einen Mann ausmacht, Flavio? Nicht die Siege. Es sind die Niederlagen. Die Kämpfe, die er verliert, lehren ihn, den Wert des Erfolgs zu schätzen. Du bist jung, du willst alles sofort ändern, alles besser machen. Aber manche Dinge brauchen Zeit. Diese Weinberge haben unsere Familie über Generationen getragen. Denkst du, ein paar schlechte Jahre bedeuten das Ende?«

Ohne Flavio eines weiteren Blickes zu würdigen, drehte er sich abrupt um. Wütend und tief verletzt stapfte er die Treppe hinauf ins Freie, stieg auf seinen alten Lamborghini-Traktor, startete den Motor und knatterte davon.

24 Friends Will Be Friends

Das seit Tagen über dem See hängende Tiefdruckgebiet war endlich abgedreht. Ella saß in dem frisch renovierten Alfa Touring, den ihr Flavio geliehen hatte, und brauste zum Abendessen mit ihren Freunden nach Lazise. Der rote Lack des Cabrios glänzte im tiefstehenden Sonnenlicht, als sie auf den Parkplatz in der Via Della Scala einbog, wo Matteo bereits auf sie wartete. Er hob beeindruckt die Augenbrauen, als er das Auto sah.

»Wow, hast du im Lotto gewonnen?«, fragte er mit einem breiten Grinsen.

Ella lachte, strich sich ihr vom Wind zerzaustes Haar glatt und winkte ab. »Nein, nur eine Leihgabe von Flavio. Er kommt später nach. Er hatte noch etwas mit seinem Vater zu besprechen.«

»Ah, alles wieder Friede, Freude, Eierkuchen bei euch? Konntest du die Vorwürfe gegen ihn aufklären? Ich habe übrigens nichts weiter herausgefunden.«

»Nicht so schlimm. Wir waren gemeinsam an der Unfallstelle und Flavio hat sich endlich daran erinnert, was wirklich passiert ist. Seine Amnesie hat sich gelöst – tatsächlich war es sein Freund, der den Unfall verursacht hat. Trotzdem quält ihn die Schuld noch immer, aber wir haben alles offen besprochen.« Ella machte eine kurze Pause und sah Matteo mit einem kleinen Lächeln an. »Und wir haben uns verlobt.«

Dieser lächelte mit aufrichtiger Herzlichkeit zurück. »Das ist großartig! Ich freue mich wirklich für euch beide. Dann steht eurem Glück ja nichts mehr im Weg, oder?«

Ellas Lächeln erstarb und sie kniff betroffen die Lippen zusammen. »Wenn es mal so wäre. Aber leider steht uns die ganze Banfi-Sippe im Weg. Sie würden alles tun, um ihren guten Ruf zu wahren – selbst über Leichen gehen, wie man gesehen hat.« Ihre Stimme hatte einen sarkastischen Unterton angenommen. »Besonders Flavios Cousin Franco hat uns übel mitgespielt. Stell dir vor, Matteo! Er hat unsere Freundschaft ins falsche Licht gerückt, behauptet, wir hätten eine Affäre, nur weil du mir bei unserem Abendessen ein Küsschen gegeben hast. Jetzt denken seine Eltern, wir hätten etwas miteinander.«

Matteos Gesichtsausdruck wechselte von Überraschung zu Entsetzen. »Das ist ja Wahnsinn! Das kann doch nicht dein Ernst sein!«

Ella nickte bedauernd. »Leider schon. Ich habe keine Ahnung, wie es jetzt weitergehen soll. Aber lass uns das doch besprechen, wenn wir die anderen treffen.«

Matteo führte Ella durch die engen Gassen von Lazise, vorbei an den alten Steinhäusern der Altstadt. Die Pizzeria »Da Mauro« lag versteckt in einem kleinen Innenhof mit hölzernen Tischen unter Olivenbäumen – ein echter Geheimtipp, den Ella ohne ihren Freund niemals gefunden hätte.

»Da sind sie«, sagte Matteo und nickte in Richtung eines Tisches, an dem Noah und Antonia bereits vor einer Flasche Wein und Antipasti saßen. Die beiden gaben ein so hübsches Paar ab – sie mit ihrem langen, welligen Haar und er mit seinem lässigen Charme und den störrischen Locken. Sie winkten fröhlich und standen auf, als Ella und Matteo näherkamen.

Noah grinste und klopfte Ella auf den Rücken. »Schön, dich zu sehen. Wurde auch mal wieder Zeit!«

»Das Kleeblatt ist vereint!«, rief Antonia strahlend, als sie Ella umarmte.

Diese lächelte und ließ sich auf einen der Stühle fallen. Die vier stießen schon mal auf das freudige Zusammentreffen an, aber mit der Pizzabestellung wollten sie noch warten, bis Flavio eintraf. Der Duft von leicht angebranntem Semola und Kräutern hing in der Luft und die Stimmung schien entspannt – doch in Ella brodelte es. Sie hatte einiges auf dem Herzen, was sie endlich loswerden wollte...

»Ich weiß gar nicht, wo ich anfangen soll«, seufzte sie und fuhr sich durch den rotblonden Schopf. »Es ist so viel passiert... Der Unfall, die Verlobung, das ganze Drama mit seinen Eltern und dem Weingut.« Die Freunde lauschten aufmerksam, während sie sich all den Ärger mit Flavios Familie von der Seele redete. Dann holte sie tief Luft und sah ihre Freunde eindringlich an. »Ich brauche dringend eure Hilfe. Mein Resturlaub neigt sich dem Ende zu und ich muss bald eine Entscheidung treffen. Mein Chef in München wartet auf eine Rückmeldung, ob ich bleibe, und das

Consorzio erwartet ebenfalls eine Antwort auf das Jobangebot.«

»Du bleibst natürlich bei uns in Italien! Jetzt, wo du endlich hier bist, lassen wir dich auf keinen Fall wieder gehen! Wir brauchen einen Schlachtplan«, fasste Noah die vertrackte Lage schließlich zusammen und lehnte sich nachdenklich im Stuhl zurück. »Wie schaffen wir es, die Banfis von dir zu überzeugen?« Er schob sich eine Olive in den Mund.

»Du musst ihnen zeigen, wie ernst du es meinst«, schlug Antonia vor und kaute geistesabwesend auf einem Stück Käse. »Vielleicht solltest du dich stärker in das Weingut einbringen – so sehen sie, dass du Teil ihrer Welt sein willst.«

Matteo nickte nachdrücklich. »Genau. Damit könntest du ihnen beweisen, dass du bereit bist, das Leben auf dem Weingut mit Flavio zu teilen, auch wenn es Herausforderungen mit sich bringt. Und ganz ehrlich, du bist die PR-Expertin: Nutze deine Fähigkeiten, um für dich selbst zu werben. Zeig ihnen, wie gut du vernetzt bist. Vielleicht könntest du ihnen sogar helfen, den deutschen Markt zu erobern. Dann wird Flavios Mutter der Spott schon vergehen.«

»Aber wie soll das bitte funktionieren?« Ella seufzte und schüttelte den Kopf. »Es ist mehr als nur Gerede oder Spott – es ist echte Ausgrenzung. Die Banfi-Familie führt das Weingut seit Generationen erfolgreich. Ich habe nicht gerade das Gefühl, dass sie auf Hilfe von außen warten… geschweige denn von mir.«

Gerade, als sie sich weitere Ideen überlegten, kam Flavio hinzu. Ella stand auf, um ihn den anderen vorzustellen, und alle begrüßten ihn freundlich.

»Antonia kenne ich ja schon. Schön, euch Jungs endlich persönlich zu treffen«, sagte Flavio höflich, wenn auch mit einer Spur Zurückhaltung. Unauffällig warf er einen taxierenden Blick auf Matteo.

»Wir haben schon viel von dir gehört«, meinte Antonia mit einem herzlichen Lächeln.

Für einen Moment empfand Flavio ein leichtes Unbehagen bei dem Gedanken, dass Ella möglicherweise Dinge über ihn und seine Familie geteilt haben könnte, die er anders dargestellt hätte. Doch er schob diese Sorge beiseite und wandte sich stattdessen der Runde zu. Die Stimmung lockerte sich schnell, nachdem sie eine riesige Pizza bestellt hatten, mit verschiedenen Belägen zum Durchprobieren.

»Also, mein Freund«, begann Noah kauend, »wie hast du Ella eigentlich kennengelernt?« Obwohl er die Geschichte längst von Antonia kannte, wollte er Flavio so aus der Reserve locken.

Mit einem trockenen Lächeln antwortete dieser: »Ganz klassisch – ich habe sie erst mal betrunken gemacht.« Alle lachten über seinen kleinen Scherz und Flavio fuhr locker fort: »Aber erzähl du mal, Noah. Was führt dich an den Gardasee?«

Noah nahm einen Schluck Wein und begann ausführlich von seinem Leben als Fotograf zu berichten und wie er schließlich in Lazise gelandet war. Mit einem Lächeln erzählte er auch, wie er Antonia bei ihrem Hochzeitsshooting kennen und lieben gelernt hatte, und mit ihr die Gardasee-Zeitung gegründet hatte.

Matteo ergänzte: »Noah und ich sind alte Freunde und arbeiten zusammen. Bei dieser Gelegenheit habe ich auch Ella kennengelernt, aber das weißt du ja bereits.«

Er merkte, wie nervös er wurde, als er das heikle Thema ansprach. Er hatte ein schlechtes Gewissen – immerhin war er der Grund für die unglückliche Verkettung der Ereignisse. Ella schien es ihm nicht krummzunehmen: Sie zwinkerte ihm freundschaftlich zu und klopfte ihm aufmunternd auf die Hand.

Flavio, dessen anfängliche Eifersucht auf Matteo verflogen schien, lachte und meinte: »Also bin ich umzingelt von lauter kreativen Medienprofis, hmm?«

Noah grinste breit. »Fürchte dich nicht, aber genauso ist es!«

Während sie ihre Pizza aßen, drehte sich die Unterhaltung um verschiedene Themen, von der Arbeit bis hin zu Hobbys und Reisen. Ella bemerkte, dass Flavio angespannt wirkte; er sagte kaum ein Wort und seine Augen hatten einen erschöpften, abwesenden Ausdruck. Sie hatte das Gefühl, dass etwas nicht stimmte, aber sie wollte es nicht ansprechen, um das lockere Gespräch nicht zu unterbrechen.

Gerade als Antonia davon erzählte, wie sie mit Hilfe ihres Vaters, eines einflussreichen Verlagsleiters, die »Garda-Blick« gegründet hatte, konnte Ella ihre Unruhe nicht länger im Zaum halten. Sie beugte sich vor und erkundigte sich leise: »Flavio, was ist los?«

Flavio hob entschuldigend die Hand. »Es tut mir leid, wenn ich nicht in bester Stimmung bin«, erklärte er. »Ich hatte gerade einen heftigen Streit mit meinem Vater. Es geht um das Weingut. Er will, dass ich die Leitung übernehme, aber das Gut steckt in einer Krise. Wir brauchen dringend Innovationen, um es wieder rentabel zu machen. Doch mein Vater weigert sich, etwas zu ändern.«

Ella legte tröstend ihre Hand auf seine. »Du hast mich«, flüsterte sie. »Wir finden einen Ausweg.«

Matteo nickte zustimmend. »Flavio, du hast hier ein hervorragendes Team von Journalisten, Fotografen und Werbe-Profis sitzen. Gemeinsam finden wir eine Lösung, wie wir frischen Wind ins Weingut bringen, ohne deine Familie vor den Kopf zu stoßen. Du bist nicht allein!«

Flavio rieb sich die Stirn und seufzte schwer. »Ich komme mit meinem Vater einfach nicht klar… Camillo ist so stur. Er klammert sich an alte Traditionen, während wir auf einen Abgrund zusteuern. Unsere letzten Jahrgänge waren ein einziges Desaster!«

»So ernst?«, fragte Noah, nun besorgt.

Flavio nickte nur und wirkte niedergeschlagen.

Ella zog grüblerisch die Augenbrauen zusammen. »Wir haben doch eure Weine verkostet. Den Chiaretto, den Amarone. Warum hast du nie gesagt, dass es Probleme gibt?«

»Zuerst der Unfall, dann diese… schrecklich nette Familie«, entgegnete Flavio und ließ die Schultern sinken. »Ich wollte dich nicht noch mit unseren geschäftlichen Sorgen belasten. Und ehrlich gesagt, wollte ich mich selbst nicht damit auseinandersetzen. Gegen meinen Vater kommt sowieso niemand an. Bisher hatte ich nie wirklich die

Verantwortung – aber jetzt… Wenn ich das Weingut übernehmen soll, muss sich einiges ändern. Wir sind völlig in Schieflage. Der Amarone della Valpolicella ist das einzige Meisterwerk unserer Kellerei. Der Chiaretto? Da kann man nicht viel falsch machen, er ist ein leichter Sommerwein. Aber unser Hauswein… Der mag zwar auf den ersten Schluck ganz passabel erscheinen – leicht, mit einem Hauch Mandel –, aber der Geruch… der erinnert eher an nasse Socken, und im Abgang kratzt er im Hals. Ganz zu schweigen von den Kopfschmerzen, die er verursacht. Ab dem zweiten Glas wird's richtig übel. Aber probiert ruhig selbst!« Mit einem resignierten Lächeln winkte er einen Kellner herbei. »Bringen Sie uns bitte einen Bardolino aus dem Hause Banfi.«

Der Kellner brachte umgehend die gewünschte Flasche, deren altmodisches Etikett einen »Vino rosso intenso« ankündigte. Bevor er den Wein einschenkte, wollte er den Korken prüfen, doch Flavio winkte ab. »Das können Sie sich sparen. Der ist die Mühe nicht wert.«

Antonia nahm einen Schluck und zuckte mit den Achseln. »So schlimm ist er nicht, aber er hat nichts Besonderes.«

Ella pflichtete ihr bei: »Du hast schon recht, Flavio… Die Weine von Umberto und Silvio waren viel komplexer.«

Auch Noah nahm einen Probierschluck. Während er die Flasche bedächtig in den Händen drehte, merkte er an: »Der Name ist jedenfalls alles andere als aufregend, wenn ich das so sagen darf. Und das Etikett… na ja, das ist auch nicht angemessen für ein so sinnliches Produkt.« Er warf seiner Freundin einen verliebten Blick zu. »Da fällt uns doch sicherlich etwas Besseres ein, oder?«

»Wie wäre es mit ›Desiderio a Bardolino‹?«, schlug Antonia vor und zwinkerte Ella aus ihren blitzeblauen Augen verschwörerisch zu.

»›Begierde in Bardolino. Bottled‹ – das ist die Idee, Toni! Und das Etikett könnte in explodierenden Aquarellfarben gestaltet werden«, ergänzte Ella lachend, während sie ihr Handy zückte und einige moderne Weinlabels anderer Produzenten heraussuchte. »Es braucht einen frischen Anstrich, um international zu punkten.« Sie zeigte Flavio die Etiketten.

Sein Gesicht hellte sich auf. »Nicht schlecht«, befand er anerkennend. »So etwas Ähnliches hatte ich auch schon mal im Kopf.«

»Und wie sehen eure anderen Weine aus?«, fragte Noah neugierig geworden.

»Unser Bardolino ist als DOC sowie als DOCG erhältlich – die günstigere Variante habt ihr gerade probiert. Die DOCG-Version trägt den Namen Bardolino Superiore, ist aber nicht so überwältigend. Immerhin haben wir mit dem Amarone einen renommierten Wein im Sortiment, auf den ich mir wirklich etwas einbilde! Ein außergewöhnlicher Tropfen, der seinen einzigartigen Charakter dem kalkhaltigen Boden und dem eisenhaltigen roten Ton verdankt, auf dem unsere Trauben gedeihen. Das verleiht ihm seine besondere Note«, erklärte Flavio.

Ella schloss die Augen und geriet ins Schwärmen, als sie an die erste gemeinsame Verkostung mit Flavio in der Cantina der Banfis zurückdachte. »Gönnt euch eine Extraportion Amore mit unserer violetten Verführung – *Seduzione in Viola*! Seine samtig-weiche Textur, sein unwiderstehlicher Charme und der feine Duft nach Holz, Karamell und einem Hauch Honig betören alle Sinne«, dichtete sie munter drauf los. »Trotz seines herb-trockenen Untertons entfaltet er einen raffinierten, komplexen Geschmack. Er hält perfekt die Balance zwischen Frucht und Würze, Süße und Säure, und strahlt dabei pure Eleganz aus.« Sie öffnete die Augen und sah Flavio mit einem gewissen Funkeln an. Plötzlich kam ihr eine Idee: »Da habt ihr nun einen Spitzenwein und dann hapert es an der Vermarktung. Was ihr braucht, ist eine zeitgemäße Image-Kampagne, die euer veraltetes Erscheinungsbild auf den Kopf stellt. Die Fachpresse soll sich um euch reißen!«

»Ich sehe schon die Überschriften in den Feinschmecker-Magazinen: ›Die Banfis in aller Munde!‹«, scherzte Matteo. »Jeder Weinexperte sollte vor Ehrfurcht zittern, wenn er sich euren Wein einschenkt!«

»Ganz genau!«, bestätigte Ella. »Das ist das Konzept: ein vollständiger Relaunch! Wir verpassen eurem Wein ein modernes Image – euer Amarone wird das *It-Piece* in der Weinwelt. Jeder muss ihn haben wollen!«

Flavio strahlte. »Ella, du bist genial!«

Das Leuchten in seinen Augen verriet, dass er die Reichweite ihrer Idee begriff und entflammt war. Er gab Ella einen intensiven Kuss, der betörend nach Rotwein schmeckte. Dann bat er den Kellner, weitere Flaschen zu bringen. Im Handumdrehen standen acht verschiedene Banfi-Weine auf dem Tisch. Die Fünf diskutierten lebhaft, warfen Ideen hin und her. Die Kreativität sprudelte und jeder trug seinen Teil zum innovativen Konzept bei.

Sie dachten sich neue Namen und Etiketten aus. Von »Sinnlicher Rosso« bis »Passione Scura« – die Ideen flogen nur so durch den Raum. Flavio war überwältigt von der konstruktiven und einfallsreichen Unterstützung, die er von Ellas Freunden erhielt. Als er endlich seine Fassung zurückgewonnen hatte, leuchteten seine Augen vor Begeisterung. »Dieser Abend markiert den Beginn einer neuen Ära. Das sind wirklich großartige Vorschläge!«

»Nun ja, wir lieben den Wein einfach zu sehr, um ihn verkommen zu lassen«, bemerkte Noah mit einem breiten Grinsen.

Flavio lehnte sich zurück und fuhr gedankenvoll fort: »Aber natürlich reicht ein schönes Etikett allein nicht aus. Die Qualität muss ebenso überzeugen. Morgen werde ich den Önologen anrufen und an der Rezeptur arbeiten, um die Weine weiter zu verfeinern. Mein Vater braucht davon erstmal nichts zu wissen. Wenn uns der Relaunch gelingt, dann stellen wir ihn vor vollendete Tatsachen.«

»Das klingt nach einem Plan«, schloss Matteo zufrieden.

Flavio hob sein Glas und sah Ella mit einem dankbaren Lächeln an. »Auf das, was vor uns liegt – auf mutige Schritte!«

An diesem denkwürdigen Abend schienen all die dunklen Wolken der letzten Wochen verflogen zu sein. Es war, als ob hier, im Kreise der Freunde, die Herausforderungen, die vor ihnen lagen, plötzlich lösbar erschienen. Für einen Moment konnten sich Ella und Flavio einfach nur freuen – ohne Sorgen, ohne Zweifel.

25
Geheimnisvolle Tropfen

Flavio und Ella hatten den Vormittag mit einem Einkaufsbummel in Bardolino verbracht. Sie schlenderten in aller Ruhe die belebte Uferpromenade entlang in Richtung von Ellas Apartment, um dort ihre zahlreichen Einkaufstüten und Schachteln loszuwerden, bevor sie irgendwo gemütlich zum Mittagessen einkehren wollten. Die Augustsonne war angenehm warm, und während sie Hand in Hand *lungolago* spazierten, sprachen sie über den Relaunch der Marke, die Zukunft des Weinguts und ihre gemeinsamen Pläne.

»Ich habe ganz vergessen zu fragen: War der Önologe eigentlich schon da?«, erkundigte sich Ella neugierig.

Flavio nickte und schmunzelte. »Oh ja, und ich sag dir, das war eine Show! Er kam mit einem riesigen Werkzeugkasten, hat dann dramatisch die Schere gezückt, hier und da ein Blatt abgeschnitten und daran gerochen, als würde er einen großen Duft inspizieren. Anschließend hat er sein Messgerät ausgepackt und mehrmals ›Oddio, oddio!‹ gerufen. Ganz ehrlich, wenn du mich fragst, wirkte dieser Nino Morello eher wie ein Wichtigtuer als wie ein echter Experte.«

Ella lachte leise. »Ach komm, Flavio. Jetzt spann mich nicht so auf die Folter. Wie lautet denn nun sein Urteil?«

Flavio seufzte und schob dann eine dunkle Strähne zurück, die ihm ins Gesicht gefallen war. »Die gute Nachricht ist: Wir sind nicht verloren! Die Qualität des Terroirs ist nicht dauerhaft beeinträchtigt. Klar, der Frost hat Spuren hinterlassen und der Boden braucht dringend Pflege. Aber das ist alles machbar. Das Hauptproblem ist… mein Vater. Seine Schnitttechnik ist veraltet. Naja, er hat sich nie reinredenlassen und so viel Arbeit wie möglich selbst gemacht. Der Önologe meinte, dass Camillo die Ernte in den letzten Jahren zu stark reduziert habe, um den Boden zu schonen und so vielleicht so viel zu retten wie möglich. Langfristig würde das Konzept laut Morello aber nicht aufgehen. Um das Weingut zu halten, sei es dringend Zeit für neue Methoden. Er hat mir angeboten, einen Lehrgang bei ihm zu machen.«

Ellas Augen weiteten sich. »Das sind ja großartige Neuigkeiten! Das bedeutet doch, dass die Zukunft des Weinguts gesichert ist, sofern man jetzt die richtigen Maßnahmen ergreift!«

Flavio nickte langsam. »Aber das funktioniert nur, wenn ich mehr Verantwortung für das Weingut übernehme. Seit unserem Streit hat Papà auf stur gestellt und versucht umso mehr, die Arbeit wie früher allein zu stemmen – obwohl er nach seinem Bandscheibenvorfall eigentlich nicht mehr in der Lage dazu ist. Ich brauche deine Unterstützung, um die notwendigen Innovationen durchzusetzen – gegen seinen Willen und gegen den Widerstand des Rests der Familie. Du wirst dich bald entscheiden müssen.« Er hielt inne, blickte Ella inständig an und fügte hinzu: »Sii la mia stella fissa, sempre al mio fianco. Sei mein Fixstern, immer an meiner Seite!«

Ella bemerkte die Anspannung in seiner Stimme und drückte beruhigend seine Hand. Sie wusste, wie sehr ihn die Sorge belastete.

Gerade als sie antworten wollte, vibrierte Flavios Handy. Er zog es hervor, blickte auf das Display und murmelte: »Entschuldige, es ist meine Mutter.« Er trat ein paar Schritte zur Seite, um den Anruf entgegenzunehmen.

Als er zurückkam, war sein Gesicht blass. »Ella... mein Vater hatte einen weiteren Bandscheibenvorfall«, sagte er mit erstickter Stimme. »Er war gerade mit der Unterstockpflege fertig und wollte mit dem Trecker zurück zum Haus. Plötzlich hat er die Beine nicht mehr gespürt... Er konnte nicht weiterlaufen. Meine Mutter hat ihn erst eine halbe Stunde später gefunden, als er nicht wie gewohnt zum Mittagessen kam. Sie hat sofort den Notarzt gerufen. Ich muss zu ihm ins Krankenhaus!«

Ella riss die Augen auf und sagte erschrocken: »Oh Gott, natürlich, Flavio. Wir fahren sofort los.«

Wortlos saß Flavio während der Fahrt neben Ella und starrte ins Leere. Sein Gesicht war so angespannt, dass die Kiefermuskeln hart hervortraten. Schließlich murmelte er, fast mehr zu sich selbst als zu ihr: »Ich hätte es verhindern müssen. Es war doch klar, dass das irgendwann passieren würde. Hätte ich nur nicht diesen furchtbaren Streit mit ihm vom Zaun gebrochen!«

Ella warf ihm einen fürsorglichen Blick zu. »Flavio, es ist nicht deine Schuld! Jemand musste deinem Vater doch die Wahrheit sagen. Du hast alles richtig gemacht!«

Flavio schüttelte traurig den Kopf und senkte den Blick auf seine Hände. »Nein, das habe ich nicht. Das Weingut ist Camillos Leben… Er kann einfach nicht loslassen, selbst wenn er sich dabei zugrunde richtet. Ich hätte ihm zu verstehen geben müssen, dass ich an seiner Seite stehe. Sollte ihm jetzt etwas passieren…« Seine Stimme versagte und er rang sichtbar um Fassung.

Ella streckte die Hand nach ihm aus, um ihn daran zu erinnern, dass er nicht allein war. »Wir sind gleich da«, sagte sie leise.

Im Krankenhaus angekommen, eilten sie durch den grell beleuchtenden Korridor der Notaufnahme, an dessen Ende sie Flavios Mutter und seine Schwestern Olivia und Giulia vorfanden, die blass und erschöpft auf den Stühlen des Wartebereichs saßen. Orietta sprang auf, als sie ihren Sohn erblickte, und fiel ihm in die Arme. »Es ist ernst, Flavio«, flüsterte sie mit bebender Stimme. »Die Ärzte sagen, dass er sofort operiert werden muss… es ist riskant in seinem Alter. Es könnte bleibende Schäden geben…« Flavio hielt sie fest. Seine Augen glänzten feucht, doch er versuchte, stark zu bleiben.

Die unbeschwerte Leichtigkeit des Vormittags war einer beklemmenden Stille gewichen. Ella stand einen Schritt abseits und beobachtete mit einem mulmigen Gefühl, wie der leitende Arzt Flavios Familie ins Besprechungszimmer rief. Hier war sie nun fehl am Platz. »Ruf mich später an, ich hole dich dann ab!«, sagte sie leise zu Flavio, bevor sie sich mit einem zarten Kuss verabschiedete.

Nach Stunden voller Sorge und Ungewissheit kam schließlich die erlösende Nachricht: Camillo hatte den Eingriff gut überstanden. Auf der Rückfahrt saß Flavio schweigend neben Ella und starrte gedankenverloren aus dem Fenster. Nach einer Weile brach er die Stille.

»Er war immer der Starke in unserer Familie. Ihn jetzt so verletzlich zu sehen, das…« Er stockte, unfähig, den Satz zu beenden.

Ella schenkte ihm einen mitfühlenden Blick und fragte leise: »Was genau haben die Ärzte gesagt?«

Flavio holte tief Luft und versuchte, die komplizierten medizinischen Erklärungen so verständlich wie möglich wiederzugeben. »Also… Papà hatte eine akute Schwellung im Lendenwirbelbereich, direkt an der Bandscheibe«, begann er. »Diese Schwellung hat auf die Nerven gedrückt und dadurch die Lähmungserscheinungen verursacht. Es hat einen heftigen Schmerz ausgelöst, der bis in sein linkes Bein ausstrahlte, und deshalb konnte er plötzlich nicht mehr laufen.«

Ella legte beruhigend die rechte Hand auf sein Knie. »Und wie geht es mit ihm jetzt weiter?«, erkundigte sie sich besorgt.

»Die Ärzte haben eine sogenannte Dekompression durchgeführt«, fuhr Flavio fort. »Das bedeutet, sie haben das Material, das auf die Nerven gedrückt hat, vorsichtig entfernt und so den Druck reduziert. Der Eingriff hat ungefähr eine Stunde gedauert und ist glücklicherweise sehr positiv verlaufen.« Eine Welle der Erleichterung lief über sein Gesicht. »Er muss jetzt eine Woche im Krankenhaus bleiben und anschließend für vier Wochen zur Reha. Das wird ihm gar nicht gefallen…« Nach einem Moment des Nachdenkens ergänzte er: »Wenn alles gutgeht, wird Camillo sich vollständig erholen und seine Beweglichkeit zurückgewinnen. Aber die Ärzte haben ihm geraten, die harte Arbeit im Weinberg endgültig sein zu lassen. Ob er das beherzigen wird, ist natürlich eine andere Sache.«

Ella drückte sanft seine Hand und lächelte aufmunternd. »Das ist eine gute Nachricht, Flavio. Vielleicht sieht er endlich ein, dass er kürzertreten muss.«

Eine Woche später wurde Camillo wie geplant in ein Rehazentrum in Brescia verlegt. Er akzeptierte den Aufenthalt nur widerwillig, doch die Schmerzen waren nach wie vor so stark, dass ihm keine andere Wahl blieb. Da er nun außer Gefecht gesetzt war, fiel die Leitung des Weinguts automatisch in Flavios Hände – eine Übergabe, die ohne Diskussion über das Wie und Ob vonstatten ging.

Orietta zeigte sich dankbar, dass der Alltag im Weingut weitgehend reibungslos weiterlief und sie sich voll und ganz um ihren Mann kümmern konnte. Täglich fuhr sie mit Flavios Schwestern nach Brescia, um nach dem Rechten zu sehen und Camillo etwas Gesellschaft zu leisten, damit die Monotonie der Reha ihm nicht allzu sehr zusetzte.

In dieser schwierigen Zeit zeigte die Familie Banfi eine nie dagewesene Geschlossenheit, was Flavio die Kraft gab, die dringend nötigen Veränderungen auf dem Weingut anzugehen. Tagsüber arbeitete er im Weinberg und abends saß

er an seinem Laptop, um sich in Online-Kursen weiterzu-
bilden. Dreimal wöchentlich besuchte er das Seminar des
Önologen, wo er sich eingehend mit modernen Schnitt-
techniken und innovativen Anbaumethoden auseinander-
setzte. Auch der Prozess des *assemblaggio*, bei dem Weine
aus verschiedenen Rebsorten, Weinbergen oder Jahrgängen
zu einer harmonischen Cuvée vereint werden, stand auf
dem Programm, um spezifische Qualitäten und Stilrich-
tungen für die neue Edition zu erzielen.

Ella war für Flavio zu einer unverzichtbaren Stütze geworden und hatte sich endgültig entschieden, an seiner Seite zu
bleiben. Sie hatte bei Stefan gekündigt, wobei sie so verblie-
ben waren, dass sie weiter im Bereich Weinmarketing für
Italien zusammenarbeiten würden. Zudem würde Ella die
Banfi-Weine über Stefans Agentur am deutschen Markt
vertreten. Im Gegenzug versprach sie, ihre Kontakte zu nutzen, um ihm neue Kunden und Aufträge zu vermitteln. Das
Angebot des Consorzio hatte sie angenommen – die flexible
Projektarbeit ließ sich gut mit ihren neuen Aufgaben auf
dem Weingut vereinen.

Natürlich war Ellas Mutter Hanna wenig entzückt davon,
ihre Tochter künftig seltener zu sehen. Gleichzeitig jedoch
weckte deren Abenteuerlust den alten Hippie-Geist in ihr,
und sie hatte sich zusammen mit ihrer Freundin Barbara
bereits für einen Besuch angekündigt – ein Road-Trip unter Frauen!

Ellas Gefühl, in ihrem neuen Zuhause angekommen zu
sein, wuchs mit jedem Tag. Sie wurde zu Flavios Vertrauten

in allen geschäftlichen Angelegenheiten und half ihm, Entscheidungen zu treffen und die nächsten strategischen Schritte zu planen. Ihre Marketingkenntnisse brachten den frischen Wind, den das Familienunternehmen dringend benötigte. Gemeinsam entwickelten sie Konzepte für ein neues Image, das Tradition auf elegante Weise mit dem Zeitgeist vereinte.

Antonia, Noah und Matteo standen den beiden mit Feuereifer zur Seite. Sie nutzten jede freie Minute, um sie bei den täglichen Aufgaben und der Neuausrichtung des Gutes zu unterstützen.

Eines Abends, als sie gemeinsam erschöpft, aber zufrieden am großen Holztisch im Büro saßen, sprach Antonia aus, was alle umtrieb: »Wir machen Banfi wieder zu einer renommierten Weinmarke. Warum sollten wir es auch nicht schaffen?« Sie sah mit einem entschlossenen Lächeln in die Runde. »Wir haben mit der ›Garda-Blick‹ schon einmal bewiesen, dass wir ein Dreamteam sind und alles erreichen, was wir uns vornehmen.«

Flavio nickte mit einem zuversichtlichen Lächeln. Ihre Worte schienen seine aufkeimende Hoffnung zu bestärken.

Matteo, der bereits einige Tage im Weinberg ausgeholfen hatte, lehnte sich zurück und überlegte. »Wenn ich das richtig verstehe, Flavio, besteht das größte Problem darin, dass der Boden zurzeit kaum etwas abwirft, oder? Was hältst du davon, auf ein Boutique-Konzept zu setzen? Eine kleine Produktion, eine exklusive Marke und entsprechend höhere Preise – so könntest du das Gut nachhaltig wieder aufbauen.«

Ein Leuchten ging über Flavios Gesicht, als ihm die Tragweite von Matteos Idee klar wurde. Seine Augen strahlten vor Begeisterung und ein breites Lächeln zog sich über sein Gesicht. »Das ist genial! Genau das brauchen wir. Weniger Masse, dafür Spitzenqualität – das wird unser neues Markenzeichen!« Voller Enthusiasmus wandte er sich an Ella und ergriff ihre Hände. »Das könnte die Zukunft unseres Weinguts vollkommen verändern!«

Ella lächelte, spürte, wie seine Energie auf sie überging, und setzte sofort an, die Idee weiterzuspinnen. »Für die Image-Kampagne brauchen wir auf jeden Fall neue, hochwertige Fotos, um das Label überzeugend am Markt zu positionieren«, sagte Ella und ihre Augen strahlten vor Tatendrang. Sie warf einen vielsagenden Blick zu Noah und grinste. »Was meinst du, hast du Zeit für ein paar stylische Hochglanzaufnahmen?«

Noah grinste und hob beide Daumen. »Absolut, da bin ich dabei! Wenn du und Antonia als meine Top-Models einspringt, kann es nur großartig werden. Letztes Jahr bei den Broschüren-Shootings in Lazise waren wir ein unschlagbares Team – und das sind wir immer noch!« Er schenkte Antonia ein glühendes Lächeln und dachte zurück an das »Garda-In-Love«-Festival – dort waren die beiden ein Paar geworden.

Die Zusammenarbeit des Freundeskreises brachte nicht nur das Weingut voran, sondern auch Flavio auf neue Gedanken. Die Leitung des Familienunternehmens erschien ihm plötzlich nicht nur als Bürde. Mehr und mehr erkannte er, dass dies nicht nur eine Phase der Übergangsleitung war, sondern ein Neubeginn – eine echte Chance, seine eigene Vision für das Erbe wahr werden zu lassen, mit Ella an seiner Seite.

Von Franco war in all dieser Zeit nichts zu sehen und zu hören. Er war wie vom Erdboden verschluckt – als hätte er seine Niederlage stillschweigend akzeptiert und das Feld geräumt. Diese plötzliche Ruhe kam Flavio und Ella sehr gelegen, denn sie wollten ihre Pläne für das Boutique-Weingut konzentriert vorantreiben, solange Camillo noch in der Reha war.

Wie so oft in letzter Zeit stieg Ella die paar Treppen zur Cantina hinab, um Flavio zu helfen, der mit der Optimierung der Produktion beschäftigt war. Er hantierte gerade an einem großen Stahlbehälter. Als er sie bemerkte, drehte er sich um.

»Vorsicht an dem Kessel!«, rief er, als Ella gefährlich nahekam. »Die Flüssigkeit kann schnell über den Rand blubbern. Das kommt durch den Austritt von Kohlendioxid, wenn die Hefepilze den Zucker der Trauben in Alkohol umwandeln«, erklärte Flavio, während er die Ventile der Tanks prüfte. »Die Temperatur darf nicht zu hoch sein. Das Wichtigste ist das Timing.«

Ella grinste und erwiderte: »Jetzt klingst du schon genau wie dein Vater.«

Flavio ließ seinen Blick versonnen in die Ferne wandern. »Er hat mir ja auch alles beigebracht«, reagierte er in sanftem Ton. »Als kleiner Junge kniete ich meist neben ihm am Boden und zupfte nur das Unkraut, aber er... er behandelte jede Traube wie einen Schatz.« Ein mildes Lächeln schlich sich auf sein Gesicht. »Da dachte ich oft, vielleicht werde ich eines Tages genauso ein passionierter Winzer wie er.« Er hielt inne, als würde er die Bilder gerade vor sich sehen. »Meine ganze Kindheit spielte sich in einem Umkreis von zwanzig Hektar ab. Soweit ich mich erinnere, war das damals alles, was ich wollte.«

»Und? Sind das gute Erinnerungen?« Ella grinste Flavio neugierig an und wartete gespannt auf seine Antwort, während sie ihm einen kleinen Stoß mit der Schulter gab, um ihn aus seinen Gedanken zu locken.

»Großartige«, entgegnete Flavio und ließ einen nostalgischen Blick über die alten Mauern der Cantina schweifen. »Dieser Ort berauscht die Sinne. Papà hat hier seinen Reben immer vorgesungen. ›Irgendwann singen sie zurück‹, hat er behauptet.« Bei dem Gedanken an seinen Vater trat ein warmer Ausdruck in seine Augen. »Lass uns mit der Verkostung anfangen!«

Er nahm ihre Hand und führte sie vorbei an den großen Edelstahltanks hinüber in den kleinen Degustationsraum, wo ihre gemeinsame Weinreise mit einer Flasche Amarone begonnen hatte. Heute war ein entscheidender Tag: Umgeben von Fässern, an denen noch der Geruch fermentierender Trauben hing, wollten sie die letzte Auswahl der Weine treffen – welche überarbeitet und welche endgültig aus dem Sortiment genommen werden sollten. Auch die Preisgestaltung und das neue Design der Etiketten standen auf dem Plan. Für die Verkostung hatte Flavio auf einem Weinfass ein ganzes Bataillon von Flaschen aufgebaut und in der Mitte des dunkelgetäfelten Raumes standen auf einem kleinen Tisch mehrere Gläser bereit.

»Danke dir für alles, was du für mich tust«, sagte Flavio und warf Ella einen Blick zu, der mehr ausdrückte als tausend Worte – ein stilles Zeichen seiner Wertschätzung. Er entkorkte einen Bardolino und goss sich ein Glas ein, um die Blume zu prüfen. Doch schon bei der ersten Geruchswolke verzog er angewidert die Miene. »Oh nein, den Wein erspare ich dir, der ist eine absolute Katastrophe!« Lachend stand er auf und verschwand im hinteren Teil des Kellers. Nach einer Weile ertönte seine Stimme: »Ah, da ist noch ein anderer!« Er kehrte zurück mit ein paar Flaschen in Arm und wischte deren dicke, weiße Staubschicht ab. »Mmh... Dieses Etikett habe ich zuvor nie gesehen.« Neugierig entkorkte er eine Flasche und zog den Duft des Bouquets tief ein. »Das lässt hoffen«, murmelte er überrascht und schenkte sich und Ella ein. »Wir machen ein Quiz. Was glaubst du: Ist dieser Wein von hier? Auf unserem Gut gekeltert?«

Ella betrachtete die Flasche skeptisch. »Hm. Glaube ich kaum. Es sind ja ganz andere Flaschen als unsere.« Sie nahm einen Schluck und ließ das Aroma auf sich wirken. »Vielleicht... ein Valpolicella? Ich tippe auf einen Wein von Camillos Freund Umberto.«

Flavio roch prüfend am Korken und drehte ihn grüblerisch in seinen Fingern. »Ja, die Flaschen sind anders, aber der Korken ist eindeutig der gleiche...« Er nahm einen Schluck und ließ den Wein auf der Zunge zergehen. »Ein unverkennbares Bouquet von Kirschen und Waldbeeren – definitiv ein Bardolino. Irgendwie schwingt da noch eine ganz besondere Gewürznote mit... floral, fast parfümiert, aber gleichzeitig frisch und kühl.« Er probierte wieder. »Ich komme einfach nicht dahinter...«

Ella kicherte und nippte noch einmal an ihrem Glas. »Klar! Das konnte ja nur ein Bardolino sein. Ich hab's doch sofort erkannt. Wollte nur sehen, ob du's auch merkst!«

Ihre Selbstironie entlockte Flavio ein herzhaftes Lachen – wie sehr er diese Eigenschaft an ihr liebte.

»Ich habe diesen Wein in der hintersten Ecke gefunden. Er scheint dort seit Jahren zu lagern. Ich wette, mein Vater hat längst vergessen, dass er überhaupt existiert. So ähnlich wie mit unserem Scheunenfund. Geheimnisvoll, oder?«, fand Flavio.

Ella grinste und warf ihm einen neckischen Blick zu. »So geheimnisvoll wie du, Flavio. Ein Mann, der sein Gedächtnis verloren hatte, der sich nicht binden konnte und lieber als Single gelebt hat – treu ergeben nur dem Wein. Und jetzt? Jetzt verliebst du dich ausgerechnet in eine Deutsche. Unbekanntes scheint dich anzuziehen…«

Flavio lächelte verschmitzt. »Du ziehst mich an. Und wenn es je eine Flasche Wein gäbe, die schmeckt wie du, und ein Glas, das nie leer wird…«

»Tut mir leid, diesen Wunsch kann ich dir wohl kaum erfüllen!« Ella hob die Hände, als könne sie ihm bei seiner Suche nicht helfen. »Aber dieser Wein hier ist wirklich besonders. Vielleicht schaffst du es ja, sein Geheimnis zu entschlüsseln!«

Plötzlich blitzte ein Funke der Erkenntnis in Flavios Augen auf und seine Miene wechselte von blass zu feuerrot. »Geheimnis entschlüsseln – das ist es!«, rief er enthusiastisch aus. »Vielleicht erinnern sich Papà oder der Nonno noch, woher diese Flaschen stammen. Dieser Tropfen hier ist einzigartig, völlig anders als alles, was wir in den letzten

Jahren produziert haben. Wenn wir das Rezept rekonstruieren könnten, wäre das unsere Chance, mit dieser besonderen Note ein echtes Statement am Markt zu setzen und wieder ganz vorne mitzuspielen.« Er drückte Ella einen dicken Kuss auf die Stirn und sah sie voller Zuneigung an. »Was würde ich bloß ohne dich und deine Einfälle machen? Dich schickt der Himmel. Du bist mein *stella tedesca*, mein Nordstern, mein Kompass. Komm schon, wir haben keine Zeit zu verlieren.« Aufgeregt zog er sie mit sich.

»Aber wohin überhaupt?«, fragte Ella überrascht, während sie versuchte, mit ihm Schritt zu halten.

»Zu meinem Papà natürlich!« Und mit den staubigen Flaschen im Arm stürmte Flavio die Kellertreppen hinauf.

26
Einige Flaschen zuvor

Nach einer Stunde Fahrt, in der Flavio und Ella lebhaft Pläne schmiedeten, wie der wiederentdeckte Wein zum neuen Aushängeschild der Banfis werden könnte und wie ihre Bardolinos sich künftig mit Finesse, Eleganz und Frische von der Masse abheben würden, erreichten sie endlich das Reha-Zentrum in Brescia. Sie eilten am Empfang vorbei, hasteten durch den Aufenthaltsbereich, in dem es nach Desinfektionsmitteln roch, und betraten Camillos Zimmer, ohne anzuklopfen.

»Papà! Du musst unbedingt diesen Wein probieren!«, rief der ungeduldige Flavio schon beim Hereinkommen. Hastig stellte er die staubigen Flaschen auf einem kleinen Rollwagen ab, öffnete eine sofort und holte Camillos Zahnputzglas aus dem Bad, um ihm einzuschenken. »*Eccolo lì*!«

In seiner ungestümen Art hatte Flavio den armen Camillo aus dem Schlaf gerissen. Dieser richtete sich nun über alle Maßen erstaunt in seinem Bett auf und blinzelte die beiden aus seinen noch müden, eisblauen Augen an.

»Na, welch seltene Gäste in meinem Hause!«, stichelte er halb wohlwollend, halb vorwurfsvoll. Doch mehr als der unerwartete Besuch fesselte Camillo der Anblick der verstaubten Flaschen. »Das Etikett sagt mir nichts«, murmelte er noch etwas verschlafen, während er das ihm gereichte Glas mit skeptischem Blick entgegennahm und es gegen das Licht hielt, um den tiefroten Inhalt zu begutachten. Neugierig roch er daran und ließ das Bouquet auf sich wirken. »Hm… Waldbeeren und Kirsche«, brummelte er zufrieden. »Hier bekomme ich ja nur Wasser«, beklagte er sich, bevor er einen bedächtigen Schluck nahm, als wollte er die verschiedenen Nuancen herausfiltern. »Kräftig, vielschichtig – eine wahre Explosion an Aromen! Dieser Tropfen hat einen ganz anderen Charakter als unser *Vino Rosso Intenso*.« Er hob die Augenbrauen, sichtlich beeindruckt. »*Eh*! Wo um alles in der Welt hast du diesen Schatz bloß ausgegraben, mein Sohn?«

Flavio grinste und nahm selbst einen Schluck. »Du wirst es kaum glauben, aber ich habe ihn im hintersten Winkel unserer Kellerei gefunden. Verstaubt und vergessen.«

Camillo fiel der Unterkiefer runter. »Was? Der ist aus unserem eigenen Keller?« Er nippte erneut, ließ den Wein behutsam über die Zunge rollen, bevor er leise weitersprach. »Dieser Wein… komplex und voller Tiefe. Er entfaltet intensive Nuancen, eine wahre Polyphonie an Geschmackstönen. Das nenne ich einen Bardolino mit Seele!«

»Ein Dornröschen, das nur darauf gewartet hat, wachgeküsst zu werden. Und dieses Karmesinrot!«, warf Ella temperamentvoll ein. In ihrer Euphorie hatte sie ganz vergessen, dass sie eigentlich auf Kriegsfuß mit Flavios Vater stand.

Dieser drehte sich ihr nun zu und fixierte sie mit durchdringendem Blick. »*Guarda chi c'è!* Na, schau mal einer an! Du hast Ahnung von Wein? Steckt da womöglich eine Kennerin hinter dieser Reklame-Fassade?«

Statt sich provozieren zu lassen, zuckte Ella gelassen mit den Schultern. In seinem Krankenbett hatte der alte Herr viel von seinem Schrecken verloren und wirkte gebrechlich. »Naja, bei uns in Deutschland wird auch schon mal gespuckt und gegurgelt – wenn der Anlass es erfordert.«

»Klingt durchaus unterhaltsam«, entgegnete Camillo mit einem schiefen Grinsen und nahm aufmerksam einen weiteren Schluck. Langsam schloss er die Augen und ließ den Geschmack auf sich wirken. »*Interessante...* da sind Noten von Veilchen und sogar ein Hauch Eukalyptus. Die sonnenverwöhnten Trauben vom Hang könnten solche Aromen entwickeln. Die mineralreichen Böden dort geben den Reben eine ganz besondere Note. Nur ist das Gelände fast unerreichbar, viel zu steil für Maschinen. Und ich bin längst zu alt, um es von Hand zu lesen. Deswegen habe ich es seit Jahren nicht mehr abgeerntet...«

Flavio schlug sich mit der Hand gegen die Stirn. »Natürlich, Veilchen und Eukalyptus... warum bin ich nicht selbst darauf gekommen? Du meinst das Hangstück bei der Scheune, das an den Wald grenzt? Das inzwischen völlig mit Brombeersträuchern überwuchert ist?«

Camillos Nicken bestätigte Flavios Vermutung. Ein strahlendes Lächeln breitete sich auf Flavios Gesicht aus. »Papà, du bist der Hüter eines wahrhaft großen Geheimnisses! *Dio!* Dieser Wein hat das Zeug, unsere gesamte Weinlinie zu revolutionieren. Wenn es uns gelingt, seine Essenz nachzubilden, könnten wir ein echtes

Aushängeschild für unser Weingut – nein, für die gesamte Region – schaffen. Hast du noch irgendwelche Details zur Produktion im Kopf?«

Camillo dachte kurz nach, dann erwiderte er: »Ich weiß, dass wir ihn früher länger auf der Hefe gelagert haben, um das Aroma zu intensivieren. Das machte ihn fülliger und weicher im Abgang.«

»Länger auf der Hefe…«, murmelte Flavio, als ihm plötzlich ein erleuchtender Gedanke kam – als würde eine Verbindung in seinem Kopf einrasten. »Das könnte der Schlüssel zum Erfolg sein. Und diese einzigartigen Trauben vom Steilhang… «

In diesem Moment betrat der Großvater den Raum. Er war schon sehr betagt, sein krummer Rücken und seine sonnengegerbte Haut erzählten Geschichten von der harten Arbeit im Weinberg. Ein Stock half ihm, die Schritte zu finden, aber trotz seines Alters strahlte eine kindliche Neugier aus seinen sonst schon trüben Augen. Als er das Trinkgelage bemerkte, hellte sich sein Gesicht auf.

»*Ehi*! Wird hier etwa ohne mich gefeiert?«, rief er aus und sein raues Lachen schepperte durch den Raum.

Camillo winkte ihn zu sich und rief: »Vater, du kommst gerade recht! Erkennst du diese Flaschen?«

Der Stock klapperte rhythmisch über den Boden, als der alte Mann mit zögerlichen Schritten nähertrat. Er beugte sich vor und schob seine dicke Brille dicht vor die Augen, um das Etikett besser lesen zu können. »*Certo*! Ich habe sie ja selbst abgefüllt!«, erklärte der Nonno mit einem selbstbewussten Lächeln, das seine schiefen Zähne freilegte. »*Beh*, was soll die Frage?«

Die drei waren baff: Zuerst sahen sie einander mit großen Augen an, dann wanderten ihre Blicke zum Großvater, der sich mit einem zufriedenen Grinsen einen tiefen Schluck aus Camillos Zahnputzglas genehmigte und genüsslich gurgelte.

»Herrlich!«, sagte er schließlich. »Ein guter Wein ist wie ein alter Freund – er wird mit der Zeit nur besser. Mit diesem Tropfen hatten wir damals einen echten Volltreffer gelandet. Wie viel Freude hat er uns bereitet!«

Flavio bemerkte, dass der alte Mann, obwohl oft vergesslich, in diesem Moment ganz klar war. Es schien, als würde sich der Schleier der Vergangenheit heben, während er in seinen Erinnerungen schwelgte.

»Und warum weiß ich davon nichts?«, fragte Camillo ungläubig.

»Weil du nie gefragt hast«, entgegnete der Alte mit einem Anflug von Melancholie. »Du warst immer überzeugt, alles besser zu wissen. Schon als Kind warst du unbelehrbar.«

Camillo starrte ihn an, als hätte ihn der Schlag getroffen.

»Weißt du noch, wie der Wein damals hergestellt wurde?«, warf Flavio dazwischen, gespannt darauf, was sein Großvater zu berichten hatte.

»*Sì, sì, mi ricordo*, ich erinnere mich«, begann der Nonno, »während der Einweichzeit extrahierten wir die Aromen aus Schalen, Kernen und sogar den Stielen. Wenn die Mazeration verlängert wird und der Most ungefiltert bleibt, kommen florale und würzige Nuancen viel stärker zur Geltung.«

»Diese Diskussion hatte ich bereits mit Flavio«, knurrte Camillo genervt. »Er hat das auch vorgeschlagen. Aber das bringt nur mehr Säure und Tannin und sonst nichts.«

»*Può essere*. Das mag sein«, erwiderte der Nonno gelassen, »doch genau darin liegt oft die Tiefe eines Weins. Früher haben wir mit verschiedenen Methoden experimentiert, um den perfekten Charakter zu erreichen. Es gelang uns erst, als wir die Trauben eine Zeit lang bei niedrigen Temperaturen ziehen ließen, noch bevor die Gärung überhaupt begann. Dadurch kamen Noten von Veilchen und Eukalyptus hervor, ohne dass Bitterkeit und Tannine die Oberhand gewannen.« Ein Hauch von Genugtuung lag in seinem Blick.

Flavio blickte Camillo eindringlich an. »*Pensaci*! Überleg doch mal, Papà! Das ist die Zauberformel – die Lösung all unserer Probleme! Warum kannst du dich nicht freuen? Ella hätte sogar schon den perfekten Namen für unseren neuen Amarone mit Veilchennote: *Seduzione in Viola*!«

»So, so…« Camillo presste die Lippen aufeinander und verzog das Gesicht. Man sah, wie er mit sich rang. Schließlich entfuhr ihm ein tiefes, bedrücktes Seufzen. »Die Wahrheit ist«, gestand er, »ich schäme mich. Erst jetzt erkenne ich, wieviel in dir steckt, Flavio, und wie blind ich die ganze Zeit war. *Ho voglia di strapparmi i capelli*! Ich könnte mir die Haare raufen, weil ich mich so schrecklich geirrt habe.« Seine Stimme zitterte leicht, als er weitersprach. »Meine verdammte Sturheit, mein Festhalten an Altem… es hätte uns beinahe in den Ruin getrieben! Ich war überzeugt, den einzigen Weg zu kennen…«

Flavio lächelte und legte seinem Vater ermutigend die Hand auf die Schulter. »Ein kluger Winzer hat mir beigebracht, dass ein Mann seine Niederlagen genauso würdevoll annehmen sollte, wie er seine Siege feiert.«

»*Davvero*? Habe ich so einen Unsinn wirklich von mir gegeben?«, brummte Camillo, konnte aber ein Grinsen nicht unterdrücken.

»*Dai*! Na los, freu dich mit uns! Arme hoch zum Triumph!«, rief der Großvater frenetisch und schwang zur Bestätigung seine Krücke in die Höhe.

Camillo und sein Vater fielen einander in die Arme und vertieften sich prompt in eine lebhafte Diskussion darüber, welche zusätzlichen Rebsorten neben Corvina, Rondinella und Molinara in die Cuvées für die neuen Weine einfließen könnten. Die Stimmen wurden lauter, Gesten energischer, als sich die Meinungen aneinander rieben. Flavio saß am Fußende des Bettes auf einem Stuhl und betrachtete das hitzige Wortgefecht der beiden – ein Schauspiel voller Passion und Temperament. Es war, als hätte sich die Spannung der letzten Jahre in diesem Strudel aus Worten und Lachen aufgelöst.

Schließlich wandte Flavio sich an Ella, die etwas abseits stand, und nickte ihr aufmunternd zu: »*Stella mia*, zeig uns doch bitte die Entwürfe der Weinetiketten auf deinem Handy. Ich bin mir sicher, dass alle begeistert sein werden.«

Nach all dem, was die Banfis ihr über ihre Arbeit an den Kopf geworfen hatte, zögerte Ella zunächst. Dann aber trat sie näher, zog ihr Handy hervor und hielt es in die Mitte, damit alle einen Blick darauf werfen konnten. Neugierig lehnten sich die Männer vor, während sie die verschiedenen Designs durchblätterte.

»Die Edition *Innamorato* – ›verliebt‹ – lädt dazu ein, den Wein als leidenschaftliches Erlebnis zu genießen. Mit Namen wie ›Begierde in Bardolino‹, ›Seduzione in Viola‹, ›Sinnlicher Rosso‹ und ›Passione Scura‹ entführen wir die Kunden auf eine Entdeckungsreise durch die vielen Facetten der Weinliebe. Jedes Etikett zeigt im Hintergrund das Sternbild des Kleinen Wagens, ein Zeichen für die Tradition der Banfi-Familie. Wie der Kleine Wagen, der stetig um den Nordstern kreist, folgt die Arbeit des Winzers einem vertrauten Rhythmus, in dessen Mittelpunkt jedes Jahr die Weinlese steht.« Sie tippte auf das Display. »Dieser Fixstern verkörpert die Beständigkeit der Banfis. Mit der *Innamorato*-Edition feiern wir mehr als nur den Wein. Es geht um die tiefe Verbundenheit mit dem Leben, die Hingabe zur Erde und das ewige Spiel der Jahreszeiten.« Ihre Stimme war voller Überzeugung, während sie auf die Details einging. »Diese Kollektion soll vermitteln, dass wahre Leidenschaft über Generationen hinweg wächst, genau wie der Wein.«

Camillo pfiff anerkennend durch die Zähne, während der Nonno sich ekstatisch auf die Brust klopfte und rief: »*Quanto fantastico*! Das nenne ich alter Wein in neuen Schläuchen! Und was für schöne!« Mit einem herzlichen Lächeln schaute er Ella an, die das Lob freudig entgegennahm.

Flavio war stolz auf seine Ella. Besonders berührte es ihn, dass sie den Nordstern ins Design integriert hatte – er stand nicht nur für ihre enge Verbundenheit, sondern auch für das Bewusstsein, dass ihre Partnerschaft und ihre Arbeit im Weinberg Teil einer immerwährenden Reise waren. Diese Bedeutung jedoch behielt Flavio lieber für sich, während er den Männern erneut das Etikett zeigte.

»Das alles ist allein Ellas Kreativität zu verdanken. Und schaut euch die Farben an! Ein Feuerwerk in Aquarell – das wird sicher die Aufmerksamkeit der Käufer auf sich ziehen.«

Begeisterung breitete sich in der Runde aus und Ella fühlte sich fast schon als Teil der Familie, als plötzlich Orietta den Raum betrat und den vieren einen prüfenden Blick zuwarf. Eine Spur von Irritation lag in ihrem Gesicht, weil sie die zusammengesteckten Köpfe über Ellas Handy bemerkt hatte.

»Störe ich eure kleine Verschwörung?«, fragte sie in einem Ton, der kaum eine ehrliche Antwort zuließ.

Die Freude erstarb auf den Gesichtern der Anwesenden.

Flavio seufzte leise und rollte die Augen. »Sieht aus, als hielte der Frieden in dieser Familie nie lange an«, grummelte er. »Hattest du nicht mit Olivia und Giulia in der Reha-Kantine essen wollen?«

Orietta schüttelte nur leicht den Kopf, völlig unbeirrt von seiner Spitze. »Wir sind längst fertig. Deine Schwestern kommen gleich nach. Ich dachte, ich geselle mich mal zu euch.« Sie setzte ein etwas zu strahlendes Lächeln auf, während sie sich direkt an Ella wandte. »Schön, dass du auch hier bist. Da du ja inzwischen irgendwie zur Familie gehörst – wie wäre es, wenn ich dir in aller Ruhe unsere ganze Familiengeschichte erzähle, wo wir so schön beisammensitzen?«

»Um Himmels willen«, entfuhr es Flavio halb belustigt, halb besorgt, »sie wird bei Adam und Eva anfangen. Dann sitzen wir morgen noch hier!« Er stand auf und machte eine abwehrende Handbewegung. »Ich hole uns besser einen starken *caffè*.«

Ohne ein weiteres Wort schob er sich schnell zur Tür hinaus, als wolle er einer drohenden Auseinandersetzung entkommen. Die Tür fiel hinter ihm ins Schloss und zurück blieb eine seltsam drückende Stimmung. Die Luft war mit einem Mal zum Schneiden, obwohl die Nachmittagssonne friedlich durch das Fenster strömte. Zu viele ungeklärte Fragen standen im Raum. ›Die Ruhe vor dem Sturm‹, dachte Ella bei sich.

»Es ist Zeit für eine Aussprache, nicht wahr?«, sagte Orietta unerwartet in die Stille hinein.

Ella hielt den Atem an, unsicher, wie sie reagieren sollte. Sie fühlte sich wie in einem Spiel, dessen Regeln sie nicht kannte.

»Ja, vermutlich«, gab sie misstrauisch zurück. Ihre Hände verkrampften sich im Schoß, während es in ihrem Kopf fieberhaft arbeitete. War das wieder einer von Oriettas Fallstricken? Was sollte dieses Friedensangebot, nachdem sie ihr vor kurzem noch so übel mitgespielt hatte? Konnte man ihr überhaupt vertrauen?

Orietta schnappte sich Flavios leeren Stuhl und ließ sich mit einem dramatischen Seufzer darauf sinken.

»Als Mutter hat man es nicht leicht. Man hält die Familie zusammen, kümmert sich um alle. Wirklich danken tut einem das niemand. Und dann diese ständige Sorge…« Sie hielt kurz inne, bevor sie fortfuhr. »Nach dem Unfall war Flavio nie wieder derselbe. Dieser Schatten hatte sich über ihn gelegt. Weißt du, er hat damals sogar versucht, sich das Leben zu nehmen.« Ihre Stimme zitterte leicht. »Das war schwer für mich.«

Ella nickte zwar, nahm aber eine distanzierte Haltung ein. »Ich kann das verstehen. Es war sicher eine sehr schwere Zeit für euch alle. Vor allem für Flavio. Aber warum erzählst du mir das alles, Orietta?« Sie drehte sich ihr frontal zu und musterte sie argwöhnisch.

Flavios Mutter hielt ihrem Blick nicht stand. Sie sah auf ihre Hände, die reglos im Schoß lagen. Sie zögerte. Dann sagte sie: »Weil ich dich um Verzeihung bitten möchte. Es tut mir leid, wie ich dich behandelt habe.«

Ella glaubte, sich verhört zu haben. Die ganze Zeit hatte sie versucht, es der Schwiegermutter in spe rechtzumachen. Und jetzt bat Orietta sie um Verzeihung! »Auf einmal? Wie kommt es zu diesem Sinneswandel?«, erwiderte Ella.

Orietta schluckte.

Aufgewühlt fuhr Ella fort: »Du hast mir nie die Chance gegeben zu beweisen, dass ich Flavio glücklich machen kann. Du musst doch gesehen haben, wie er an meiner Seite immer fröhlicher geworden ist!« Sie schaute Orietta aus schmalen Augen an.

Diese antwortete mit einer Mischung aus Entschuldigung und Skepsis: »Ich wusste ja nicht, welche Absichten du hast. Und ich hatte Angst um Flavio. Einen weiteren Rückschlag hätte er nicht verkraftet. Bei deiner Arbeit bist du ständig auf Reisen, mal hier mal dort. Deine Karriere in München schien dir wichtiger als alles andere. Du hast tagelang auf unserer Terrasse gesessen, hast dich bedienen lassen, aber nie geholfen – weder in der Küche bei der Nonna noch im Weinberg. In unserer Familie fasst jeder mit an. Wir sind ein Familienunternehmen, Ella.«

Ella atmete tief durch. Sie hatte Kritik erwartet, doch das hatte sie nicht kommen sehen. Die Männer im Raum zogen die Köpfe ein und schwiegen, als wollten sie Oriettas herrischer Art lieber aus dem Weg gehen.

»Vielleicht hätte ich helfen sollen«, gab Ella schließlich zu. »Aber ich fühlte mich nie wirklich eingeladen. Du hast mich nie als Teil der Familie behandelt. Es war, als ob ich immer auf Abstand gehalten wurde, nicht dazugehören sollte.«

Orietta runzelte die Stirn, als würde sie die richtigen Worte abwägen. »Ich hatte eher den Eindruck, dass du nicht wirklich dazugehören möchtest. Ich liebe meinen Sohn und die Frau an seiner Seite sollte ihn genauso lieben und unterstützen wie ich. Um ehrlich zu sein: Ich mag dich, aber ich bin mir nicht sicher, ob du eigentlich begreifst, was es bedeutet, den Namen Banfi zu tragen.«

»Mittlerweile habe ich eine ungefähre Vorstellung davon...«, murmelte Ella ärgerlich, während ihre Gedanken um das Gesagte kreisten. »Natürlich möchte ich Flavio unterstützen, wo ich nur kann. Aber ich bin niemand, der sich aufdrängt. Es hätte gewirkt, als würde ich mich in etwas hineinzwängen, wo ich nicht erwünscht bin, und das habe ich nicht nötig. Und dann kam Franco mit seinen Intrigen... Er hat die Situation noch komplizierter gemacht.«

Orietta seufzte tief und ein Hauch von Resignation trat in ihre Augen. »Ach, Franco... Er war immer neidisch auf Flavio. Eigentlich hätte dessen Vater das Weingut erben sollen, als ältester Sohn. Doch der ist einfach abgetaucht und hat sich mit einer reichen Amerikanerin davongemacht. Die harte Arbeit im Weinberg und die Verantwortung waren ihm zu viel. Franco ist allein mit seiner Mutter aufgewachsen, die ihn verhätschelt hat. Das hat ihm nicht gutgetan. Er fühlt sich in allem benachteiligt.« Sie hielt inne und sah Ella fest in die Augen. »Franco dachte wohl, er könnte durch sein Doppelspiel Flavio aus dem Rennen werfen und das Weingut an sich reißen. Dass ich mich von seinem Lügengespinst habe einwickeln lassen... das werde ich mir nie verzeihen.«

Ella nickte gedankenverloren. »Er hat uns alle hintergangen. Doch was geschehen ist, ist nun einmal geschehen. Jetzt müssen wir schauen, wie wir miteinander umgehen.« Sie zögerte einen Moment, bevor sie hinzufügte: »Es ist beeindruckend, wie stark der Zusammenhalt der Banfis ist. Flavio hat großes Glück, so eine Familie zu haben. Aber wo ist mein Platz darin?«

Orietta betrachtete sie einen Moment lang schweigend, bevor sie mit ungewöhnlich milder Stimme antwortete:

»Ella, du bist seine Familie. Zumindest wünscht er sich das.«

Just in diesem Moment kam Flavio zurück ins Zimmer, ein Tablett mit dampfenden Espressi balancierend, und blickte fragend in die Runde. »Was geht hier vor? Hat Orietta wieder was angestellt?«

Ein schiefes Grinsen huschte über Ellas Gesicht. »Sozusagen. Sie hat mich gerade in eure Familie aufgenommen!«

»Sie hat was? Einfach so? Aus heiterem Himmel? Nach allem, was gewesen ist?« Flavio, der gerade einen Schluck Kaffee genommen hatte, prustete heftig und setzte den Becher hastig zurück aufs Tablett, um ein Malheur zu vermeiden. Er wischte sich mit dem Handrücken über den Mund und blickte erstaunt auf seine Mutter, deren unsichere Hände nervös den Saum ihrer Bluse kneteten. Ihr sonst so strenges Auftreten schien wie eine Maske, die zu rutschen begann. »Seltsam«, sagte er mit einem sarkastischen Unterton, »die Menschen, die uns am nächsten sind, bleiben oft die größten Rätsel.«

In diesem Moment betraten auch Flavios Schwestern, Olivia und Giulia, den Raum, und die Familie war nun vollzählig versammelt. Die Flaschen mit dem wiederentdeckten Wein machten die Runde und bald erfüllte aufgeregtes Gemurmel den Raum. Alle wollten probieren, lobten die einzigartige Blume und den vollmundigen Geschmack, und lauschten gespannt der Geschichte des Kellerfunds. Das Gespräch drehte sich lebhaft um die Rebsorten, alte Bräuche und neue Techniken im Weinbau.

Ella musste erneut ihre Etikettendesigns zeigen und erläuterte ihre Marketingideen. Es beeindruckte die Familie, wie geschickt sie sich in das komplexe Netzwerk der Weinwelt eingefunden hatte und wie viel Feingefühl sie für das Traditionsunternehmen bewies. Orietta und die Schwestern kamen bald auf das Thema Familienwerte und Zusammenhalt zu sprechen und trotz anfänglicher Skepsis schienen sie nun zu registrieren, wie gut Flavio und Ella als Partner harmonierten.

Ella selbst hielt sich in der Diskussion etwas zurück, verfolgte aber den regen Austausch aufmerksam. Plötzlich richtete der Großvater, dem die Jahre Weisheit geschenkt hatten, seinen gütigen Blick auf Ella.

Er schwenkte langsam sein Glas und sagte mit sanfter Nachdenklichkeit zu Flavio: »Wenn du etwas Wertvolles gefunden hast, *ragazzo mio*, pflege es. Lass es in Ruhe wachsen und reifen, genau wie den Wein. Die Erde gibt ihre Kraft nur dann preis, wenn Harmonie herrscht – im Weinbau wie im Leben.«

Camillo, der sich in seinem Bett jetzt kerzengerade aufgerichtet hatte, ergriff Ellas Hand und zog sie in eine herzliche Umarmung. »Du hast bewiesen, was für eine wertvolle Unterstützung du für uns bist. Anfangs hatte ich meine Zweifel, doch du hast mein Vertrauen gewonnen.« Er lächelte. »Ich glaube, du und Flavio – ihr seid ein großartiges Paar.«

In diesem Augenblick verspürte jeder im Raum die Gewissheit, dass sich ein neuer Weg für die Familie Banfi und ihr Weingut eröffnete. Die alten Erinnerungen waren nicht bloß Nostalgie; sie waren der Schlüssel zu einer vielversprechenden Zukunft.

Als Flavio und Ella sich schließlich verabschiedeten und nach Bardolino aufbrachen, ließ Flavio sich im Autositz zurückfallen und bemerkte lächelnd: »Was für ein Tag voller Überraschungen!«

Ella atmete hörbar durch, dann startete sie den Motor.

Flavio musterte sie und die Anspannung in ihrem Gesicht entging ihm nicht. »Was beschäftigt dich noch, Liebes?«, fragte er sanft.

Ella zögerte, bevor sie aufgewühlt antwortete: »Es ist einfach… dies ist deine Heimat, deine Sprache, deine Familie. Ich müsste mich in so vielem auf dich verlassen.« Ein leiser Zweifel lag in ihrer Stimme.

Flavio ergriff zärtlich ihre rechte Hand, die auf dem Schalthebel ruhte, und drückte sie bekräftigend, während Ella mit der linken das Steuer fest umklammert hielt.

»Und wenn das genau der Sinn ist? In einer Beziehung geht es doch darum, einander zu vertrauen und sich zu stützen.«

Ella blickte geradeaus auf die Straße, aber auf ihrer Stirn zeigten sich Sorgenfalten. »Ich habe das Gefühl, die Kontrolle zu verlieren. Was, wenn ich nicht die Richtige für dich und deine Familie bin?«, entgegnete sie unsicher.

Flavio lächelte sie ermutigend von der Seite an. »Denkst du etwa, ich hätte keine Ängste? Natürlich habe ich die. Aber das zeigt doch nur, wie ernst es uns ist. Manchmal müssen wir einfach auf unser Herz hören und den Sprung wagen. Die letzten Wochen haben doch gezeigt, dass wir es schaffen können.«

Ella fühlte seinen entschlossenen Händedruck und langsam wich die Unsicherheit einem Gefühl der Gewissheit. Das beruhigende Brummen des Motors und jeder gefahrene Kilometer gaben ihr mehr Halt. »Du hast recht. Deine Mutter hat mich nur kurzfristig aus der Fassung gebracht…«, flüsterte sie, während sie den roten Alfa Touring entlang des östlichen Seeufers durch die lieblichen *Colline del Garda* steuerte. Ihre Zweifel wurden leiser, je weiter sie fuhren – als ob der Weg selbst ihre inneren Ängste allmählich davontrug.

»Betrachte es einfach als Feuertaufe! Die ganze Familie leidet unter ihr. Wie heißt es so schön: Geteiltes Leid ist halbes Leid! Mit dem heutigen Tag bist du also offiziell in den illustren Kreis der Banfis aufgenommen«, grinste Flavio. »Und so schlimm, wie Orietta tut, ist sie gar nicht – versprochen!«

Sie spürte die Wärme seines Körpers neben sich, den leichten Wind in ihrem Haar und wusste, dass sie hier – in diesem Moment – genau dort war, wo sie sein wollte. All ihre Zweifel waren verstummt.

27 Einige Flaschen später

Ella hatte die neueste Ausgabe der »Garda-Blick« vor sich auf dem Küchentisch ausgebreitet und grinste wie ein Honigkuchenpferd.

Ein neuer Stern am Weinhimmel:
Begierde in Bardolino

stand in großen, fetten Buchstaben als Überschrift im Gastronomieteil auf Seite zehn. Gebannt vertiefte sie sich sofort in den Artikel und verschlang jedes Wort mit wachsender Begeisterung:

Ein Familiengeheimnis erwacht zum Leben

Bardolino. Im Rampenlicht der Weinwelt erstrahlt ein neues Highlight: »Begierde in Bardolino. Bottled.« Der jüngste Zuwachs zur Familie Banfi präsentiert sich tiefgründig und mit einem intensiven Karmesinrot, begleitet von einem Bouquet, das reife Fruchtaromen mit sanften Noten von Veilchen und Eukalyptus vereint. Durch eine Verkettung glücklicher Zufälle – oder vielmehr Schicksalsfügungen – entdeckte die Familie bei einem überraschenden Kellerfund ein altes Familiengeheimnis, das nun im Superiore verewigt ist. Ein Hauch von Holz und eine feine, elegante Bitterkeit im Abgang verleihen diesem Wein seine einzigartige, komplexe Struktur, die gleichermaßen erfahrene Gaumen wie Genussliebhaber anspricht.

Die Innamorato-Edition: Eine Liebeserklärung. Bottled.

Die Familie Banfi zählt mittlerweile zur Elite der Weinwelt. Mit ihrer neuen, ausdrucksstarken »Innamorato«-Edition sendet sie eine Liebeserklärung in Flaschen: »Seduzione in Viola«, »Sinnlicher Rosso« und »Passione Scura« – jeder Name verspricht eine verführerische Reise durch die Vielfalt der Weinleidenschaft. Die Flaschen, die das selbstbewusste Label »Bottled.« tragen, sind so unverwechselbar wie ihr Inhalt. Mit einem farbenexplosiven Aquarelldesign und der Sternenkonstellation des Kleinen Wagens, die jedes Etikett zieren, hat die deutsche Designerin und Partnerin des Winzers, Ella Peters, den Charakter der Edition prägnant eingefangen. Der Nordstern in dieser Konstellation symbolisiert die Beständigkeit und den Wert der Familie im Leben von Flavio Banfi – wie auch Ellas Rolle als sein persönlicher Fixstern.

Mehr als Wein – ein gemeinsames Projekt und Treffpunkt für Genießer

Doch das Weingut Banfi ist nicht nur ein Ort, an dem Wein produziert wird. Es ist vielmehr ein lebendiger Treffpunkt, an dem Menschen aus verschiedenen Bereichen zusammenkommen, um ihre Passion für Wein auszutauschen. An der Spitze des Weinbauprojekts stehen Flavio Banfi als Winzer und Nino Morello als verantwortlicher Önologe, die gemeinsam die Vision des Familienunternehmens umsetzen. Doch damit nicht genug: Camillo, der Geschäftsführer und Vater der Weindynastie, bringt seine Erfahrung ebenso ein wie Matteo Giovi und Stefan Berger, versierte Partner aus dem Vertrieb. Die Leitung der Enothek liegt in den Händen von Mutter Orietta, während ihre Töchter Olivia und Giulia sich um Führungen und Degustationen mit Spezialitäten aus Großmutters Küche kümmern. Ergänzt wird dieses »interdisziplinäre« Projekt durch die Unterstützung eines Steuerberaters sowie zahlreicher, weinbegeisterter Teilhaber.

Weinliebhaber erwartet ein neues Erlebnis

»Begierde in Bardolino« steht nicht nur für einen exquisiten Tropfen, sondern auch für eine Familiengeschichte, die eindrucksvoll zeigt, wie außergewöhnliche Genussmomente aus der Verbindung von Tradition und Innovation entstehen können. Erleben Sie die sinnliche Dimension dieser besonderen Weinedition und tauchen sie mit jeder Flasche intensiv in die unwiderstehliche Welt des Gardasees ein.

Cin cin!
Ihre Antonia Weber

Nachdem Ella den Artikel Zeile für Zeile zum wiederholten Male studiert hatte, legte sie die Zeitung endlich beiseite und rief mit leuchtenden Augen bei ihrer Freundin an.

»Toni, der Artikel ist grandios! Ich habe ihn direkt an die Agentur in München weitergeleitet. Stefan kann den Text sicher bei der Fachpresse platzieren.« Ella lachte und zitierte: »Zahlreiche, weinbegeisterte Teilhaber‹ – dabei sind es bisher ja nur du und Noah! Ach, du Königin des Wortes! Ich verneige mich vor dir!«, überschüttete sie ihre Freundin mit Lob.

»Das klingt doch schon mal gut«, gab Antonia scherzhaft zurück. »Wie ist er denn so?«

»Meinst du unser neuestes Baby? Den *Tentazione in Lillà*? Ein verschwenderisches Aroma, sag ich dir! Der Kleine ist uns wirklich ausgezeichnet gelungen!«, witzelte Ella.

In den vergangenen Monaten hatte Flavio von ihrem Önologen eine besondere Technik gelernt, bei der durch eine präzise Fermentation und geschickten Fassausbau natürliche Bitternoten im Wein hervorgehoben wurden. Damit hatte sich ihm neuer kreativer Freiraum eröffnet, der *Innamorato*-Edition einen unverwechselbaren Charakter zu geben. Gemeinsam hatten Flavio und Ella mit ihren Erntehelfern anstrengende Tage in den Weinbergen verbracht, um die besten Trauben für den neuen Jahrgang auszuwählen. Die Arbeit am Steilhang hatte sie an ihre Grenzen gebracht – doch die eigentliche Herausforderung hatte ihnen da erst noch bevorgestanden.

In den folgenden Wochen hatten sie Hand in Hand mit Camillo, der sich inzwischen vollständig erholt hatte, aber nun vorwiegend die Büroarbeit leistete, und dem Nonno herumexperimentiert: Sie hatten verschiedene Rebsorten, unterschiedliche Fassarten und variierende Lagerzeiten getestet, bis sie schließlich das perfekte Gleichgewicht gefunden hatten. Schon beim ersten Probieren hatte Flavio das Potenzial erkannt: *Innamorato* würde eine neue Etappe ihrer gemeinsamen Reise als Winzer einleiten.

Dabei spielte auch Matteo eine wichtige Rolle als ihr Vertriebsprofi. Zwar hatte er durch seine Annäherungsversuche an Ella zu den Missverständnissen beigetragen, doch Flavio hatte schnell erkannt, dass Matteo zuverlässig war. Mit der Zeit war er für das Paar zu einem engen Freund und Vertrauten geworden, der sich ebenso wie sie selbst für das Gelingen der neuen Edition einsetzte. Ella, stolz auf das Ergebnis, spürte, wie sich ihre Leidenschaft für den Weinbau mehr und mehr vertiefte.

»Ella? Bist du noch dran? Du sagst ja gar nichts!« Antonia lachte. »Nein, ich meinte nicht euren neuen Wein – ich spreche von Flavio! Ich bin zwar keine Beziehungsexpertin, aber ich glaube wirklich, ihr zwei seid ein echter Sechser im Lotto füreinander!«

»Der Sechser im Lotto ist heute nach Limone gefahren!« Ella grinste durchs Telefon, doch ein Hauch von Sorge lag in ihrer Stimme.

»Er fährt wieder Auto?«, fragte Antonia erstaunt.

»Ja, ich war selbst überrascht. Nach ein paar Auffrischungsstunden in der Fahrschule hat er sich tatsächlich wieder hinters Steuer getraut. Aber jetzt mache ich mir doch ein bisschen Sorgen, wo er bleibt. Eigentlich müsste er längst zurück sein«, überlegte sie und trommelte dabei hörbar mit den Fingern auf der Tischplatte.

Antonia versuchte, sie zu beruhigen. »Vielleicht hat er einfach die Zeit vergessen – oder ein bisschen länger Pause gemacht, um die Aussicht zu genießen. In Limone kann man schon mal ins Träumen geraten.«

»Vielleicht hast du recht.« Ella kaute nervös auf ihrer Unterlippe. »Ich werde ihm einfach eine Nachricht schreiben, nur zur Sicherheit.« In ihre aufsteigende Unruhe mischte sich ein leises Schmunzeln bei dem Gedanken, wie Flavio vermutlich in aller Seelenruhe in einem der kleinen Cafés am See saß. Dass wäre typisch für ihn, dass er die Zeit vergaß, wenn er sich einmal richtig entspannte!

Flavio war jedoch alles andere als entspannt. Schweißgebadet stand er auf glühendem Asphalt und kämpfte damit, eine Autopanne zu beheben. Auf dem Rückweg von Limone hatte er eine junge Frau am Straßenrand aufgelesen, deren gelber Alfa Spider liegen geblieben war. Einer *Alfista* – noch dazu mit deutschem Kennzeichen – half man schließlich aus Prinzip! Er hatte Ella zwar erzählt, er sei beruflich in Limone unterwegs, doch tatsächlich hatte er dort einen Trauring bei einem Juwelier anfertigen lassen, der als wahrer Künstler galt. Im Auto warteten nun ein Blumenstrauß, der Ring und eine Flasche »Franciacorta« darauf, Ella zu überraschen.

Während Flavio sich fachmännisch über die Motorhaube beugte, fragte Mia, die etwa in seinem Alter zu sein schien, erstaunt: »Wie kommt es, dass Sie so gut Deutsch sprechen?«

»Meine zukünftige Frau Ella ist Deutsche – ich habe es aber auch schon in der Schule gelernt«, erklärte Flavio mit einem Lächeln, während er die Leitungen prüfte. »Ach, hier! Es sind nur die Kabelverbindungen zur Zündspule lose.« Er holte Werkzeug aus seinem Wagen.

»Was haben Sie da für ein wundervolles Cabrio! Von wann ist denn Ihr Alfa?«, bestaunte Mia den roten Oldtimer.

»Das ist ein 412 Touring von 1951«, erklärte Flavio mit Besitzerstolz. »Ihrer ist aber auch sehr schön! Lustig, unsere Freundin Antonia hat fast denselben – und ebenfalls in Gelb!« Mit ein paar geschickten Handgriffen hatte er den Schaden repariert.

»Gelb ist meine Lieblingsfarbe! Ich handle nämlich gewissermaßen mit Zitronen«, scherzte Mia, die sich als Inhaberin eines Restaurants und Produzentin von Limoncello entpuppte. Sie reichte ihm ihre Visitenkarte, die Flavio neugierig betrachtete. »Ach, Sie führen das Ristorante ›LimonCielo‹ in Limone? Davon habe ich schon gehört!«, bemerkte er.

»Ja«, antwortete Mia, »die Familie meines Mannes Luca stellt seit drei Generationen Limoncello her. Das Restaurant-Konzept war meine Idee.«

»Dann sind wir ja quasi aus der gleichen Branche. Mein Name ist Banfi. Wir machen Bardolino. Vielleicht haben Sie schon von unserer *Innamorato*-Edition gehört.« Flavio gab ihr seinerseits eine Karte.

»Aber ja! Der ›Begierde in Bardolino‹ ist in aller Munde. Jetzt, wo Sie mir so geholfen haben, sollte ich ihn wohl auf die Weinkarte setzen«, versetzte Mia charmant.

Als Flavio einen Blick auf die Uhr warf, erschrak er. »Ich muss dringend los! Ella macht sich sicher bereits Sorgen. Ich will ihr heute einen Antrag machen – unsere Verlobung lief schon nicht wie geplant; die Hochzeit soll perfekt werden. Besuchen Sie uns doch gern auf unserem Weingut in Bardolino. Das wird sicher ein interessanter Austausch mit und über Alkohol!«

Dankbar für die schnelle Pannenhilfe gab Mia Flavio eine Kiste frischer Limonen und eine Flasche ihres hauseigenen Limoncellos mit.

»Mein spontanes Hochzeitsgeschenk: Das soll Sie daran erinnern, dass wir die Liebe stark und unbesiegbar halten müssen, auch wenn das Leben mal einmal nur Zitronen für uns bereithält!«

Als Beppo, der Englische Setter, freudig bellend zum Tor stürmte, wusste Ella sofort, dass Flavio endlich angekommen war. Erleichtert lief sie ihm die Auffahrt entgegen, während er das Auto parkte und ausstieg.

Mit einem leicht verärgerten Unterton begrüßte sie ihn: »Wo warst du denn? Ich habe mir solche Sorgen gemacht! Du hast nicht einmal auf meine Nachrichten reagiert. Sind wir schon so weit, dass du mich versetzt, oder hattest du etwa ein heißes Date?« Sie blickte misstrauisch in den Fond des Wagens. »Und was hat es mit dieser Kiste frischer Limonen auf sich?«

Flavio sah sie mit Begeisterung an; sie war einfach hinreißend, wenn sie sich aufregte. Besonders in ihrem grünen Lieblingskleid, das wunderbar zu ihrem rotblonden Haar passte.

»Ich muss dir etwas gestehen: Mein Ausflug nach Limone war alles andere als geschäftlich«, begann er und bevor Ella sich weiter echauffieren konnte, erzählte er ihr von der Panne.

Sie konnte sich ein Lachen nicht verkneifen, als sie erfuhr, dass das Pannenauto genau das gleiche war, das auch Antonia hatte. »Tja, bei Alfas gibt es wohl immer etwas zu schrauben. Dass ich jetzt so glücklich bin, verdanke ich nicht zuletzt der Reparatur deines roten Traumautos!«, fügte sie schmunzelnd hinzu.

»*La mia stella tedesca*«, sagte Flavio zärtlich, »du bist eine Traumfrau und du verdienst ein Traumauto – eines, das genauso besonders und selten ist wie du.« Nervös fuhr er mit einem Finger über den glänzendroten Lack des Kotflügels. »Und ich habe das perfekte Geschenk für dich als Teil meines Antrags.«

»Welcher Antrag?« Ella zog irritiert die Augenbrauen zusammen.

»Ich habe lange darüber nachgedacht, wie ich dir einen Heiratsantrag machen könnte, der deiner Einzigartigkeit gerecht wird«, sagte der verliebte Flavio und nahm geschwind die Blumen und eine kleine Schatulle aus dem Cabrio. Aufgeregt kniete er sich vor Ella in den Kies, in der einen Hand die Rosen, in der anderen das funkelnde Schmuckstück. Mit glückseliger Geste schob er ihr den Ring an den Finger. In seiner Mitte leuchtete ein Brillant, eingefasst wie ein Stern, umgeben von kleineren Steinen, die das Sternbild des Kleinen Wagens formten.

Flavio stand schwungvoll auf, legte seine ungeduldigen Hände auf ihre Schultern und zog sie an sich, die Stirn an ihrer Stirn, bevor er sie heißblütig küsste. »Du bist mein Polarstern, Ella«, flüsterte er inbrünstig. »Du leuchtest für mich in hellen wie in dunklen Stunden und zeigst mir, dass ich immer den richtigen Weg finden kann. Lass uns gemeinsam auf die nächste Etappe unserer Reise gehen – als Winzer, als Team und als unzertrennliches Paar.«

Ella war überwältigt und brachte kaum ein Wort hervor. »Flavio… er ist wunderschön. Und er passt so perfekt zu meinem Verlobungsring… Ich weiß gar nicht, was ich sagen soll…«

»Ja sollst du natürlich sagen!« Flavio lächelte euphorisch und setzte hinzu: »Wie wir wissen, bist du eine echte Autonärrin. Deshalb möchte ich dir zu unserer Hochzeit etwas ganz Besonderes schenken – unsere Teilnahme an der Mille Miglia! Es ist bereits alles arrangiert.« Aus seiner Tasche zog er eine weitere Schachtel und öffnete sie. Ella stockte der Atem, als sie den Inhalt sah: Ein Zweitschlüssel für den Alfa Touring und eine Karte für die Teilnahme an der Mille Miglia im kommenden Jahr. Dieses historische Autorennen, bei dem nur seltene Fahrzeuge zugelassen waren, vergab seine heiß begehrten Startplätze für mehrere tausend Euro – und nun hielt sie tatsächlich eines dieser Tickets in der Hand!

»Liebling, das ist unglaublich!« Völlig außer sich fiel Ella ihm stürmisch um den Hals. Niemals hätte sie damit gerechnet, dass Flavio sie auf eine so außergewöhnliche Reise mitnehmen würde. Was würden ihre Eltern wohl sagen, wenn sie von diesem Abenteuer erführen? Schließlich waren sie selbst mit einem Oldtimer am Gardasee unterwegs gewesen, damals auf ihrer Hochzeitsreise.

Flavio grinste und erklärte ihr, dass die Mille Miglia eines der berühmtesten Oldtimer-Rennen der Welt sei, ein echtes Kulturerlebnis, das Autoliebhaber aus aller Herren Länder anziehe. Die Strecke ging über genau tausend Meilen, was dem Rennen seinen Namen verliehen hatte, und führte quer durch Italien. Rund vierhundert ausgewählte Fahrzeuge durften mitfahren und ausschließlich Modelle von vor 1957.

Flavio tippte auf das Ticket, auf dem die wichtigsten Eckdaten standen: »Der Start ist in Brescia, wie immer, dann geht es durch die malerischen Landschaften der Lombardei und Emilia-Romagna, über die sanften Hügel der Toskana, bis nach Rom und wieder zurück. Die Route ist anspruchsvoll, führt durch kleine, mittelalterliche Dörfer und über herausfordernde Bergstrecken. Und all das in nur vier Tagen.« Er machte eine Kunstpause und eröffnete ihr dann: »Du wirst natürlich am Steuer sitzen. Aber vielleicht lässt du mich ab und zu übernehmen – schließlich habe ich dank dir meine Angst vor dem Autofahren überwunden – und mehr noch: die vor dem Leben!«

Ella lachte, ein wenig gerührt und zugleich voller Vorfreude. »Weißt du, Flavio«, gab sie zu, »ich habe immer gedacht, dass ich für das große Abenteuer nicht mutig genug bin – aber nun stehe ich hier, in Italien, an deiner Seite mit deiner ganzen Sippe und finde es gar nicht mal so schlimm!« Sie hielt die Schlüssel hoch, ließ sie klappern und ergänzte mit einem schelmischen Lächeln: »Aber das Steuer lasse ich nur aus der Hand, wenn du versprichst, auf der nächsten Etappe genauso fest an meiner Seite zu bleiben.«

Strahlend erwiderte Flavio: »Auf jeder Etappe, mein Herz – versprochen! Was hältst du davon, wenn wir dieser Fahrt ins Glück unseren nächsten Rotwein widmen – *Obsessione di Romeo*, Romeos Obsession? Denn die Wahrheit ist, Ella, ich bin völlig besessen von der Vorstellung, mein Leben mit dir zu teilen. Den Blick zurück habe ich zum Glück aufgegeben!«

Ella war selig. »Ich kann es kaum erwarten, mit dir bei der Mille Miglia zu sein – und noch mehr, deine Frau zu werden.« Sie zog ihn fest in ihre Arme. Das schöne Gefühl der Geborgenheit und der Abenteuerlust erfüllte sie gleichermaßen. Sie wusste, dass diese Hochzeitsreise unvergesslich würde.

Flavio legte seine Hände sanft um ihre Hüften und sah ihr tief in die blauen Augen. »Ich liebe dich, Ella!« Sein Kuss war so leidenschaftlich, als wäre das gesamte Universum darin enthalten.

Als sich ihre Lippen voneinander gelöst hatten, hielten sie sich beglückt an den Händen.

»Sag mal, woher wusstest du eigentlich, dass ich ›Ja‹ sagen würde? So sicher kann man doch nie sein, oder?« Ein keckes Grinsen breitete sich auf Ellas sommersprossigem Gesicht aus.

»Ein Gesicht ohne Sommersprossen ist wie ein Himmel ohne Sterne. Ich habe den Himmel befragt, und er hat mir sein Jawort geflüstert!«, antwortete Flavio und lächelte verschmitzt zurück. »*Sei sempre la mia stella fissa!*«

Leseproben

CLAIRE  STERN

Sehnsucht in Sirmione

ROMAN

Liebe am Lago di Garda
Erster Band

1

»Zeit für den Hausputz«, befand Viviane und sah sich kopfschüttelnd in der Wohnung um. Es ärgerte sie maßlos, dass Markus sein Zeug überall herumliegen und seine Wäsche einfach auf den Boden fallen ließ, damit sie sie wegräumte, als wäre sie seine Putzfrau. Ärgerlich stopfte sie seine Sachen in die Waschmaschine, als ihr plötzlich ein fremder Geruch auffiel. Vivianes Augen suchten den Raum nach der Ursache des seltsam penetranten Duftes ab. Sie bückte sich nach einem Hemd und bemerkte das Bouquet eines weiblichen Parfums, dessen blumige Süße eine gewisse Schärfe aufwies; es war wild und elegant zugleich. Sie untersuchte das Kleidungsstück näher. Die Haare auf ihren Armen richteten sich auf, als sie weitere Spuren entdeckte: Sie fand neben einem Lippenstiftfleck noch ein blondes, langes Haar, das eindeutig nicht von ihrem Kopf stammte.

Viviane hatte im wahrsten Sinne des Wortes die Nase voll. Jetzt hatte sie Markus tatsächlich dabei ertappt, wie er sie mit einer anderen Frau betrog! Wie konnte er bloß so rücksichtslos sein? Er hatte sich nicht einmal die Mühe gegeben, seinen Seitensprung zu verbergen! Wie hatte er derart offensichtliche Hinweise zurücklassen können? War sie ihm denn völlig egal? Ihr wurde mulmig und sie kämpfte gegen einen Anfall von Schwindel. Sie ließ sich auf den nächstbesten Stuhl fallen und atmete tief durch. Sie versuchte, die Gedanken, die auf sie einstürmten, zu sortieren. Wer war die andere? Warum hatte sie nichts bemerkt?

Wenn sie ehrlich zu sich war, war sie schon länger unglücklich mit Markus gewesen. Sie kannten sich seit dem Gymnasium und waren zusammen zur Tanzschule gegangen. Beide stammten sie aus Hamburg, wo Vivianes Mutter eine hübsche, kleine Villa an der Elbchaussee bewohnte. Markus war mit seiner Familie mit drei Jahren aus Ahrensburg nach Othmarschen gezogen, wo er sich später eine eigene Wohnung gekauft hatte. Viviane war aus beruflichen Gründen in die Hauptstadt umgezogen und sie hatten sich für einige Jahre aus den Augen verloren. Eines Abends hatten sie sich in Berlin Mitte zufällig bei einer After-Work-Party in einer Bar wiedergetroffen. Das war vor acht Jahren gewesen. Seither führten sie eine Fernbeziehung, die anfangs leidenschaftlich war, inzwischen jedoch nur dahinplätscherte. Markus, der als Unternehmensberater bei einer Hamburger Firma angestellt war, pendelte zwischen beiden Städten und verbrachte die Wochenenden meist in Vivianes schöner Altbauwohnung mitten in Charlottenburg, die deutlich komfortabler war als sein Zwei-Zimmer-Apartment. Viviane war immer schick gekleidet, hatte einen lukrativen Job und konnte gut mit Geld umgehen. Ab und zu leisteten sie sich einen gemeinsamen, teuren Urlaub. Eigentlich hatte sie alles, was sie immer gewollt hatte. Aber seit Längerem fühlte sie sich nicht mehr richtig wohl in ihrer Haut, nichts bereitete ihr wirklich Freude. Sie hatte das Gefühl, für Markus vor allem praktisch zu sein. Sie passte in seine Lebensvorstellungen, wo es in erster Linie darum ging, Karriere und einen wichtigen Eindruck zu machen. Kinder hatte er nie gewollt, nicht einmal einen Hund. Es schien, als scheue er jegliche Verantwortung. ›Vielleicht ist seine Eigenliebe derart groß, dass andere keinen Platz in seinem Leben finden?‹, überlegte Viviane. Sie hatte sich immer etwas einsam an seiner Seite gefühlt und sehnte sich nach echter Liebe.

Auch in ihrem Job lief es momentan ganz und gar nicht gut. Sie war Marketingleiterin eines Luxus-Spa-Resorts und sorgte stets dafür, dass die Bedürfnisse ihrer Gäste erfüllt wurden. In letzter Zeit fühlte sie sich allerdings überfordert. Ihre männlichen Kollegen machten ihr das Leben schwer, und ihr Chef verlangte immer wieder, dass sie an den Wochenenden und bis spät in den Abend hinein zusätzliche Arbeit leistete. Sie war einfach erschöpft. Von Markus hätte sich mehr Unterstützung gewünscht, doch der hatte seit Monaten kaum Zeit für sie übrig und war an den Wochenenden zunehmend in Hamburg geblieben. Angeblich, weil er im Job zu viel zu tun hatte. Nun kannte sie den wahren Grund für sein Fortbleiben… Tränen schossen ihr in die Augen. Sie spürte, wie sich ihr Herz zusammenzog. Sie wusste: So konnte es nicht weitergehen.

CLAIRE STERN

Liebe in Lazise

ROMAN

Liebe am Lago di Garda
Zweiter Band

1 Dunkle Wolken

Antonia stand auf der oberen Terrasse der toskanischen Villa und blickte auf das atemberaubende Bild, das sich ihr bot. Es wirkte wie ein meisterhaftes Gemälde: Weinberge und Olivenhaine in tiefem, sattem Grün erstreckten sich bis zum Horizont. Zypressen, wie kunstvoll gesetzte Pinselstriche, erhoben sich aufrecht aus den sanften Hügeln und setzten einen markanten Kontrast in die weichgezeichnete Landschaft. Die Ruhe und schlichte Schönheit der Natur komplettierten das Bild – ohne sie wäre das Anwesen nur halb so zauberhaft gewesen.

›Heute wäre ein perfekter Tag für meine Hochzeit‹, dachte Antonia und ließ gedankenverloren ihre Hand über die steinerne Balustrade gleiten. Es war einfach ein Traum. Anderthalb Jahre hatten Sebastian und sie auf dieses Fest hingearbeitet und alles bis ins Kleinste geplant. Auf einer ihrer Italienreisen hatten sie diesen Landsitz per Zufall entdeckt und beide sofort gewusst, dass sie sich hier das Ja-Wort geben wollten. Es sollte eine Märchenhochzeit werden, genauso, wie Antonia es sich schon als kleines Mädchen vorgestellt hatte. Morgen nun war der große Tag gekommen. Zufrieden seufzte sie auf. Nach einigen Hindernissen schien endlich alles wie am Schnürchen zu laufen.

Die Sonne strahlte, ein leichter Wind wehte und Vögel zwitscherten in den Bäumen, als könnten sie vor lauter Aufregung über das bevorstehende Ereignis den Schnabel nicht halten.

Antonia kniff die Augen zusammen. War das da hinten etwa eine dunkle Wolke? Der Wetterbericht verhieß nichts Gutes. Wochenlang hatte das Städtchen Empoli unter einer Hitzewelle gebrütet und ausgerechnet für den morgigen Polterabend und ihre Trauung tags darauf war Regen angesagt. Antonia beschloss, sich ihre gute Stimmung nicht verderben zu lassen. Ihre positive Grundhaltung war ihre größte Charakterstärke und die konnten ein paar Tropfen nicht vertreiben.

Sie und ihr Zukünftiger waren zusammen mit ihren Eltern, Jonas und Isabelle, und ihrer Trauzeugin Ella schon vor zwei Wochen angereist, um die letzten Vorbereitungen zu treffen. Zum Glück, denn es hatte mehr Pannen gegeben als erwartet. Dekoration und Blumenschmuck mussten neu besprochen werden, da die Floristin erkrankt und deren Vertretung talentlos war. Die Musiker waren zum Soundcheck erschienen und hatten lange Gesichter gemacht. Anscheinend entsprachen Musikanlage und Akustik nicht ihren Erwartungen – so viel Italienisch verstand auch Antonia. Dann musste die Tischordnung umarrangiert werden, da etliche Gäste aufgrund einer grassierenden Sommergrippe kurzfristig abgesagt hatten. Zu allem Überfluss war ihr Lieblingswein plötzlich nicht mehr lieferbar, obwohl Sebastian ihn vor Monaten bestellt hatte. ›Was soll's?‹, dachte Antonia. Die Location war perfekt und die wichtigsten Menschen ihres Lebens würden an ihrer Seite sein.

Gestern Abend waren ihre besten Freundinnen angekommen und heute hatten sie alle gemeinsam im Garten des Landhauses bunte Girlanden und Lichterketten aufgehängt und den Blumenschmuck auf den Tischen platziert. Allen hatte es viel Freude bereitet und es war ein herrlicher Tag gewesen. Antonia war glücklich.

»Das sieht wunderschön aus«, rief sie begeistert aus, als sie zu ihrer Mutter und Ella trat, die gerade die letzten Gartenfackeln in die Erde steckten.

»Danke, Liebes«, sagte Isabelle nicht ohne Stolz. »Wir haben uns große Mühe gegeben.« Sie war eine schöne Frau mittleren Alters mit langen blonden Haaren und ihre grünen Augen funkelten, als sie halb im Scherz hinzufügte: »Ich hoffe, der Aufwand lohnt sich!« Sie hätte noch vieles zu bemerken gehabt, doch der Seitenblick der Trauzeugin hielt sie zurück. Dieser Blick sagte, dass sie Antonia gefälligst nicht die Vorfreude nehmen sollte.

»Ich bin so aufgeregt für dich, Toni«, warf Ella, eine lebhafte junge Frau mit strahlendem Lächeln, kurzen frechen Locken und Sommersprossen, ein und überspielte so geschickt Isabelles Kommentar. »Du wirst die schönste Braut aller Zeiten. Weißt du noch, als wir uns als kleine Mädchen immer vorgestellt haben, wie wir einmal heiraten wollen? Dieses Anwesen sieht genau aus wie in deinen Träumen.«

Ellas Worte riefen in Antonia die Erinnerung an ihre tief verwurzelte Freundschaft wach, die schon seit ihrer Kindheit bestand. Die beiden hatten unzählige Stunden damit verbracht, auf dem Bett in Antonias Kinderzimmer zu liegen und sich ihre Zukunft auszumalen. Dass sie nun ihre

Hochzeit auf diesem traumhaften Landsitz feierte, erfüllte Antonia mit Nostalgie.

»Stimmt! Ich musste auch gerade daran denken. Ja, es ist ein Ort von magischer Schönheit. Ich hoffe, er bringt mir Glück.«

Die Tenuta Fortunata, die aus dem neunzehnten Jahrhundert stammte und in der Nähe von Florenz mitten im Herzen der Chianti-Region lag, war es wirklich wert, dass sie den langen Weg aus München nach Italien auf sich genommen hatten. Das großzügige Anwesen bestand aus einem vornehmen Herrenhaus und zahlreichen Nebengebäuden und vermittelte das aristokratische Flair vergangener Zeiten. Der Panorama-Speisesaal, am Rand des Gartens gelegen und für das Hochzeitsdiner bei schlechtem Wetter vorgesehen, präsentierte sich als viktorianisch inspirierter Glaspavillon. Diese aus einer anderen Ära stammende Atmosphäre wurde noch durch die sorgfältig gestalteten Gärten verstärkt mit ihren akkurat geschnittenen Hecken und Löwen-Statuen und steinernen Sphinxen.

Sorgenvoll blickte Antonia zum Himmel, wo sich immer mehr dunkle Wolken zusammenzogen. »Was, wenn uns das Wetter einen Strich durch die Rechnung macht und wir alles umbauen müssen?«

Ella versicherte ihr mit einem beruhigenden Lächeln: »Hör auf zu unken. Es ist viel zu windig für Regen. Du wirst sehen, es wird vorzüglich laufen.«

»Du bist einfach nur nervös, das ist ganz normal«, fügte Isabelle hinzu, um ihre Tochter zu beruhigen.

Hoffentlich hatten sie recht mit ihrem Optimismus, dachte Antonia, die ein mulmiges Gefühl in der Magengegend verspürte. Übermorgen würde sie vor dem Altar stehen und sie konnte nicht leugnen, dass ihre Nervosität wuchs.
In diesem Moment hörten sie, wie ein Lieferwagen die Auffahrt hinauffuhr. »Ti amo Foto« stand auf der Seitentür des weißen Vans, aus dem jetzt ein dunkelgelockter Mitdreißigjähriger und zwei jüngere Männer kletterten. Offensichtlich der Fotograf und sein Team, das sogleich damit begann, die Ausrüstung aus dem Auto zu laden. Von oben sah Antonia ihren Vater Jonas herbeieilen, um die drei in Empfang zu nehmen. Sie wechselten ein paar Worte, dann drehte sich Jonas in Antonias Richtung und rief ihr zu:

»Komm doch mal her, Schatz! Ich möchte dir jemanden vorstellen. Das ist Noah! Der Fotograf, den ich für deine Hochzeit engagiert habe!«

CLAIRE STERN